AF176735

Der Autor dankt

    Uschi Lanzinger,
    Dieter Wallentin,
    Claus Grünenwald und
    einer Anonyma,
die alle auf ihre Weise zur Entstehung dieses Buchs beigetragen haben.

Bei den Elch-Zeichnungen auf dem Titel und den Seiten 7, 12, 17, 26, 201 und 213 handelt es sich um Screenshots, die der Software Uli's Moose von Uli Kusterer entnommen wurden, die auf dem TALKING MOOSE von Steven Halls aus dem Jahr 1986 basiert, dem Computerprogramm mit der ersten animierten und sprechenden Figur auf einem PC.

Herstellung und Verlag: BoD – Books on Demand, Norderstedt
ISBN: 9783751993890

MICHAEL MÜLLER

NARRENNARRATIVE

bzw.
HERR X. UND SEIN ELCH

Herr X. starrte ungläubig auf das Foto in der SZ. Denn es hatte, wie er es immer wieder beim Lesen dieser Zeitung erlebte, diesen unangenehmen Gefühlszwiespalt in ihm ausgelöst: einerseits sah und fühlte er sich bestätigt, andererseits hätte er gern darauf verzichtet, denn er hasste Rechthaber und wollte keiner von ihnen sein.

Mir ist so langweilig, sagte der Elch in seinem alten Mac, der hinter ihm auf dem Schreibtisch stand. Herr X. ging nicht darauf ein, er las noch mal Head- und Subline des Artikels und schaute wieder auf das Foto. Es zeigte eine rothaarige Landlady, mit Schiebermütze und dunkler Hornbrille, die, ein Glas Sekt in der Hand, dem Fotografen in die Kamera strahlte, als gehörte sie zu Teilnehmern des Treffens der letztjährigen Lottogewinner. Darüber stand: *„Er packte mich"* *Eine US-Kolumnistin wirft Donald Trump Vergewaltigung vor.* Die Lady schien das zu feiern und stolz darauf zu sein, ihrerseits ME TOO sagen zu können, ja, war möglicherweise gar sein 25. oder 50. Opfer. Gratulation! Zum Wohl!

So geht Qualitätsjournalismus, ätzte Herr X., blätterte um, schob aber gleich darauf angewidert die Zeitung von sich. Diesem Land bleibt nichts erspart, und das zu Recht, dachte er sich. Denn neuerdings zittert A. Merkel. Und fast alle, die sich von ihren Absonderungen und Geschäftigkeiten ernähren, sind sich plötzlich einig: Zittern, das geht gar nicht für eine Kanzlerin. Sie darf den größten Unfug daherschwallen, den dümmsten Gemeinplatz auftischen, die immerselben Phrasen wiederkäuen, aber ZITTERN! So kann man Deutschland nicht repräsentieren. Keinem Trump gegenübertreten, keinem Putin die Stirn bieten. Man stelle sich vor, Adolf hätte gezittert... Vermutlich wäre der Nationalsozialismus dann wirklich nur ein FLIEGENSCHISS in der erfolgreichen Geschichte Deutschlands geblieben. Wieviele Fliegen müssen wohl dem Herrn Gauland ins Hirn geschissen haben, damit sich dort solch ein AUS-SATZ bilden konnte? Der ja nicht nur den Holocaust, sondern gleich noch den 2. Weltkrieg mit dazu verharmloste. Sein Führer hätte ihn dafür unverzüglich aufknüpfen lassen, leider ist diese Demokratie so wehrlos, dass sie ihm nicht mal das Maul verbieten kann. Klar, Gauland ist traumatisiert. Der Mann musste 40 Jahre als CDUler im Frankfurter Magistrat, im Bundesumweltministerium und in der Hessischen Staatskanzlei im zweiten Glied absitzen. Und sieht seine Hauptaufgabe in der AfD nun OFFEN-SICHTLICH darin (man beachte daraufhin mal seinen Gesichtsausdruck und seine Mundhaltung), die gebrauchten Tampons von Beatrix von Storch sauber zu lutschen. Aber das würde von den 55 Millionen Toten, die den Nazis anzulasten sind, höchsten 5 wettmachen. Dass der Mann weiter im Bundestag sein Unwesen treiben darf, zeigt, wie TIEF dieses HOHE HAUS gesunken ist.

Es gibt nur eine Frau, die ich heiraten würde, sagte der Elch. Ich weiß, unterbrach ihn Herr X.: Deine Sexualkundelehrerin. *Meine Sexualkundelehrerin!,* fuhr der Paarhufer fort, *woher wusstest du das?* Ich kenne Dich einfach zu gut, antwortete Herr X. in Gedanken, der zwar nicht sein Schöpfer, aber für die Äußerungen seines Festplattenbewohners verantwortlich war. Kennen lernten sich die beiden 1993, kurz nachdem Herr X. einen Macintosh LC erworben und zu bedienen gelernt hatte. Der Elch bzw. sein Programm, passte gerade auf eine 1,44-MB-Diskette. Ihn erfunden und es geschrieben hatte ein genialer kanadischer Scherzkeks namens Steven Halls, dem dafür die Bewunderung von Herrn X. galt, während er für den

wegen seiner schnell gemachten Milliarden global ver-
ehrten Silikon-Yuppie Steve Jobs wenig übrig hatte. Denn
zu einer Zeit, als PCs noch DOS-betriebene Kästen waren,
also stumm, tumb und umständlich über Tastaturbefehle
zu steuern, tummelte sich auf dem Bildschirm von Herrn
X. bereits dieser lippensynchron daherschwadronierende
Elch, TALKING MOOSE genannt:

Tauchte plötzlich auf, ließ einen Satz ab und verschwand
wieder. Zunächst nur in seiner Muttersprache: englisch.
Dann entdeckte Herr X., dass das Tier auch lesen und sich
einen eingegebenen Satz sofort merken konnte – also er-
heblichen Bevölkerungsteilen (und nicht nur in Bayern)
geistig überlegen war. Apropos:
Horst Seehofer, für Herrn X. bis dato die personifizierte
RECHTE GEFAHR, warnt plötzlich vor einer GEFAHR VON
RECHTS. Der Mann merkt, dass ihm die AfD in Bayern immer mehr Wähler abgräbt und erinnert sich an den Befehl
von FJS: „Rechts von der CSU darf es keine demokratisch
legitimierte Partei geben!". Mit anderen Worten: Die CäÄ-
sU muss so SCHWARZBRAUN bleiben wie irgend möglich,
also mindestens so wie unser Verfassungsschutz, der in
Treue fest auf dem Grund&Boden des Dtsch. Reiches in
welchen Grenzen auch immer steht. Doch jetzt ist plötzlich BLAU das neue deutschlandalternative BRAUN – von

einem der aufRECHTESTEN aller Verfassungsschutzpräsidenten, Hans-Georg Maaßen, (2012 – 2018) für RECHTmäßig erklärt, abgesegnet und salonfähig gemacht. Genau, der Typ, der an ein Frettchen mit übersäuertem Magen erinnert und der Edward Snowden zunächst für einen russischen Agenten hielt, dann aber als VERRÄTER brandmarkte und ihm vorwarf, einen KEIL (anstelle eines Dolches!) zwischen die USA und Deutschland getrieben zu haben (deren Freundschaft ja dank der Abhöraffäre der NSA gerade einen neuen Höhepunkt erreicht hatte: Dass Ausspähen unter Freunden gar nicht geht, wusste Obama nicht). Nachdem Maaßen den Wutbürgervorwurf der LÜGENPRESSE mit eigenen Worten bestätigt hatte, indem er „...*eine neue Qualität von Falschberichterstattung in Deutschland*" behauptete, stellte man ihn VORLÄUFIG frei. Dass er eine 2. Chance bekommen wird, ist unstrittig – wieso auf einen unserer Besten verzichten? – und von ihm verbal bereits in die Wege geleitet: *Ich bin seit 30 Jahren CDU-Mitglied. Ich bleibe das.* Zur Bekräftigung ist er schon mal der WERTEUNION beigetreten. Was sich dahinter verbirgt, das wollte Herr X. lieber nicht wissen.

Vielmehr interessierte ihn damals, was sein Elch mit einem deutschen Satz anfangen würde. Aber das, was der daraufhin vorlas, war lautmalerischer Unfug. Herr X., der gerade eine kleine Auftragsflaute genoss – er war freiberuflicher Texter und derlei gewohnt – sann auf Abhilfe. Er überlegte, was er eingeben musste, um seinen Elch einigermaßen verständlich BUNDESKANZLER sagen zu lassen und ging dann wie Mama EVOLUTION nach dem VERSUCH-und-IRRTUMs-Prinzip vor. Das Ergebnis: *buhndes kunnts lair*. Herr X. war begeistert, auch weil KOHL *kohl* blieb. Da beschloss er, die Aufmerksamkeit, die er dem politischen Geschehen in Deutschland widmete, mit der Erstellung eines Wörterbuchs DEUTSCH-ELCHISCH zu teilen. Einer seiner jüngsten Einträge: *tsit tairt* = zittert. *Angela Merkel ist die anziehendste Frau, die ich kenne*, sagte der Elch, *Käme sie in mein Schlafzimmer, ich würde sofort etwas anziehen. Zum ersten Mal in meinem Leben*. Tja, dachte sich Herr X., wenn sie der „mächtigsten Frau der Welt" gegenüberstehen, ziehen selbst unverbesserliche Machos den Schwanz ein.

Groß machte gerade eine andere deutsche Politikerin von sich reden, bei der so mancher General sein Selbstvertrauen und Kampfhubschrauber ihre Flugfähigkeit verloren haben. Europa stand wieder einmal mit einem Bein über dem Abgrund, wurde aber erneut und in letzter Sekunde zurückgerissen. Und zwar, so berichtet aufatmend das MOrgenMAgazin, mit einer flammenden Rede, gehalten von FRAU VON DER LEIER, der künftigen Europaparlamentskommisionspräsidentin (die Länge des Titels korreliert mit der Belanglosigkeit des Amts und der Höhe des Gehalts). Dass sie für den Posten qualifiziert ist, bestreitet oder behauptet niemand (weil's wurscht ist). In allen Ministerien, die sie im Sturmschritt durchquerte, ließ sie verbrannte Erde zurück – wie man es von einer Tochter von Ernst Albrecht (einem der aalglattesten und beinhärtesten Ministerpräsidenten aller Zeiten) und einer Mutter von 11 Kindern (die sie angeblich aus Zeitmangel allesamt von Leihmüttern hatte austragen lassen) erwarten durfte. Selbst Köhlers Horstl, nicht gerade eine Geistesleuchte unter unseren Bundespräsidenten, weigerte sich so lange, ein von ihr als Familienministerin vorgelegtes Gesetz zu unterzeichnen (das ihr den Eherentitel ZENSURSULA einbrachte), bis es zurückgezogen wurde. Herr X. erinnerte sich, dass sie als frischgebackene Arbeitsministerin, von den Wohlfahrtsverbänden aufgefordert, den Hartz4-Satz anzuheben, sagte: *„Wir müssen da ganz genau hinschauen und wir müssen da ganz genau rechnen".* Das hatte es in diesem Ministerium noch nicht gegeben. War es dort bisher um die Höhe von Sozialleistungen gegangen, hatten sich ein paar Mann auf dem Flur getroffen. Einer nannte eine Zahl, die um fünf Prozent höher lag als die aktuelle. Dann sagte ein anderer: *Das läßt die Konjunktur nicht zu.* Darauf ein dritter: *Dann halten wir uns an die Inflationsrate, die liegt bei 1,8 Prozent.* Dazu ein vierter: *Passt, sitzt und hat Luft.* Zufrieden ging man auseinander und widmete sich wichtigeren Beschäftigungen: Kartenspielen, Pornos kucken, Urlaubsprospekte studieren, den 24er-Pack Sechsämtertropfen weglitern, Atemwege entpopeln und was man sonst so treibt in diesen Ämtern.

Jetzt musste plötzlich hingeschaut und gerechnet werden, und das auch noch ganz genau. Die Behörde (nicht ihre Chefin) kreißte sechs Monate lang. In vorauseilendem Gehorsam titelte die SZ: *„Wohltaten für Hartz4-Empfänger".* Heraus kamen GANZ GENAU 5 Euro. Ausgerechnet ergab das für die folgenden zwei Jahre eine Anhebung von 0,7% p.a. Die Unsummen, die die Frau mit dem Charme einer Landmine dem Staat damit einzusparen half, konnte sie etwas später gewinnbringend in Beraterverträgen anlegen, ohne die der Bundeswehr heute keine einsatzbereiten Diensträder zur Verfügung stünden.

Unvergessen wird Herrn X. die Tagesschauszene bleiben, in der von der Leier mit ihrem Mitarbeiterstab eine Bundeswehrkaserne stürmt, um dort vermutete Nazi-Devotionalien aufzuspüren. Der Termin musste natürlich vorher angekündigt werden, damit die Presse über die Razzia berichten konnte. Hellwach, wie die Truppe ist, gelang es ihr, alles anstößige Material zu entfernen, bis auf ein Porträt von Helmut Schmidt, vor dem sich dann FLINTENUSCHI triumphierend aufbaute.

Ein Verein, der nach der Maxime handelt: Nur ein ERTRUN-KENER Flüchtling ist ein GUTER Flüchtling, bekam statt der Herren Weber und Timmermans, die zur Europawahl gestanden hatten, mit der passionierten HERRENREITE-RIN nach Ansicht von Herrn X. GANZ GENAU das, was er verdiente. Noch VOR Amtsantritt zeigte die Frau bereits großes VERSTÄNDNIS für die RECHTSSTAATLICHEN DEFI-ZITE einiger mittel- und osteuropäischer Länder. Vielleicht winkt ihr, die schon zweimal den BIG BROTHER AWARD erringen konnte, für diese Integrationsbemühung endlich auch der Friedensnobelpreis.

Zeitnah – das gehörte zu den Wörtern, die Herr X. nie zuvor gehört oder gelesen hatte, die aber plötzlich auf-tauchen und dann von allen, die sich in den Medien zu Wort melden dürfen, inflationär gebraucht und über Nacht modern werden. Zeitnah also gab auch der Markus zum Bräunungsverhalten in der rechten Parteienlandschaft Laut und landete damit gleich auf der Titelseite der SZ. Natürlich nicht irgendein Markus, sondern der: **Söder: AfD wird zur wahren NPD.**

Der Markus ist nämlich noch eine Spur schlitzohriger als der Horst, während letzterer wiederum bauernschlauer ist als erstgenannter. Darum können sich die beiden nicht riechen, haben es aber damit in der CSU weit gebracht. Beides, die Bauernschläue und die Schlitzohrigkeit sind nicht zu verwechseln mit Intelligenz, mit der man es in dieser Partei nicht weit bringen würde, weil dann alle merken würden: Da macht einer auf Franz Josef. Das geht gar nicht, denn es darf nur einen geben, sonst kommt der bayerische Wähler im Kopf durcheinander. Der Franz Josef war so intelligent, der hat schon von *in medias res* gesprochen, da wusste noch keiner was Medien sind. Dafür haben die meisten heute keine Ahnung mehr, was *sozial* bedeutet. Herr X. merkte, dass er wieder schwer am Abschweifen war, er rief sich zur Ordnung und kam zurück zu Söders Behauptung, die AfD werde zur wahren NPD. Was der Markus dabei sicher nicht bedacht hatte, war, dass die real existierende dann unwahr sein muss. Und hat ohne es zu ahnen sowas von Recht damit. Deshalb kann sie auch nicht verboten werden. In Wahrheit ist die NPD ein Sammelbecken des Verfassungsschutzes, in dem sie ihre V-Leute untergebracht hat, sie getarnt und versorgt weiß. Das Bundesverfassungsgericht attestierte ihr zwar Verfassungsfeindlichkeit (und damit auch dem Verfassungsschutz), verbot sie jedoch nicht. Grund: Sie ist als Partei bedeutungslos. Allerdings nicht als Unterstützungsplattform für rechten Terror und nicht für Mitbürger mit Migrationshintergrund, siehe NSU. Aber darüber hat das Bundesverfassungsgericht nicht zu befinden und drückt alle Augen zu.

Gefährlich ist's, den Leu zu wecken, Verderben bringt des Tigers Zahn, jedoch der schrecklichste der Schrecken, das ist der Mensch auf der Autobahn, sagte der Elch, einen Satz, den er schon in den 90er Jahren tat. Bei fast jedem Besucher von Herrn X., der das damals zu hören bekam, klingelte es mindestens zweimal: Aha, DIE GLOCKE und der ELCHTEST! Andere entdeckten darin noch einen Hinweis auf das nicht eingeführte TEMPOLIMIT. Germanistisch Ausgefuchstere monierten jedoch, dass der Elch, abgesehen von der Schlusspointe, nicht korrekt zitiere, es heiße im Original *...verderblich ist des Tigers Zahn*. Das stimme in der Tat, meinte Herr X., der Elch habe ihn aber darauf hingewiesen, dass das Ablaufdatum von Tigerzähnen weit in die Zukunft reiche, von verderblich könne keine Rede sein. Außerdem hätten ihn die drei „ist" in einem Satz gestört, das sei kein gutes Deutsch. Dem hatte Herr X. nichts entgegnen können und sich nicht anders zu helfen gewusst, als den Rechner auszuschalten. FRIEDRICH SCHILLER – von einem kanadischen Elch verbessert! Soweit war es mit Deutschlands Klassikern schon damals gekommen. Heute müsste er dieses Zitat zig Leuten vorspielen, um jemanden zu finden, der (damit) ANGEBEN könnte, wen Schiller für den schrecklichsten der Schrecken gehalten hatte. Aber wie das nun zu bewerten wäre, darüber wollte sich Herrn X. erstmal keinen Kopf machen. Denn:

Um ein Sackhaar wäre es dazu gekommen, dass ein bekennender Schwuler Verteidigungsminister geworden wäre, noch dazu einer, der behauptet hatte, dass diese sexuelle Orientierung unHEILbar sei. Irgendwer im Dunstkreis der Regierungsbank musste dann darauf hingewiesen haben, dass vor nicht allzu langer Zeit Schwulitäten im Heer als WEHRKRAFTZERSETZEND gegolten hatten. Herr X., der einer Generation angehörte, für die noch die allgemeine Wehrpflicht galt und der selbst alles mögliche unternommen hatte, um sich ihr zu entziehen, erinnerte sich, dass einer aus seinem ferneren Bekanntenkreis auf die Tour UNEHRENHAFT, aber vorzeitig entlassen worden sein soll, weil er sich seinem UFFZ in eindeutiger Weise genähert hatte. Man stelle sich das mal vor:

1. den Unteroffizier. Nehmen wir das klassische Modell, den schneidigsten der WEHRMACHT, einen, der als HERRENMENSCH losfuhr, dem RUSSEN zu zeigen, wo sein Platz wäre (ganz UNTEN): Helmut Schmidt.

2. die Annäherung. Erst macht man ihm (dem Unteroffizier!) SCHÖNE Augen: verfolgt ihn mit aufmerksamen Blicken, geht über zu einem verschämten Lächeln, wagt dann ein kokettes Zwinkern. Schließlich wirft man ihm Kussmündchen zu, um ihm bei nächster Gelegenheit so beherzt in den Schritt zu fassen, dass er vor Überraschung seinen Glimmstengel verschluckt.

Das hätte Herr X. eingestandenermaßen nicht gebracht, auch wenn es in der Bundeswehr selbst unter dem Verteidigungsminister Schmidt nicht mehr anging, solcherlei UNTERMENSCHEN standrechtlich zu erschießen oder zu kazettieren.

Der Griff in die Ministerpostentombola, der Jens Spahn zu einem der Nachfolger der EISERNEN LUNGE Deutschlands bestimmt hatte, wurde für ungültig erklärt, man zog also noch mal und heraus kam jemand, der von der Generalität des Führers bestenfalls als Rekrut im Putzgeschwader (Einsatzort Latrine) hingenommen worden wäre: Annegret K(a)K(a). Selbst in den Anfängen der Bundeswehr, in den 60er Jahren, hätte sie als Verteidigungsministerin nicht den Hauch einer Chance gehabt, stammten doch nahezu alle Offiziere und Unteroffiziere aus der Wehrmacht, 300 gar aus der Waffen-SS. Anno 2019 genügte ihr als Referenz NICHT SCHWUL (und das Gerücht, vor ihrer Geschlechtsumwandlung, sei „er" schon mal an einer Kaserne vorbeigefahren). Selbst BILD moserte über ihr erstes Interview im neuen Amt: *„Bla, bla bla!"* – als hätte es unter ihrer Vorgängerin darüber hinausgehende Äußerungen gegeben.

Spahn bekommt als bleibender Gesundheitsminister erneut Gelegenheit, doch noch etwas GEGEN seine unselige Veranlagung entwickeln zu lassen und seien es hom(ö)opathische Präparate (Klobuli?). Man muss wissen, der Mann ist römisch-katholisch und verbrachte seine prägendsten Jahre an der Bischöflichen Canisiusschule in Ahaus.

Als Herr X. die Kiste wieder einschaltete, meldete sich der Elch zu Wort: *Ich bin umgeben von Einsen und Nullen, hol mich hier raus!* Bleib, wo du bist, dachte sich sein Halter, hier regieren nur noch die Nullen.

Saul Bellow schrieb in „Herzog" Herrn X. aus dem Herzen: *In jeder Gemeinschaft gibt es eine Klasse von Menschen, die den übrigen unsäglich gefährlich ist. Ich meine nicht die Verbrecher. Für diese haben wir Strafmaßnahmen. Ich meine die Führer. Ohne Ausnahme streben die gefährlichsten Leute nach der Macht.*

Gefährlich, weil MACHTGEILHEIT meist mit Selbstüberschätzung einhergeht. Kein „normaler", also halbwegs selbstkritischer Mensch hält sich – hoppla, jetzt komm ich! – für befähigt, die Geschicke eines Landes zu leiten. Aber jeder DÖDEL tut es, seit einer von ihnen 16 Jahre lang als BUNTSKANTZLER herumkasperte. Was der kann, kann ich auch, mag sich ÄNTSCHIE gedacht haben: Einen Standardsatz von hochgegriffen 100 Phrasen beherrschen, eine Seilschaft von Jasagern bilden (alle anderen wegbeißen), den Status Quo als Zukunftsmodell festschreiben und dann WACHSTUM, WACHSTUM, WACHSTUM! als politische Vision ausgeben, die nicht nur Herr X. für eine Schwachsinnsparole hielt. Denn was von den Wirtschaftsheinis als Heilsversprechen umjubelt wird, bekämpft man in der Medizin als KREBS und fürchtet es in der Natur, weil es zu einem gestörten Gleichgewicht führt. Was ungehemmtes Wachstum im Einzelfalle anrichtet, könnte ÄNTSCHIE an ihrem unteren Rücken ablesen.

Gern hätte Herr X. seiner Kanzlerin die Frage gestellt:

„Jemals vom CLUB OF ROME gehört, Frau Merkel?"

Wann denn*, von wem denn** und wozu*** auch?

*In den letzen 50 Jahren, **von Nicht-Lobbyisten, ***um der Zerstörung von Lebensgrundlagen entgegenzuwirken.

*Keine Zeit, **sind Ihnen unbekannt, ***betrifft Sie nicht.

„Dem CLUB OF ROME, einer Vereinigung von Wissenschaftlern unterschiedlichster Disziplinen, ging es um so Nebensächlichkeiten wie Nachhaltigkeit, den Schutz der Biosphäre und die Zukunft des Planeten, die er aufgrund zahlreicher wissenschaftlicher Untersuchungen gefährdet sah. Das hätte Sie – als Naturwissenschaftlerin – doch interessieren müssen, erst recht später als weichenstellende MÄCHTIGSTE FRAU DER WELT, wie Sie von einer lobhudelnden Presse so gern genannt werden. Oder: KÜHLE ANALYTIKERIN. Wie konnten Sie derart besorgniserregende Aussagen, die seit 1968 (sic!) von Jahr zu Jahr bestätigt und untermauert wurden, einfach nicht zur Kenntnis nehmen? Weil es, wenn Sie danach gehandelt hätten, mit Ihrer „Macht" schnell vorbei gewesen wäre? Weil Sie von Kindesbeinen an ans liebe Jesulein glauben, das schon alles wieder richten wird?"

Vergiss bitte eins nicht, mein Lieber, sagte der Elch und holte Herrn X. aus seinen nutzlosen Betrachtungen auf den ausgemergelten Boden der Wirklichkeit zurück, *du bist nur ein Mensch!*

Ja, einer von sieben Milliarden oder sind's schon acht? Der aber sofort haftbar gemacht wird, wenn irgendwo eine Schweinerei nicht mehr unter den Teppich gekehrt werden kann. DER Mensch vermüllt die Meere! Herr X. war sich sicher, noch niemals ein Meer zugemüllt zu haben. Vielleicht ein- oder zweimal ins Mittelmeer gepieselt, aber davon konnte es nicht umkippen? Das und mehr tun doch schließlich alle seine Bewohner.

Geschlechtsverkehr in Besenkammern, bringt manchen hinterher zum Jammern, warf der Elch unpassenderweise dazwischen, lenkte Herrn X. ab und erinnerte ihn an die wohl amüsanteste Episode aus Bobbeles Leben, der letzteres jetzt damit fristet, bei Tennisturnieren Binsenweisheiten abzusondern. Damals in der Besenkammer war es sein Sperma, jedoch, wie er sofort beschwor, nur anläßlich eines Blowjobs. Bobbele, nur auf dem Tennisplatz gewieft, wartete nicht die in Liebesdingen so entscheidende Frage ab: SCHLUCKT SIE ODER SPUCKT SIE?, sondern eilte entleert an seinen Tisch zurück (in einer Talkshow wird er später den Tatort in die (Nähe der) Toilette eines Londoner Nobelrestaurants verlegen), wo er so tat, als habe er nichts Unangebrachtes von sich gegeben, sich dabei zufrieden durchs kaum in Unordnung geratene Haar fahrend und einen selbstgefälligen Blick auf Gattin Barbara werfend. Die alles entscheidende Frage (SEIN ODER NICHTSEIN?), die nur wenige Moderatoren zu stellen Manns genug wären, ist doch die, wie wohl der Glibber/das Genmaterial aus dem Mund von Angela (!) in ihren Muttermund gekommen sein mag. Angeblich, und das leuchtet durchaus ein, bedarf es dazu u.a. einer längeren kopfstandähnlichen Haltung.

Den Weitblick ihrer Vornamensvetterin hätte sich Herr X. von seiner Kanzlerin gewünscht bzw. einen Qualitätsjournalisten, der diesen bei ihr vermissen würde. Stattdessen umschwirrten sie AFTERGÄNGER (kein Angilizismus!). Einer ihrer schamlosesten Anbiederer und -wanzer und deshalb der Lieblingsfeind von Herrn X.: der Leiter der SZ-Parlamentsreaktion in Berlin, Nico Fried, mittlerweile seit 12 Jahren vom Achselmief der MACHT umwabert und benebelt und zutiefst EINGEBETTET. Kritische Distanz, das Hauptmerkmal eines Journalismus, der seinen Namen verdient, hat jedoch seit Kohl unweigerlich den Ausschluss von den Trögen der Spitzenpolitik zur Folge (siehe dessen Verhältnis zum SPIEGEL). Und nun lag vor Herrn X. einmal mehr ein Ausbund an Friedscher Hofberichterstattung, übertitelt mit:

SOMMERBRAUSE

Auch die CDU klebt jetzt bei elf Prozent fest: Die Kanzlerin, die Liebliches eigentlich nicht mag, trinkt mit politischen Freundinnen Aperol Spritz. Was hat der Stilwechsel zu bedeuten?

Wer jetzt nicht gespannt ist wie ein Halligenbewohner bei einer Sturmflutwarnung, dem ist nicht zu helfen. Und dann legt Nico mit investigativem Elan los:

Neulich habe ich gelesen, dass sich Angela Merkel vor einiger Zeit mit Annette Schavan und Monika Grütters in der Bar eines Berliner Hotels getroffen hat. Der Mann hat seine Quellen, die er natürlich schützt.

Merkel ist derzeit noch die Bundeskanzlerin, Schavan ist politische Wegbegleiterin und persönliche Freundin, Monika Grütters ist, ach, nicht so wichtig. Stimmt, nämlich nur Beauftragte der Bundesregierung für Kultur und Medien, also eher eine Randfigur im höheren Parteizirkel um die Kanzlerin. Man merkt sofort, Fried kennt sich dort bestens aus.

Das eigentlich Interessante an der Geschichte: Alle drei Damen haben Aperol Spritz getrunken. Das stand schon in ein paar Zeitungen, aber jüngst habe ich es sogar im SPIEGEL gelesen, deshalb wird's wohl stimmen. Kann man gewissenhafter recherchieren? Aktueller berichten? Und weil der SZ-Leser schon ein bisschen wirr im Kopf ist und bei komplizierten Sachverhalten den Überblick verliert, wiederholt Fried:

Alle drei Damen Aperol Spritz – also auch Merkel. Puuh, Herr X. hätte es fast wieder vergessen, Glück gehabt! Jetzt kann Fried mit seiner journalistischen Aufklärungsarbeit beginnen:

Für die paar Dutzend Leserinnen und Leser, die es nicht wissen: Aperol ist ein Likör aus Zitrusöl, Kräutern und Wurzeln. Er schmeckt süß, mit einer bitteren Note. Er heißt Spritz, wenn er mit Prosecco und Soda aufgebitzelt wird und leuchtet orangefarben, und für die von den paar Dutzend Leserinnen und Leser, die nicht wissen, wie orangefarben aussieht: *wie die Trikots der holländischen Nationalmannschaft oder die Fahrzeuge der Berliner Stadtreinigung.* Das ist scharf beobachtet und es geht knallhart weiter:

Nach einem Glas klebt der Mund ein bisschen, weshalb Merkel froh gewesen sein dürfte, dass sie im Anschluss an ihr abendliches Treffen keine Parteitagsrede mehr halten musste. Dieser Kelch ist an ihr, die so vieles ertragen muss, vorübergegangen. Jetzt kommt Fried erneut zum Kern der Sache: *Die Kanzlerin trinkt also Aperol Spritz.*

Das war so unfassbar, Herr X. mochte es immer noch nicht glauben, deshalb versichert ihm Herr Fried:

Ganz ehrlich: Ich persönlich hätte es weniger überraschend gefunden, wenn Innenminister Horst Seehofer auf einem E-Scooter freihändig unter meinem Bürofenster vorbeigefahren wäre. Dem Horst ist einiges zuzutrauen, das weiß jeder, aber dass Merkel...

Fried lieferte jetzt die Hintergrundinfo:

Vor genau drei Jahren schrieb ein Kollege hier über den Siegeszug des italienischen Cocktails und über Bob Kunze-Concewitz, den Chef der Campari-Gruppe, zu der Aperol gehört. Kunze-Concewitz, ein offenkundig sehr selbstbewusster Österreicher, sprach damals davon, dass sich Aperol verbreite „wie ein Ölfleck". Was weniger für Selbstbewusstsein spricht, als vielmehr dafür, dass dem Herrn Vergleiche nicht liegen, an dessen Vorstellungsvermögen Fried offensichtlich zweifelt:

Aber dass das orangene Öl eines Tages sogar durch den Rachen der Bundeskanzlerin fließen würde, hätte vielleicht nicht einmal Kunze-Concewitz für möglich gehalten. Und schon gar nicht, dass es vom Rachen via Speiseröhre ins Gedärm weiterfließt, um sich schließlich in der Blase zu sammeln und letztendlich auch noch irgendwo auszutreten – bei einer leibhaftigen Bundeskanzlerin – ein Wahnsinn! Zumal bei den zeitgeschichtlichen Zusammenhängen, die einem Qualitätsjournalisten wie Fried nicht verborgen bleiben:

Und das auch noch 2019, genau 100 Jahre nachdem die Brüder Luigi und Silvio Barbieri den Aperol auf einer Messe in Padua präsentierten. Das Timing von Frau Merkel ist einfach phänomenal. Auch sie hat, wie Fried weiß, eine Vergangenheit:

Nun ist es natürlich nicht völlig abwegig, dass auch Merkel mal so was trinkt. In ihrer Jugend soll sie in der uckermärkischen Dorf-Disco mit Kirschlikör hantiert haben. Mit Kirschlikör hantiert? Darauf hinzuweisen, dass die

Kanzlerin nicht sonderlich geschickt ist mit den Händen, wäre nicht nötig gewesen, zumal man von Helmut Kohl weiß, dass ihre Tischsitten früher zu wünschen übrig gelassen hatten. Nach diesem kecken Ausflug in eine uckermärkische Dorf-Disco kehrt Fried beflissen-devot in die Gegenwart zurück und kann sich plötzlich wieder nichts mehr vorstellen:

Doch die Politikerin Merkel mit ihrem nüchternen Pragmatismus, mit ihrer meist freundlichen, aber qua Amt auch etwas förmlichen Art, kann man sich nur schwer mit einem süßen Cocktail vorstellen: Das ist ihr doch zu lieblich.

Und er erinnert sich, wie es zugeht, wenn diese Frau sich entspannt:

Entspannung – da denkt man bei Merkel an viele Stunden Richard Wagner bei brütender Hitze auf harten Stühlen in Bayreuth. Unglaublich, was diese Frau für Deutschland auf sich nimmt. Und sich dabei noch entspannen kann.

Selbst in ihrer Freizeit hat die Kanzlerin ja stets etwas Diszipliniertes, fast Strenges jedenfalls in dem Teil, den man mitbekommt. Keiner will mehr mitbekommen. Oder doch?

Als sie wegen eines Beckenbruchs 2014 längere Zeit Ruhe halten musste und ein wenig Muse hatte (und nicht etwa Muße, wie ein Normalsterblicher!), *zappte sie nicht durch die Fernsehprogramme, sondern las ein Buch über Geschichte mit 1568 Seiten.* Das ist weit jenseits dessen, was sich ein Normalbürger abverlangen kann.

Den Autor lud sie gleich zur Fortbildung ihrer Gäste an ihrem 60. Geburtstag ein. Es handelte sich um den Historiker Jürgen Osterhammel, der die geladene Hundertschaft mit einem 45-minütigen Vortrag hoffnungslos überforderte.

Wenn Merkel sich auf ihrer Datscha aufhält, verrichtet sie ordnungsgemäß die saisonal notwendigen Arbeiten in ihrem Garten. Das klingt so unmenschlich, robotmäßig, dass bei Fried erneut Zweifel aufkommen:

Und jetzt zwitschert diese Frau mal ganz entspannt einen Cocktail, dessen Genuss die Botschaft vermittelt: Morgen ist auch noch ein Tag?

Der Mensch Merkel bleibt ein Mysterium (Wie hantiert man mit Kirschlikör?). Kann es sein, dass er sogar zwitschert? Und dass ein Genuss anstelle der Faulheit die Botschaft vermittelt: Morgen ist auch noch ein Tag?

Seit ich mit Angela Merkel zu tun habe, trinkt sie Wein, wenn sie Alkohol trinkt. Wie lange ich schon mit ihr zu tun habe, erkennt man daran, dass ich noch als Nachwuchsjournalist galt, als ich das erste Mal mit ihr gesprochen habe. Was Herr X. schon längst erkannt hatte, war, dass der PÖBEL, der sich mit dem VOLK verwechselt und LÜGENPRESSE schreit, diese Art von ERGEBENHEITSPRESSE meint und irgendwie Recht hat, wenn er auch mit seiner Formulierung daneben liegt.

Mittlerweile sehe ich nach all den Amtsjahren Merkels über meinen Ohren silbrig-graues Haar, wenn ich morgens in den Spiegel schaue. Beim Arschkriechen ergraut, Fried hat nichts anderes gelernt. Umso sicherer wird man am Ende seiner Tage von einem ERFÜLLTEN LEBEN sprechen.

Okay, bei der CSU, wo sie früher gelegentlich zu Besuch war, nippte Merkel auch mal am Bierkrug, blieb aber frei von erkennbarer Begeisterung, was zuletzt weniger am Bier als an der CSU gelegen haben mag. Nicht okay ist, dass der Mann diese Seiche bei einer ehemals renommierten Zeitung absondern darf, statt beim ULMER PISSTUMSBLATT, wo sie hingehörte.

Und auf einer Reise nach Brasilien habe ich mal erlebt, wie Dr. Franz Ruder-Underberg, Geschäftsführer der Underberg KG und Mitglied der Wirtschaftsdelegation, der Kanzlerin einen Zwölfer-Pack Magenbitter überreichte. Zeuge eines derart unverblümten Bestechungsversuchs zu werden ist natürlich ein Erlebnis. Und dann gleich mit einem Zwölfer-Pack (wo es doch ein Sechser auch getan hätte)!

Merkel gab die Fläschchen ruckzuck und ungeöffnet an einen Mitarbeiter weiter. Und nun das: Aperol Spritz.

Erst ungeöffnet keinen ausgegeben und nun das? Fried war gewiss besoffen, zumindest von seiner Kanzlerin, als er das niederschrieb (und die, die's gedruckt haben, auch).

Gewiss, das Zeug ist nicht irgendein Cocktail. Es ist ein Phänomen, eine Art Epochengetränk. Was der Eierlikör in der Nachkriegszeit war und der Campari Orange in meiner Jugend, das ist Aperol Spritz zu Beginn des dritten Jahrtausends. Vom ZEUG zum Jahrtausend-Cocktail hochgejubelt von einem dritten Jahrtausend-Qualitätsjournalisten. *2015 verließen bereits 32 Millionen Liter Aperol pro Jahr die Abfüllanlagen* (Wieviele Jahre hatte 2015?), *heute dürfte das allein dem Jahresverbrauch in Berlin entsprechen, zumindest wenn man den Abverkauf in meinem Supermarkt als Rechengrundlage nimmt: in dem Regal, in dem der Aperol stehen soll, klafft oft ein tiefes Loch.*

Dass der Berliner säuft wie ein Loch, weiß man, jetzt scheint er sogar in Supermärkten nach Alkohol zu graben. Nur aus der Leere eines Journalistenschädels lassen sich ständig neue Sätze und Erkenntnisse pressen:

Aperol Spritz gilt als Aperitiv, aber in Südtiroler Urlaubsorten zum Beispiel trinken ihn die Touristen als Digestif – nach dem Frühstück. Vielen von ihnen sieht man an, dass sie danach beschließen, auch heute wieder nicht zu wandern. Was für eine Beobachtungsgabe: Touristen anzusehen, dass sie beschließen, was sie schon gestern nicht getan haben. Und er sieht noch mehr:

In Bozen habe ich eine überfüllte Bar gesehen, in der es überhaupt nur Aperol Spritz gab, und selbst auf der Piazza San Marco in Venedig, wo das Zeug mindestens 25 Euro kostet, standen mehr orange Gläser auf den Tischen als Espresso-Tassen.

Man scheint das ZEUG – Fried bekam offensichtlich Skrupel, den Produktnamen zum 15. Mal zu nenen – rund um die Uhr zu saufen, egal, was es kostet. Wie aber fand es seinen Weg in die Kanzlerin?

Manches spricht dafür, dass Annette Schavan als Botschafterin am Heiligen Stuhl in Rom den Aperol (15. Erwähnung) kennengelernt und der Kanzlerin in Berlin an jenem 11. Februar empfohlen hat. Es kommt selten was Gutes vom Heiligen Stuhl, doch weiter mit den entscheidenden Fakten:

Die Damen saßen unweit der CDU-Zentrale, in der Annegret Kramp-Karrenbauer zur selben Zeit ein Werkstattgespräch zur Zuwanderung veranstaltete. Eine muss die Karre ja fahren.

In der Hotelbar stehen dunkelbraune Ledersessel, man trinkt unter den Augen aller bisherigen US-Präsidenten, deren Bilder an der Wand hängen. Zum Glück nur ihre Bilder. Und die schweigen doch hoffentlich.

Leider verrät keiner von ihnen, was die Frauen besprachen und ob sie womöglich sogar ein ganz klitzekleines bisschen lästerten.

Klatschtante Fried (Eier hat der Mann höchstens im Kühlschrank) hätte so gern ein ganz klitzekleines Mäuschen gespielt, um zu den sog. wohlunterrichteten Kreisen zu gehören. Aber so:

Ob Angela Merkel der Aperol überhaupt geschmeckt hat, ist auch nicht bekannt. DAS ist alles andere als wohlunterrichtet! Vermutlich hat er für diese 2/3-seitige Aperol-Werbung (Regulärer Anzeigenpreis deutlich über 50.000 Euro) nicht mal einen 12er-Pack abgestaubt. Hat er als Lieblings-Schleimbeutel der Kanzlerin auch nicht nötig. Dafür stets einen Tipp für sie:

Wenn ja, träfe es sich allerdings gut, dass sie diese Woche aus dem Urlaub nach Berlin heimgekehrt sein soll: Ihr bevorzugter Supermarkt, durch den sie 2014 sogar Chinas Ministerpräsidenten führte (Herr X. glaubte, sich an die Fernsehbilder zu erinnern, die zeigten, wie sich die Augen des Chinesen vor Konsumneid zu Schlitzen verengt hatten und er gleich nach seiner Heimkehr die Haftbedingungen für Dissidenten drastisch verschärfen ließ)*, bietet die 0,7-Liter-Flasche dieser Tage zum Aktionspreis von 8,69 Euro an. Das sind satte 13 Prozent Rabatt.* Das gibt es nur in einer FREIEN Marktwirtschaft! Jetzt kann sich womöglich auch die Kanzlerin ein EXTRA-Fläschchen leisten.

Womöglich sitzt Merkel dieses Wochenende irgendwo mit einem Cocktailglas, sinniert entspannt über den Sonnenuntergang ihrer Kanzlerschaft und grübelt nur über die in einem solchen Moment wirklich alles entscheidende Frage: noch einen?

EINEN? Um sich diese Kanzlerschaft schönzusaufen bedarf es einer Standleitung zur Abfüllstation. Und wer NUR grübelt, wie könnte der entspannt sinnieren? Doch wozu da noch nach Sinn suchen? Zurück zu der in der Subline aufgeworfenen Frage: *Was hat der Stilwechsel zu bedeuten?* Fried selbst schien sie für so unsinnig zu halten, dass er sich eine Antwort ersparte. Dafür steht in Form einer Zwischenüberschrift noch eine weitere groß im Raum:

Hat Genussbotschafterin Annette Schavan den Spritz aus dem Vatikan mitgebracht?

Herr X. war versucht, aus der Wortkombination *Genuss/ Spritz/Vatikan* einen versteckten Hinweis auf Kindesmissbrauch herauszulesen. Sollte Fried da investigativ tätig geworden sein? Gewiss nicht! Nicht einmal versehentlich. Stattdessen ernennt er den FALSCHEN DOKTER Schavan zur Genussbotschafterin, weil er/sie – vielleicht! – das im Mund klebende ZEUG der Kanzlerin vorgestellt hat, von der wiederum nicht einmal Nico weiß, ob es ihr schmeckt, die er aber dann darüber grübeln läßt, alldieweil es so einen schönen Schlusssatz ergibt, ob sie noch einen zwitschern soll. Und auch das soll GEWISS kein Hinweis auf die Entscheidungsschwäche dieser Kanzlerin sein, denn der Leiter der SZ-Parlamentsredaktion in Berlin, Nico Fried, gehört zu den Gallionsfiguren der Schleimertruppe, für die Karl Kraus vor über 100 Jahren den Begriff JOURNAILLE geprägt hat.

Einen Baum! Einen Baum! Mein Königreich für einen Baum! sagte der Elch, mit seiner Halbbildung prahlend, die er sich in einem Schulsystem geholt hatte, das kurz danach zusammengebrochen war. Mit seinem Zitat spielte er nicht nur auf Shakespeares Richard III. an, sondern auch auf Gaius Julius Caesar. Wusste er doch, dass Herr X. in seiner Internatszeit, wohl weil ihm ähnliche Fransen in die Stirn hingen, Caesar gerufen wurde und er sich daraufhin über seine schulischen Pflichten hinaus mit dem großen Römer beschäftigt hatte und zu seinen Bewunderern gehörte. Die Anspielung des Elchs bezog sich auf einen Absatz in DE BELLO GALLICO, Sechstes Kriegsjahr (53 v.Chr.), in dem der Feldherr einige Tierarten des hohen Nordens beschreibt, die er nur vom Hörensagen kannte:

27) *Es gibt dort auch die sogenannten Elche. Sie ähneln in Gestalt und Fellfärbung den Ziegen, sind aber etwas größer. Sie haben abgestumpfte Geweihe und Beine ohne Knöchel und Gelenke. Sie legen sich nicht nieder, um zu ruhen und können nicht wieder aufstehen oder sich aufrichten, wenn sie durch einen Unfall gestürzt sind. Bäume dienen ihnen als Ruhestätte, an sie lehnen sie sich an und ruhen sich, so ein wenig gestützt, aus. Wenn die Jäger aus ihrer Fährte ihren Standort gefunden haben, unterwühlen sie entweder die Bäume an den Wurzeln oder sägen sie an, sodass der Eindruck eines stehenden Baumes erhalten bleibt. Wenn die Elche sich wie gewohnt an sie anlehnen, stürzen sie zusammen mit ihnen zu Boden.*

Zwar hatte *Der Gallische Krieg* in den Elchschulen seit jeher auf dem Lehrplan gestanden, allerdings wurden wie andernorts auch nur der Anfang und wenige ausgesuchte Kapitel durchgenommen. Eines Tages jedoch entdeckten Schüler die oben zitierte Stelle und NICHTS WAR MEHR WIE ES VORHER WAR (wobei sich die dümmste aller Betroffenheitsphrasen hier mal bewahrheitete). Die halbwüchsigen Elche warfen sich zu Boden, bogen sich vor Lachkrämpfen und schrien: *Ich kann nicht mehr aufstehen! Ich kann nicht mehr aufstehen!*

Schallendes Gelächter erschütterte die Wälder Kanadas. Kaum war wieder Ruhe eingekehrt, WUMMS!, lag der nächste flach, dem es die anderen bereitwilligst nachmachten. An einen geregelten Unterricht war nicht mehr zu denken, zumal die pubertierenden Heranwachsenden nur noch darin wetteiferten, sich so spektakulär wie möglich fallen zu lassen. Caesar hatte unter den Elchen die *Juvenile Fallsucht* ausgelöst und damit deren Schulsystem ruiniert. Das erklärt, warum in Wiederkäuerkreisen ein altbekanntes Sprichwort in ERRARE CAESAREUM EST abgewandelt wurde.

Der Elch, der wie alle Machos Anzeichen von Größenwahn verriet, wenn auch mit einem Augenzwinkern, verkündete: *Und also lautet das 1. Gebot: Ich bin der Herr, Dein Elch, Du sollst keine anderen Elche haben neben mir.* Keine Angst, dachte sich Herr X., einer von deiner Sorte reicht dicke. Dabei fiel ihm folgende,nicht unpassende SZ-Überschrift ins Auge: **Marx hält Einschränkung des Zölibats für denkbar.** Vielerorts dürfte das fragende Mienen hervorrufen, weil man dort Marx mit *Engels* assoziiert. Nicht hingegen in München, hier denkt man, wenn überhaupt an *Engel*, weil man weiß: es kann nur der Reinhard gemeint sein, unser gewaltiger Scherz-, nein, Erzbischof und Kardinal. Herr X. stellte sich schon mal vor, wie diese Einschränkung wohl aussehen könnte: Darf sich der Pfarrer vielleicht künftig nach vollbrachter Sonntagsarbeit jemand vom Hostessenservice kommen lassen? Oder, wenn ihm der Sinn nicht danach stehen bzw. die Kollekte es nicht zulassen sollte, wenigstens Hand an sich (und hoffentlich nicht an Ministranten!) legen? Marx hingegen kann sich in diesem Beitrag vorstellen, *unter bestimmten Voraussetzungen* (Notgeilheit? Durch Kindsmissbrauch auffällig geworden? Regelmäßige Morgenlatte?) *in bestimmten Regionen* (Bayerischer Wald? Bielefeld? St. Pauli?) *verheiratete Priester zuzulassen.*

Das klang bei ihm 2010 noch anders: *Die Kirche hat die Erfahrung gemacht, dass der Zölibat ein großer Schatz ist. Und nicht das große Problem der Kirche.* Schatz, gleichbedeutend mit Reichtum, stimmt haargenau. Unverheiratete Priester kommen billiger als solche mit Familie und haben keine Erben, also fällt alles an die Kirche, bleibt Bistumsbesitz – was für eine Erfahrung!

Heute verfügt das Erzbistum München-Freising über Aktiva von rund 4 Milliarden Euro und erzielt Jahresüberschüsse im dreistelligen Millionenbereich. Den Schatz will Marx sich nicht rauben lassen. Deshalb hält er auch nichts vom bedingungslosen Grundeinkommen: *Arbeit ist nicht irgendetwas, sondern gehört zur Grundkonstitution des Menschseins... Deswegen muss man darauf achten, dass jemand von seiner Arbeit lebt... – das ist eine Säule für eine freie* (!) *Gesellschaft.* Der Mann weiß: Arbeit macht frei! *Und wenn diese Säule gekappt wird, erodiert auch die Demokratie.* Klar, dass er, der von Arbeit so viel versteht wie vom Rudelbumsen, die Demokratie gefährdet sieht bzw. das, was er dafür hält, wenn die Säule mit den vielen arbeitenden Depperl GEKAPPT wird (was immer das heißen soll), von deren Steuern sein Gehalt bezahlt wird (und nicht etwa von Mutter Kirche, die Not leidet!). Über dessen Höhe eine nicht anzweifelbare Internetseite KIRCHE IN NOT voller Stolz berichtet:

Doch noch läßt er sich die Freude am Leben (vor dem Tode) nicht nehmen, wie die KATHOLISCHE NACHRICHTEN-AGENTUR berichtete:

KNA: Wachsender Populismus, Brexit, Erdbeben in Italien, Aleppo - 2016 wird vielen als ein weiteres Krisenjahr in Erinnerung bleiben. Verraten Sie uns Ihr schönstes Erlebnis?

Marx: Mich nehmen diese negativen Ereignisse schon sehr mit. Dennoch - wir alle dürfen uns die Freude am Leben nicht nehmen lassen. Mein schönstes Erlebnis in diesem Jahr: Im Urlaub habe ich mir mit Freunden ein Motorboot gemietet. Wir sind über den Chiemsee geschippert, Schinken und ein Glas Wein dabei.

Herr X. fand damit das Gerücht bestätigt, der Reinhard habe immer einen Schinken in Reichweite hängen: in der Sakristei, im Beichtstuhl, in der Krypta. 132 Kilo fallen nicht einfach SO vom Himmel. Oder doch?

Die Priester folgen mit der Ehelosigkeit dem Lebensbeispiel Jesu. Welchem Lebensbeispiel folgt wohl der Kardinal mit seiner Fresslust? Glaubt er, dass sein INRI (wie er vielerorts laut Taferl auch heißt) sich Zeit seiner terrestrischen Verweildauer deshalb kasteit (also bescheiden gelebt) und maximal 60 kg auf die Waage gebracht hat, damit er und die Seinen richtig in die Vollen gehen können, beim Prassen und Prunken? Statt in einem Stall (in den er eigentlich gehörte) residiert Marx mietfrei in einem Rokoko-Palais (unlängst mit 8 Mio. renoviert, von denen die Kirche nur 1/4 berappen musste). Wie sehr muss ihn die Vorstellung peinigen, dereinst in alle Ewigkeit auf einer Wolke hausen und nur Manna kauen zu müssen? Armes Schwein, dachte sich Herr X., um seine Empathie stante pede zurückzunehmen und auf die zu richten, die ihr Leben lassen müssen, damit der Erzbischof seiner FLEI-

SCHESLUST frönen kann. Oder sollte der Mann gar ein Frustfresser sein? Weil ihm, wenn auch uneingestanden, klar sein muss, dass er sich – spirituell gesehen – auf äußerst dünnem Eis bewegt. Liegt doch die Chance, dass er den RICHTIGEN Schöpfer anbetet und seinen Schafen verkauft, bei 1 zu 3.000. Gut & gern so viele Götter (manche zählen gar 4.000) hat sich der Mensch bisher ausgedacht, wobei die meisten schon verehrt wurden, als *Jesu* noch nicht einmal in Abrahams Wurstkessel schwamm, weil der noch Baal gehörte. Dass sich die Gottheiten nicht sauber abzählen lassen, liegt an den alten Römern, die sich die der eroberten Völker regelmäßig einverleibten, um sie dann umzubenennen, wie etwa Aphrodite in Venus. Für Herrn X. beispielsweise waren das ZWEI Klassefrauen, für andere ein und dieselbe.

Dass aber Herr Marx und Konsorten für diese lausige Quote (1:3.000) von ihrem Kumpan (dem Staat) aufgrund eines in vordemokratischer Zeit geschlossenen Vertrags noch heute über 500 Mio. p.a. hinten rein geschoben bekommen, wird nach wie vor mit der Säkularisation begründet, obwohl längst abbezahlt sein muss, was ohnehin nur dem GEMEINEN Volk abgepresst worden war, das bis heute mit seinen Steuern dafür Wiedergutmachung leisten muss (was für ein ungeheuerliches Melken über Jahrhunderte hinweg!). Und mit der Selbstverständlichkeit des Verkäufers von SEELENHEIL (in diesem Fall einem Dreitausendstel von NICHTS) krallen sich die Kuttenbrunzer weiter wie gewohnt alles, was sie in ihre gierigen Griffel kriegen können, schalten gleichzeitig Anzeigen von KIRCHE IN NOT und merken nicht und nimmermehr, wie dekadent und widerwärtig diese Abzocke ist, geschieht sie doch im Namen und mit dem Segen *Jesu*.

Da aber überkam Herrn X. der von ihm so gefürchtete Selbstzweifel und fragte ihn, ob es nicht Neid sei, der ihn so urteilen ließ? Und hatte sofort das Totschlagargument der selbsternannten Leistungsträger/Qualitätsjournalisten (manchmal in Personalunion) im Ohr, das da hieß: NEIDDEBATTE! Darf man der Speckmade das Leben im Überfluss neiden? Kann der Parasit etwas dafür, als solcher auf die Welt gekommen zu sein? Ist nicht die Gier die Mutter aller Dinge? Das Ego die Triebfeder der Menschheit?

Apropos Selbstzweifel... Ob Marx ihn kennt? Und was, wenn Ja, er wohl dagegen unternimmt? Sich in einen Schinken verbeissen?

Weißt du, warum Menschen Elche abknallen?, fragte der Elch. *Sag schon*, forderte Herr X., obwohl er die Antwort längst kannte und plausibel fand:

Penisneid! Nur aus Penisneid!

Der Elch hatte seinen Freud offensichtlich falsch verstanden und dennoch recht: Es geht in puncto Penis weniger um Haben oder Nichthaben, sondern darum, ob der, der einem anhängt, den Erwartungen entspricht. Wenn nicht, sucht sein Inhaber nach Kompensationsmögichkeiten. Findet er sie in einer KNARRE oder einer übermotorisierten KARRE, bekommt das u.a. das Großwild zu spüren.

Erst stirbt der Elch, dann der Planet.

Die wachsende Neigung deutscher Männer zum SUV weist auf eine gewisse Enttäuschung hin. Auch läßt sich die stete Zunahme von Bierbäuchen dahingehend interpretieren, dass man sich den frustierenden Anblick beim Wasserlassen ersparen will. Darauf, die Sache direkt, also an der Wurzel anzugehen, das hatte Herr X. eruiert, scheinen nur wenige zu kommen. Die Eingabe PENISVERLÄNGE-

RUNG erbrachte bei Google nur 692.000 Ergebnisse. Bei den Frauen sieht es anders aus, sie sind möglicherweise zehnmal intelligenter: BRUSTVERGRÖSSERUNG kam auf 7.850.000 Einträge. Natürlich stellte sich ihm die Frage: Läßt sich beides vergleichen? Oder haben wir es hier mit Äpfeln und Bananen zu tun? Während Herr X. sich jeder Menge Frauen entsann, die kleine oder keine Brüste geradezu herausfordernd zur Schau stellten (Paradebeispiel: Twiggy, auch schon über 70, aber immer noch im ZEIGE-GESCHÄFT), waren ihm keine Männer bekannt, die sich mit einem Winzpimmel brüsteten. Auch konnte er sich an keinen Wettbewerb erinnern, der WER HAT DEN KLEINS-TEN? geheißen hätte. Allerdings war er baff, als er die Frage googelte: 42.500.000 (!) Ergebnisse und sofort den Weltmeister im Bild: Mike Carson, 31, 1/16 inch. Letzteres sind schwer messbare, aber angeblich voll funktionsfähige 0,158 Zentimeter. Ein ganz klein wenig PENETRANT an Mike war, dass er DAMIT angab: er könne nicht sagen, wie viele Frauen mit ihm Sex hatten, nur *um es auszuprobieren*.

Da fiel Herrn X. plötzlich wieder Valerie ein. **Valerie mit dem großen Kitzler.** Er hatte lange nicht mehr an sie gedacht, eigentlich seit seiner Studentenzeit. Sie war die Heldin eines drastisch-feministischen Porno-Comics, der 1971 im Verlag Klaus Bär, Berlin erschienen war. Mit, wie man am Schluss erfährt, Zeichnungen, die aus einem Dänen-Porno geklaut wurden, drei wild zusammengeschusterten Episoden und jeder Menge die sexuelle Revolution befeuernden Zitate. Im Billigstdruck hergestellt und im Eifer resp. der Erregung falsch zusammengetragen und mit fehlerhafter Seitenfolge gebunden. Kein Wunder, denn Valerie erschießt in Episode 1 den Obermacho Dr.

Black und beeindruckt dessen Gespielin mit ihrer Klitoris, die manchem Penis zur Ehre gereichen würde, derart, dass diese gleich aufreitet. Dabei werden den Frauen per Sprechblase Zitate der radikal-feministischen Autorin Valerie Solanas in den Mund gelegt:

Die Gespielin (obenauf sitzend): *Du sagtest: „Der Mann ist eine unvollständige Frau, eine wandelnde Fehlgeburt." AAAAHHH!*

Valerie (die mit dem großen Kitzler, liegend): *Frauen haben keinen Penis-Neid, Männer haben einen Vagina-Neid.*

Damit stand Frau Solanas im Widerspruch zur Aussage des Elchs. Herr X. fragte sich, ob sie ihn deshalb auch niedergeschossen hätte wie weiland Andy Warhol, räumte aber dann ein, dass bei einem rechten Neidhammel beides zugleich möglich wäre. Während Valerie Solanas ihren aussichtslosen Kampf gegen patriarchalische Strukturen und die Unterdrückung der Frau kämpfte, ließ sich Angela Merkel, damals noch Kasner, in der FDJ zur klassenbewussten Sozialistin schulen (freiwillig, fast die Hälfte der Jugendlichen tat es nicht), was ebenfalls scheiterte, vielleicht weil sie, wie zu erfahren war, lieber „mit Kirschlikör hantierte". Abgesehen davon weiß jeder Psychologe von der Erziehungs- und Beratungsresistenz eingefleischter Fingernägelbeißer ein Lied zu singen. Herr X. ließ sich deshalb nicht täuschen, als Merkel im März 2019 sich anläßlich der freitäglichen Demos in ihrem Video-Podcast meldete: *„Ich unterstütze sehr, dass Schülerinnen und Schüler für den Klimaschutz auf die Straße gehen und dafür kämpfen".* Wie? Die kühle Analytikerin schien nicht zu kapieren, dass die Kinder gegen sie und ihre Politik antraten. Ein halbes Jahr später sagte sie anläßlich Thunbergs Verzweiflungsauftritt vor der UNO: *«Wir alle haben den*

Weckruf der Jugend gehört.» und gab damit zu, geschlafen zu haben (aber das hörte nur Herrn X. heraus). Und sprach sich selbst umgehend mit diesem WIR ALLE frei. Wie überhaupt immer sie bei Schuldfragen die Sozialistin in sich wiederentdeckt. Nach den zehn Morden der NSU sprach sie großzügig von einer SCHANDE FÜR DEUTSCHLAND. Obwohl hier ein explizites Versagen von Politik und Ermittlungsbehörden vorlag, die die rechte Szene in den neuen Bundesländern jahrelang kleinredeten und der Verfassungsschutz, wie immer auf dem rechten Auge blind, dem Terror, statt ihn zu verhindern, Vorschub geleistet hatte.

Wer wie Merkel 30 Jahre lang Politik macht, davon 7 als Ministerin, 4 an der CDU-Spitze und 14 als Kanzlerin und sich dann von Schülern sagen lassen muss (auf Wissenschaftler hat die Wissenschaftlerin nie gehört), dass sie Zeit ihrer Ämter nur die Wirtschaft am Laufen gehalten, den Planeten aber dabei mit heruntergewirtschaftet und seine Zukunft aufs Spiel gesetzt hat, der sollte sich eigentlich in die dunkelste Ecke verkriechen. Nicht so diese Kanzlerin. Sie läßt verbreiten, dass sie verstanden habe, und macht ungerührt weiter wie bisher. Gedeckt vom URNENPÖBEL (Günther Schramm), der in Deutschland noch jeder Führerfigur – komme, wer da wolle – die Treue hält, weil er sich niemals eingestehen würde, sein Kreuz an der falschen Stelle gemacht zu haben, heißt: für dumm gehalten und auch so verkauft worden zu sein.

Geschlechtsverkehr im Kofferraum gelingt dem Ungeübten kaum, verkündete unpassenderweise der Elch und bewies, dass auch ihm meistens nur DAS EINE im Kopf herumging. Wobei, wie Herr X. jetzt wusste, es sich in Sonderfällen auch um Schinken handeln kann. Das widersprach wiederum Henryk M. Broder, der sich in den 70ern noch in der linken Szene und bei den **St. Pauli Nachrichten** tummelte und ebenfalls in dem Valerie-Comic auftauchte, wenn auch nur als Zitat: *Entweder man hat ein Sexualleben oder man bumst nur!* Ein Sexualleben mit einem Schinken? Etwa auch mit Kirschlikör? Die Vielfalt menschlicher Verhaltensformen konnte Herrn X. immer aufs Neue begeistern. Das wiederum erinnerte ihn an W., einen ähnlichgesinnten Mitstudenten, mit dem er sich angefreundet, den er auch später immer wieder getroffen und der ihm irgendwann einmal ein Gedicht geschickt hatte, der die Geschlechts- und Geschlechter- oder wie man heute sagt Genderproblematik aufgegriffen und FABELhaft verwurstet hatte. Herr X. kramte ein bisschen in seiner Hängeregistratur, fand das Gesuchte schneller als erwartet und las:

DER BIEN

Es war einmal ein Bien,
wohnhaft im West-Berlin,
der flog so vor sich hin
mit nichts im Sinn.

Sein Blick schwiff kreuz wie quer,
mal hoch, mal ringsumher,
fiel dann auf eine Schwan,
die fuhr per Kahn.

Ein Nümmerchen geht immer
mit manchem Frauenzimmer.
Dies wusste unser Bien
von seiner Queen.

„Jestatten: Lohengrin!"
begann im Niederknien
er die Romanze,
und ging aufs Ganze:

„Mein schönet Frollein, darf icke wagen,
een Bienenstich Euch anzutragen?"
Die Schwan vor Scham erzitterte,
weil Unzucht witterte.

„Bin weder Frollein, weder schön,
am allerwedersten obszön
und liebe einen Gans
mit Namen Hans."

„Wie det? Son Weib wie Ihr
alleen für een...? Gloobt mir,
im Lustvazicht vawirklicht
man sich nicht.

Keen Gans uff dieser Welt
vadient, det Ihr Euch quält!"
einwandte da der Bien.
Mit Recht, wie's schien.

„Neinnein, mein Herr, bedaure sehr,
mir liegt nichts am Geschlechtsverkehr.
Zudem entspricht Durchrassung
nicht meiner Staatsauffassung."

Der Bien als Don Juan
blieb cool und dran:
„Ick kenne eene Pute
namens Ute.

Die Jute hat sich ooch jeziert,
denn doch probiert und rasch kapiert:

Wat Süßret jibt et nich
als eenen Bienenstich."

Darauf die Schwan: „Zieh Leine!
Sonst macht mein Gans dir Beine!"
Der Bien im Gegenzuch:
„Nu is jenuch!

Du blöder Pelikan,
du drohst Jewalt mir an?"
Und stürzte dann
sich auf die Schwan.

Ihr Schrei aus vollem Rohr
drang an des Gansens Ohr.
Der nahm gerad'
ein Sonnenbad.

Er schlüpfte in die Hose,
flog los in Retterpose
und eintraf noch beizeiten,
um einzuschreiten.

Auwei, es war die Keilerei
nicht haken- und nicht ösenfrei.
Bienhin, gansher, schwanüber,
drunter gings und drüber.

Gansholterbienpolter,
ein Stich, ein ungewollter,
blind ins Gewühl hinein -
der Gans fällt wie ein Stein.

Und liegt kieloben,
blickt stier, wie abgehoben
vor lauter Hip- und Happysein
und kriegt sich nicht mehr ein.

Die Schwan schrie: „Nein!" und schmiß
sich auf den Gans und biß
ihn tief, um zu probieren,
das Gift zu extrahieren.

Allein, es war zu spät.
Wem Honig mal ins Blut gerät,
der wird a) danach süchtig,
b) tickt er nicht mehr richtig.

Dem Gans war fortan nichts tabu.
Er machte alle Biener an
und leerte sie. Die Schwan
trat in die CDU.

Dort widmet sie sich – nota bene! -
der Austrocknung der Honigszene.
Der Bien indes, ja, der entfloh
nach irgend- oder nirgendwo.

Herr X. bewunderte die Weitsicht, die W. – seine Reime-
rei war gut & gerne zwanzig Jahre alt – darin an den Tag
gelegt hatte und er beschloss, ihn demnächst wieder an-
zurufen.
Geschlechtsverkehr beim Autofahren, bleibt prickelnd,
auch nach vielen Jahren, behauptete der Elch. Vielleicht
weil die Gefahr besteht, dass man dabei in einen wie dich
rauscht?, dachte sich Herr X., behielt den Gedanken aber
für sich, weil das ein heikles Thema für seinen grobschau-
feligen MAC-Bewohner war. Litt dieser doch darunter, dass
dem Moloch Verkehr allein in Schweden alljährlich an die
5.000 seiner Artgenossen geopfert werden (noch ein paar
mehr als Menschen in Deutschland, worunter allerdings
niemand leidet, von den Angehörigen mal abgesehen).

Schwedische Versicherungsgesellschaften empfehlen, Elchen in die Hinterbeine zu fahren, wenn ein Ausweichen nicht möglich sei, um so zu verhindern, dass sie durch die Scheibe oder auf das Autodach fallen, weil das LEBENSGEFÄHRLICH wäre. Kein Wunder, dass der Trend zum E-Scooter in Elchkreisen einhellig begrüßt wird (im Gegensatz zu vielen Menschen, die offensichtlich lieber von einem SUV als von einem Roller überfahren werden).

Der Brehm, der Brehm, der hat im Kopf nur Lehm, trällerte der Elch, einen Reim aus Kindertagen. Da Herr X. gelegentlich auch noch folgenden Vierzeiler zu hören bekam:
Wir Elche schätzen Alfred Brehm
in etwa so wie ein Ekzem.
Dagegen gilt Herr Martenson
im Tierreich als Respektperson.
wollte er jetzt doch mal dem Sachverhalt der üblen Beleumundung des bekanntesten deutschen Tierexperten googelnd auf den Grund gehen, rief dessen TIERLEBEN auf und fand in Bd. 8, Kapitel 2, Elfte Ordnung: Die Wiederkäuer (Ruminantia), Schwielensohler, Moschustiere gleich zu Anfang:
Wir stellen die Riesen der Familie obenan, obgleich sie nicht die vollendetsten, sondern eher die am mindesten entwickelten Hirsche sind. Die Elentiere (Alces)... sind gewaltige, plump gebaute, kurz- und dickhalsige, hoch- und kurzleibige, hochbeinige Geschöpfe. ... Der Kopf ist häßlich, die obere Lippe hängt über... (Später kommt es noch dicker) *Hinsichtlich seiner geistigen Fähigkeiten scheint er sein plumpes und dummes Aussehen nicht Lügen zu strafen. Seine Handlungen deuten auf geringen Verstand... In den ersten Tagen ihres Lebens sind sie so*

ungestaltet, daß sie in mehr als einer Hinsicht an einen Esel erinnern, und mit diesem Aussehen steht ihre Unbeholfenheit vollständig im Einklang. (Um dann im letzten Absatz festzustellen) *Aller Nutzen, den das Elentier bringen kann, wiegt bei weitem den Schaden nicht auf, den es verursacht. Das Tier ist ein wahrer Holzverwüster und wird geregelten Forsten so gefährlich, daß Hegung nirgends, Schonung kaum stattfinden darf, wenn es sich darum handelt, Forstbau... ...zu betreiben.*

So macht man sich lieb Kind, dachte Herr X. und drückte auf „Bilder". Das Ergebnis:

Mit den Augen eines Elchs betrachtet, ließe sich Alfred Brehm etwa so beschreiben: *Sein Kopf ist häßlich, die obere Gesichtshälfte erinnert an die eines Pavians, die untere an einen Wombat von hinten. Sein plumpes und dummes Aussehen entspricht somit zur Gänze seinen Ausführungen über die Tierwelt. Hinsichtlich seiner geistigen Fähigkeiten scheint er in der Familie der Menschen eher zu den am mindesten entwickelten Plattfüssern zu gehören. Von einem Nutzen, den er mit seinem Nachschlagewerk erbracht haben will, kann keine Rede sein,*

zu groß ist der Schaden, den seine falschen und unsach-lichen Beschreibungen anrichten. Solange sie in der Welt sind, erscheint es unmöglich, Biologie als seriöse Wissen-schaft zu betreiben.

Ihn, Brehm, zu den schärfsten Kritikern der Elche zu zäh-len, verbot sich für Herrn X. von selbst und hätte heftigsten Protest bei seinem digitalen „Schwielensohler" ausgelöst, zumal der Zoologe früher ein Wolpertinger gewesen sein musste. Neugierig, was es jedoch mit diesem Martenson auf sich hatte, ergoogelte sich Herr X. nur wenig über ihn: Vorname: August, Naturbeobachter und Jäger, hatte 1903, keine 20 Jahre nach Brehm das Buch DER ELCH in Russland auf den Markt gebracht, ein Standardwerk von rund 200 Seiten, das bis heute immer wieder nachgedruckt wurde. Darin heißt es schon im Vorwort, Elche hätten ...*durch ihre meist ansehnliche Körpergröße und ansprechende Gestalt, ihren Kopfschmuck, ihre geistige Befähigung und auch ihr treffliches Wildbret unsre Aufmerksamkeit auf sich gelenkt und eine große Anziehungskraft vornehm-lich auf die Jäger ausgeübt.* Das, Herr Brehm, hat Format! So nähert man sich seinem Forschungsobjekt: manierlich und respektvoll. Zuviel verlangt von einem deutschen Pfarrerssohn? Der sich Gottweißwie erhaben dünkt?

Herr X., dem als Kind noch eingeschärft wurde: *Quäle nie ein Tier zum Scherz, denn es fühlt wie du den Schmerz*, hatte feststellen müssen, dass es Mengen christlich-sanktionierter Ausnahmen gibt. Denn: *Bringt die Quälerei Profit, hilft der Staat noch kräftig mit.* Was dabei Küken, Hühnern und Schweinen angetan wird, war für Herrn X. unfassbar. Er musste sich, wann immer er davon hörte, sah oder las, sofort abwenden, weil ihm die Bilder und Beschreibungen der geschundenen Kreaturen sonst tagelang durch den Kopf gingen. Massentierhalter betreiben oft regelrechte Folterhallen und scheinen, wenn's darum geht, ihre Gewinne zu maximieren, mühelos das Verrohungsniveau von KZ-Lagerkommandanten zu erreichen. Dass das auch Frauen können, dafür ist Julia Klöckner der amtierende Beweis. Die Ministerin für Tierqual hat gerade die herrschenden Zustände abgesegnet, schöngelächelt und Verbesserungen in die ferne Zukunft verlegt. Um dazu imstande zu sein, so die Theorie, die Herr X. vertrat, ist eine konservativ-katholische Erziehung sehr hilfreich, weil der, der sie genießt, von klein auf diesen gemarterten Torso vor Augen hat, sich an den Anblick gewöhnt und gegenüber LEID abstumpft. Klöckner hat zudem Theologie studiert, was sie befähigt, ihre Empathielosigkeit souverän rechtzufertigen.

Herr X. wollte diesen Unmenschen von einer Frau nicht ungestraft davonkommen lassen und dachte sich einen Schweinehimmel aus, in den Julia nach ihrem Ableben kommen wird. Dort wartet ein Käfig auf sie, wie man ihn für Muttersäue nutzt (unter 1 qm groß), allerdings in güldener Ausführung, wo sie auf dem Rücken liegend, den Oberkörper frei gemacht, fixiert wird. Jeden Morgen spaziert eines der Ferkel herein, die unter ihrer Ägide ohne Betäubung (um Kosten einzusparen) kastriert werden durften, und beißt ihr die Brustnippel ab (Prometheus, ick hör dir japsen). Natürlich vor laufenden Kameras, die Julias professionelles Dauerlächeln auf eine Großleinwand übertragen. Über Nacht wachsen ihr die Nippel wieder nach, damit die anderen Ferkel (ca. 20 Millionen pro Jahr) nicht leer ausgehen.

Täglich schaut Kardinal Marx vorbei, der für jeden Schinken, den er verdrückt hat, den SCHLACHTWEG absolvieren muss, die VIA DOLOROSA PORCORUM mit den vierzehn Leidensstationen des Schweinelebens. Dabei netzt er Julias Wunden mit dem Messwein, den er immer mit sich führt, der sich aber vor Gram längst in Essig verwandelt hat. Marx sabbert wie ein Bernhardiner mit entzündetem Zahnfleisch, weil ihn ständig Duftschwaden scharf gebratenen Fleisches umwabern. Sie stammen von Peter Altmaier, den gleich um die Ecke die drei kleinen Schweinchen auf einem Drehspieß grillen. Eins steht an der Kurbel, das zweite hält das Feuer am Laufen und das dritte füttert ihn – mit den saftigsten Stücken, die, kaum dass er sie heruntergeschluckt hat, sich wieder roh dort anlagern, wo sie herausgeschnitten wurden, um sich erneut braten zu lassen. Zwar gilt das Purgatorium als Auslaufmodell, aber vielleicht, so hoffte Herr X., ließe es sich mit dieser Spezialversion für römisch-katholische Fresssssäcke wiederbeleben.

Wie, so fragte er sich, konnte es kommen, dass ihm Ratten ungleich sympathischer waren, als das Gros der deutschen Politiker*innen. Sogleich fiel ihm wieder FJS ein (also nicht der Flughafen, sondern der dickste aller Bayerischer Ministerpräsidenten), der den Teil der Bevölkerung, zu dem Herr X. sich zählte, als RATTEN UND SCHMEISSFLIEGEN bezeichnet hatte. Und außerdem, das hatte er kürzlich gelesen, seien die Nager kitzlig und würden sich – allerdings in einem für Menschen unhörbaren Ultraschallbereich – kringelig lachen. Aber, im Gegensatz zu den Dauergrinsern unseres öffentlichen Lebens, nur, wenn ihnen wirklich danach zumute ist. Das FALSCHE LACHEN ziert die, die sich für die Krone der Schöpfung halten.

Den Job, herauszubekommen, wie Ratten auf Kitzeln reagieren und ob und wie sie lachen, hätte Herr X. auch gern gemacht. Die Wissenschaftler entdeckten verblüffende Parallelen zum Menschen (nicht zu den Heuchelstrahlern): es hängt vom Alter ab und variiert von Individuum zu Individuum. Wie Kinder sind auch junge Ratten besonders kitzelempfänglich, und das jeweils am Bauch. Manche, so war zu erfahren, hätten schon bei der leisesten Berührung losgeprustet. Was für ein Forschervergnügen: Ratzen zum Gickeln zu bringen! Welche Glückseligkeit im Kleinen! Während Herr X. sich ihr noch hingab, überkam ihn wie eine dräuend tiefschwarze Wolke folgende Vorstellung:

Er, auf der Autobahn mit Richtgeschwindigkeit 130 unterwegs, als plötzlich von links eine Ratte auf die Fahrbahn rennt, noch ganz aufgewühlt von einer Kitzelsitzung. Er will nach rechts ausweichen und sieht am Randstreifen Olaf Scholz stehen, der nach einer Panne auf den ADAC wartet. Herr X. muss sich blitzschnell entscheiden:

DieRatteoderdenDauergrinser.

Er kneift die Augen zu und beschließt, hinterher Stein & Bein zu schwören, er hätte den Vizekanzler nicht gesehen. Eine ethisch etwas fragwürdige Entscheidung, gewiss, und nicht sehr loyal gegenüber der eigenen Art. Andererseits sollte man 1. bedenken, was Ratten als Versuchstiere schon alles für die Menschheit geleistet haben (im Gegensatz zur SPD), und 2. dass die Republik damit unverhofft in den Genuss eines Staatsbegräbnisses käme (vom Mitleidsbonus, der den Roten ein letztes Mal ein zweistelliges Ergebnis bei der nächsten Wahl bescheren würde, ganz zu schweigen). Manchmal sind eben Opfer zu bringen und warum soll es immer nur die Ratten treffen?

Herr X. hörte die Ethikräte im Lande unisono aufheulen, woraufhin er ihnen die Frage vor die Füße warf:

1933 – Hitler oder eine Schmeißfliege?

Wer wäre da zu retten? Also bitte!

FJS scheint sowas in der Richtung geahnt zu haben und wurde wohl deshalb ausfällig. Zwar war er persönlich keinesfalls in der NSDAP, sondern nur Mitglied im **NS**DStB (Deutschen Studentenbund) und nur im **NS**KK (Kraftfahrtkorps), sowie nur Referent beim **NS**KK-Sturm 23/M 86 in München, aber das alles nur aus Solidarität zu seinem KRAD (Kraftrad). Zu guter Letzt wurde er auch nur **NS**FO (Führungsoffizier), obwohl er gar nichts mit dem NS-System am Hut hatte (nur einen Gamsbart). Logischerweise brauchte er deshalb auch nicht entnazifiziert zu werden. Den Beweis für seine demokratienahe Einstellung erbrachte er, als er seinen Nachfolger in letztgenannter Position, den Autor Hans Hellmut Kirst, als Nazi denunzierte. Der kam für nur neun Monate hinter Gitter, bevor er als politisch unbelastet entlassen wurde. Das hielt FJS, mittlerweile Kronprinz,... äh, Landrat für ungenügend und verhängte über ihn ein zweijähriges Schreibverbot (er durfte jetzt nämlich seinerseits entnazifizieren!). Dass Kirst sich wie viele andere gegen eine Wiederbewaffnung der BRD ausgesprochen hatte, empfand Strauß als Affront, der sich in lebenslangem Hass auf (geläuterte) Schriftsteller entlud und ihn soweit nach rechts trieb, dass sich jenseits davon niemand mehr tummeln konnte. Und so wurde der Metzgersohn Kini im Freistaat, blieb aber als Politiker eine Wildsau. Über letztere lacht der Bayer lauthals, solange sie in fremden Gärten herumtobt.

Herrn X. fiel bei dieser geschichtlichen Nachbetrachtung auf, dass deutsche Airports gern nach Lichtgestalten benannt werden, die es zunächst zum Oberleutnant der Wehrmacht und später dann zum Verteidigungsminister gebracht hatten: Willy Brandt war weder noch. Es wäre unverdient und entspräche nicht Deutscher Tradition, wenn der Flughafen Berlin Brandenburg, sollte er jemals fertig werden, seinen Namen trüge. Herr X. hielte vom Lautmalerischen wie von der Peinlichkeits-Aura her, den der amtierenden Verteidigungsministerin für deutlich angebrachter.

Während abzuwarten war, wann die nächste Stolzauf-Deutschland-Welle durchs Land schwappen würde (und das so sicher wie die der Grippe), litt Herr X. an seinem Deutschsein und fasste es nicht, dass sich für die meisten seiner Landsleute Geschichte nur als eine durch Zahlen verbundene Abfolge von Ereignissen darstellte, nicht anders als Bundesligaergebnisse. Mit den Highlights, die leider in die Hose gingen: Das Spiel ENTENTE gegen DEUTSCHLAND (mit einem durch Österreich/Ungarn verstärkten Kader) endete 1918 mit 2:8, die Begegnung ALIIERTE gegen DEUTSCHLAND (mit ein paar Italienern und Japanern auf der Auswechselbank) ging 1945 3:11 aus. Dumm gelaufen, aber diese Art der Unterhaltung braucht der Nationalist. Und pochte unverzüglich auf sein Recht auf weitere Spielteilnahme. Und bekam es, weil angeblich jetzt der RUSSE drohte.

Allein die NICHTWIEDERAUFRÜSTUNG Deutschlands hätte Herrn X. ein wenig mit seinem Vaterland aussöhnen und in ihm Heimatgefühle auslösen können. Sie wäre für ihn die einzig vertretbare Konsequenz aus den zwei größten Massakern an der Menschheit gewesen. Mit dem Verzicht auf Waffen hätte dieser Staat nicht nur Anstand, sondern auch Anzeichen wahrer Größe bewiesen.

Das war natürlich mit den pimmelkleinen NACHWIEVOR-NATIONALISTEN im Deutschen Bundestag (auch die SPD stimmte in dritter Lesung der Wiederbewaffnung zu) nicht zu machen. Für sie entsprang Größe und Stärke nur ihrer Großmannssucht, zu der sie sehr schnell zurückgefunden hatten. Also wurde die Phrase: *Am Deutschen Wesen soll...* in: *Vom Deutschen Boden darf...* umgeschrieben und ohne Rücksicht auf Verluste (!) aufgerüstet. Denn: Ohne Waffenarsenal zur Rückenstärkung wären sich die Simpel unter den politischen Vetretern Deutschlands auf internationalem Parkett wie Eunuchen mit heruntergelassenen Hosen vorgekommen. Herr X. stellte sich das von Mal zu Mal vor bei: StraußSchmidtWörnerScholzStoltenbergRüheScharpingStruckJungzuGuttenbergunddeMaizière. Herrlich! Allerdings wären die Herren unter diesen Umständen nicht in die Politik gegangen. Unermesslich der Schaden, den das Land ohne sie genommen hätte! Mit der Einführung der Bundeswehr konnte er begrenzt werden. Allerdings musste zunächst deren Luftwaffe den Kopf hinhalten. Von den 916 Starfightern stürzten 269 vom Himmel – in Friedenszeiten(!), ohne Feindeinwirkung (kein Russe weit&breit), wobei 116 Piloten *fielen* (für Herrn X. eines der verlogenen Verben aus dem Wörterbuch des Unmenschen). Das verschaffte einigen der oben genannten Ministern zusätzliche werbewirksame Auftritte bei Staatsbegräbnissen. Der Volksmund, der nicht jeden Sargnagel auf den Kopf trifft, verlieh der F-104 den Spitznamen *Witwenmacher*. Verdient hätte ihn FJS, der das als Schönwetterjäger konzipierte und als solcher auch sichere Flugzeug (das schnellste, das man damals für Geld bekommen konnte) zu einem sich oft genug selbstzerstörenden Jagdbomber, der F-104G umbauen ließ, weil der nur so imstande war, Atomwaffen „bis zum Ural" zu tragen. Schließlich wollte der stiernackige Bayer den SOFFJETS (so hieß damals der Russe) mit Eiern in der Hose gegenübertreten, wenn es denn wieder dazu gekommen wäre. Leider starben die Piloten den Heldentod o h n e ES (eben jene Eier) den Kommunisten (man durfte jetzt nicht mehr von Untermenschen sprechen) zeigen zu können.

Herr X. frug sich, wie einer, dessen Laufbahn mit soviel unnützen Leichen gepflastert war, im Gemüt beschaffen sein musste, um seine Großmäuligkeit und sein selbstherrliches Gebaren bis zur letzten Zuckung beibehalten zu können. Offenbar genügte es, ein Deutscher zu sein.

Er hätte deshalb auf die Frage nach seiner Nationalität am liebsten mit KEINE geantwortet.

Die Kompetenz deutscher Verteidigungsminister schlug bis heute auf die Truppe durch: von den Eurofightern (um bei der Luftwaffe zu bleiben) waren nie mehr als die Hälfte einsatzbereit, manchmal nicht einmal 10 Prozent. Da lacht sich (vom Russen einmal abgesehen) auch der Steuerzahler ins Fäustchen: kostet ihn doch eine Flugstunde um die 70.000 Euro. Weil's ähnlich desolat auch bei den übrigen Waffengattungen aussieht, kann von Verteidigungsbereitschaft keine Rede sein. Muss zum Glück auch nicht. Nur, warum dann Jahr für Jahr soviel Kohle verpulvern (derzeit 43 Milliarden Euro)? Weil es die letzten 60 Jahre auch so gemacht wurde! Die Logik des Betonschädels.

Enthaltsamkeit ist eine Zier, doch öfter kommt man ohne ihr, meldete sich wieder einmal der Elch zu Wort. Herr X. bewunderte einerseits sowohl den Wahrheitsgehalt dieser Aussage, der den des Originals sicher übertraf, als auch den dabei zutage tretenden bedingungslosen Willen zum Reim, und andererseits, dass sein Schaufelträger fast durchgehend immer nur an das Eine dachte ohne sich dabei etwas zu denken. Auch ihm gingen wie jedem testosterongeplagten Zweifüßer immer wieder Gedanken an Sex durch den Kopf – angeblich jede halbe Stunde laut jüngster Studien – doch gelegentlich war es ihm unangenehm und er versuchte, sich abzulenken. Was ihm apropos der erwähnten Betonschädel mühelos gelang. Eben hatte einer von ihnen, der thüringische CDU-Spitzenkandidat Mike Mohring etwas in sich entdeckt, das ihm vorher noch nie aufgefallen war: seine *staatsmännische Verantwortung.* Der Anlass: ein Gesprächsangebot von Bodo Ramelow, der nach Koalitionspartnern suchte, um das Bundesland in einen sozialistischen Arbeiter- und Bauernstaat nach DDR-Vorbild zurückzuverwandeln. Die gesamte CDU empörte sich, als hätte Trump Frau Merkel in den Schritt gegriffen und wies das Ansinnen auf das Schärfste zurück. Aber das Gespräch wolle man führen (obwohl feststeht, dass es zu nichts führt), aus staatsmännischer Verantwortung (die damit zur Phrase gerinnt). Für Herrn X. offenbarte sich darin das Muster, das in der Erstarrung der Volksparteienlandschaft in Blockdenken und Abgrenzung wurzelt, das den Politikverdruss ausgelöst und zur Geringschätzung der Demokratie, sprich: ihren Niedergang beigetragen hat. Ein Betonschädel merkt das natürlich erst, wenn die Abrissbirne in Aktion tritt.

Der Elch konnte es nicht lassen: *Geschlechtsverkehr im Omnibus ist nicht für alle ein Genuss.* Hier, dachte sich Herr X., schmunzelt – vielleicht sogar? – der Lateiner, der bekanntlich nie lacht, außer gequält. Das jedenfalls galt für die Lehrer, die er in Latein hatte. Als da Frollein Prof. Schmelcher gewesen wäre: klein, mit sportlicher Figur, aber Panzergläsern in der Brille, brünett gelockt, blatternarbig, streng und gefürchtet. Passte bei Exen und Schulz'n auf wie ein Schießhund, indem sie sich, um einen besseren Überblick zu haben, seitlich auf das vordere Pult setzte, das nicht zufällig das des jungen X. war. Ihn, den sie zu den dreistesten zählte, was einen sogenannten *Unterschleif* betraf, glaubte sie durch ihre körperliche Nähe auszuschalten (sein Schreibarm hatte beinahe Kontakt mit ihrem Oberschenkel). Tatsächlich lag unter seiner auf dem Tisch ruhenden linken Hand, er schrieb mit der rechten, das Lilliput-Lateinisch-Deutsch-Wörterbuch von Langenscheidt, in dem er, mit dem Daumen blätternd, das eine oder andere Wort nachschlug.

Sie hätte es sehen können, wenn sie so schnell über ihre rechte Schulter nach hinten unten geschaut hätte, dass es ihm nicht gelungen wäre, es rechtzeitig in die schützende Handhöhle zurückzuschieben. Doch dazu sah sie keinen Anlass, sie hielt ihr Überwachungssystem für perfekt.

So wie es für ihre Schüler ausgemacht war, dass sie als alte Jungfer enden würde. Doch kurz vor dem Abi erfuhr X., dass sie Schweinchen Dick geheiratet und Zwillinge bekommen hatte. Schweinchen Dick, auch es, nein: er Teil des Lehrkörpers, muss man sich vorstellen wie den jüngeren und hübscheren, dennoch kaum vermittelbaren Bruder von Peter Altmaier.

„Es irrt der Mensch solang' er lebt", sagte der Elch und scheute sich nicht, auch den Geheimrat falsch zu zitieren. Herr X. überflog die Nachrichten: 1. Neu-Delhi erstickt im Smog, die Schulkinder tragen Schutzmasken, es werden Fahrverbote verhängt. Kein Wunder, die Klimakanzlerin war eben zu Besuch, wo die Frau auftaucht, fällt das Atmen schwer und es wächst kein Gras mehr (ihre Fingernägel kriegen auch keine Chance). 2. Jens Spahn, also der, der Gesundheitsminister bleiben musste, will dafür schwul und Frauen fern bleiben dürfen und hat vor, Konversionstherapien zu verbieten. Seine Begründung: *Diese angebliche Therapie macht krank und nicht gesund.* Zur Erinnerung: Es handelt sich dabei um vor allem bei Katholiken beliebte Methoden, mittels derer sich Homosexualität heilen lässt, ein bewiesenermaßen weder von Gott

noch der Natur gewolltes Fehlverhalten, also zweifellos eine Krankheit. Spahns Beichtvater verdonnert ihn nach jeder Sitzung (die, wie es sich für einen uneinsichtigen Sünder [gleichgeschlechtliche Verrichtungen dienen keinesfalls der Fortpflanzung, sind also Sünde] gehört, kniend stattfindet) dazu, sich einer derartigen Behandlung zu unterziehen {ein solch kompliziertpeinlicher Sachverhalt schreit geradezu nach einem adäquaten Satzbau}. Weil Jens, der LÖWE, partout nicht von seiner unchristlichen Neigung lassen, aber dennoch in den Himmel kommen will, versucht er, mit dieser Gesetzesinitiative seinen BEICHTIGER (kein Scheiß, der heißt so!) zu kriminalisieren.

Da glimmt es noch einmal schüchtern auf, das alte Duell: Staat vs. Kirche, dachte sich Herr X. Was waren das einst für Machtkämpfe, zwischen unerbittlichen Gegnern: Heere wurden aufeinander gehetzt, Ländereien verwüstet, die Besiegten gefoltert und hingerichtet. Und heute? Anstatt eines fröhlich prasselnden Scheiterhaufens wird höchstens noch ein Opferkerzlein angezündet. Jeder pisst dem anderen so vorsichtig ans Bein, dass es sich wie gestreichelt anfühlt und klaut ihm höchstens ein paar Krümel von seinem Kuchenteller. 3. Der neue Besen in der Bundeswehr, KRMP-KRRNBR (klingt ohne Vokale wie einer Rede des Führers ans Deutsche Volk entsprungen) kommt mit einer uralten, doch jeden Allzeitgestrigen immer aufs Neue begeisternden Idee daher, man müsse ...*offen damit umgehen, dass wir – so wie jedes andere Land dieser Welt – eigene strategische Interessen haben*. Denn WIR haben bisher ...*oft nicht aktiv genug gehandelt.* Deutschland sei ...*wie kein anderes Land darauf angewiesen,... ...dass es offene Handelswege gebe... ...und wir einen freien Handel haben, der auf Regeln basiert.*

Nun kann man einem Besen kein mangelndes historisches Bewusstsein vorwerfen. Der darf FRISCH, FROMM, FRÖH- LICH, FREI durch den Porzellanladen fegen und muss, zumal als unbedarfte & unschuldige Frau NICHT WISSEN, dass schon mal ein BUPRÄ (Horstl K.) wg. einer ähnlichen Forderung vorzeitig die Flinte/sein Amt ins Korn...

Und da gerade KEIN Gedenktag war, musste sie sich auch an gewisse Zeiten (z.B. zwischen 1939 und 1945) NICHT ERRINNERRN, wo WIR *aktiv genug gehandelt* und den ei- nen oder anderen „strategischen" Flurschaden angerich- tet haben. Und ziemlich zeitgleich, so durfte Herr X. le- sen, war Mutti voll des Eigenlobs über ihre Halbzeitbilanz und ließ die Presse wissen, die Koalition sei „arbeitsfähig und arbeitswillig". Großartig! Wer hätte gedacht, dass es sowas noch geben kann? Eine Regierung, die fähig und willig ist, ihrer Arbeit nachzugehen? Während die Bericht- erstatter ehrfurchtsvoll den Hut zogen, fühlte sich Herr X. einmal mehr verarscht von seiner Kanzlerin. Und bewun- derte doch gleichzeitig ihre Dreistigkeit: eine Selbstver- ständlichkeit als berichtenswerte Leistung auszugeben, das trauen sich nur wenige.

Helmut Kohl war der größte deutsche Staatsmann, warf der Elch passenderweise ein und fuhr fort: *7 cm größer als Adenauer. 19 cm größer als Schröder. 28 cm größer als Merkel. Was sagt uns das?* Ja, was wohl? *Die Verzwergung Deutschlands schreitet rapide voran.* Und das leider nicht nur, was die Körpergröße betrifft, fügte Herr X. in Gedan- ken an, worauf der Elch, offensichtlich in Plapperlaune, weitermachte: *Helmut Kohl war auch berühmt für seinen Humor. Als man ihm eines Tages ein Ei an den Kopf warf, versuchte er, es zurückzuwerfen.* Nicht umsonst verlieh man ihm 1984 den Valentinsorden. Den hatte, wie sich

Herr X. erinnerte, auch Ratzinger bekommen, vermutlich dafür, dass er sämtliche Missbrauchsfälle, die ihm zu Ohren gekommen waren, mit Humor nahm und einfach weglächelte. Herr X. stellte sich vor, dass der Ex-Papst und Karl Valentin in einem Aufzug fahren, der auf halber Strecke steckenbleibt:

Ratzinger: *Da haben wir den Salat.*

Valentin (drückt mehrmals auf den Notfallknopf): *Wo, bitte, wär' hier ein Salat? Ich seh' keinen.*

R: *Das ist doch sinnbildlich gemeint.*

V: *Welchen Sinn hätte denn ein Bild von einem Salat? Noch dazu in einem Aufzug?*

R: *Es handelt sich dabei um eine Redensart.*

V (drückt wieder auf den Notfallknopf): *Nein, es handelt sich um einen Stromausfall. Oder um einen technischen Defekt. Wegen einer Redensart bleibt kein Aufzug nicht steh'n.*

R: *Die Redewendung* Da haben wir den Salat *meint doch nur, dass man in einem Schlamassel steckt.*

V: *Wieder falsch. Es ist ein Aufzug, in dem wir stecken und kein Schlamassel.*

R: *Mit Ihnen kann man nicht reden.*

V: *Ja Himmelherrgottnochmal, was tun wir denn grad? Führ'n wir hier Selbstgespräche?*

R. wirft einen verzweifelten Blick gen Himmel und fällt dann in ein stilles Gebet.

V (zu sich): *Ja, bet' Du nur. Da werden dem Hausmeister die Ohren klingen...*

Mit einem Rumpeln setzt sich der Aufzug wieder in Bewegung. Ein Lächeln legt sich über Ratzingers Gesicht.

V (grantig): *Saukomisch. Ich lach mich tot...*

Prompterdings fiel Herrn X. eine ältere Aufzuggeschichte ein, die sich in München zwei Stunden vor einem Jahreswechsel ereignet hatte. Nach kurzem Kramen in seiner Schnipselkiste fand er die Ausschnitte:

> Erdgeschoss. Gegen 22.45 Uhr blieb der laut Feuerwehr für 14 Personen zugelassene Lift prall gefüllt stehen. 45 Minuten lang versuchte ein Mechaniker vergeblich, den Lift zum Einlenken zu bewegen.

Zu seiner Verblüffung hatte Herr X. offensichtlich wieder einmal einen Technologie-Sprung verpennt (seit er 40 geworden war, rauschten die Innovationswellen nur so an ihm vorbei): in diesem Fall die Aufzugtechnik 2.0.
War es noch 2001 (im Film!) nur einem Computer möglich, zu menscheln, will heißen: zu wollen und zu fühlen (Hal hieß er, man erinnere sich), so schien das mittlerweile jeder bessere Lift auch draufzuhaben. Herr X. fühlte sich bestätigt: wo es menschelt, da lass dich nicht nieder, sondern sieh zu, dass du Land gewinnst. Alldieweil dort nicht die Intelligenz (ob natürlich oder künstlich) zuhause ist, sondern ihr Gegenteil: die Sturheit/Uneinsichtigkeit. Auch nach 45 Minuten kein Einlenken! Es war anzunehmen, dass der Mechaniker alles versucht hatte: Bitten, Drohen, Schmeicheln, Überzeugen... Man konnte ja davon ausgehen, dass es sich bei dem Mann um einen ausgebildeten Psychologen oder Sozialarbeiter handelte, der keine Anstellung gefunden und sich daraufhin zum Aufzugtechniker hatte umschulen lassen.
Oder war mit Einlenken gemeint, dass dieser Lift nicht nur rauf und runter, sondern auch nach links oder rechts fahren konnte? Dass er sich also verfahren hatte und das

nicht zugeben und umsteuern wollte? Und wie blieb er „prall gefüllt stehen"? Sollte die Autorin ursprünglich „blieb voll stehen" geschrieben haben, was ihr der Korrektur lesende Redakteur als umgangssprachlich angekreidet und dann verbessert hatte? Immerhin stand der Artikel in Deutschlands anspruchsvollster Tageszeitung und beschrieb ein gesellschaftliches Ereignis (SZ/Silvesterparty Schrannenhalle).

> Die dann alarmierte Feuerwehr traf um 23.33 Uhr ein und öffnete die Notausstiegsklappe, durch die sie Getränke hinunterreichte.

Wenn ein Mechaniker mit seinem Latein am Ende ist – kein Problem, schließlich gibt es eine Feuerwehr. Die wird u.a. dazu ausgebildet, eine Notausstiegsklappe als solche zu erkennen. Außerdem verfügt sie über das notwenige Know how, sie zu öffnen und ist sogar dazu befugt.

Und was macht der eingeschlossene und bekanntlich weltläufige Münchner? Ihn ergreift weder Panik, noch er die Flucht, sondern stattdessen die Getränke, die ihm eine weltstädtische Feuerwehr unverzüglich reicht. Weil schließlich jeder Isarmetropolitaner ein Grundrecht darauf hat, den Start ins neue Jahr zu begießen.

Natürlich frug sich Herr X., warum 20 Minuten nicht ausreichten, um 14 Menschen aus einem Lift zu evakuieren? War die Stimmung unter den Eingeschlossenen so prächtig, dass man auf das ewig gleiche Feuerwerk draußen locker verzichten konnte? Genoss man den unverhofften Körperkontakt zu den Umstehenden derart, dass man ihn möglichst lange auskosten wollte? Wurde den Betroffenen die Einmaligkeit ihrer Situation bewusst? Ahnten sie, dass ihnen eine Spitzenstory in den Schoß gefallen war, die ihnen auf ihren zukünftigen Silvesterfeiern wenigstens vorübergehend die Aufmerksamkeit aller sichern würde? Herr X. kam nicht drauf!

> Mit einem Trennschleifer wurde diese Luke dann vergrößert, so dass gegen 1.15 Uhr alle Eingeschlossenen über eine Klappleiter herausklettern konnten.

Das „prall gefüllt" bezog sich nicht nur auf den Lift, sondern auch auf die Mitfahrenden. Zu fett, um durch Notausstiegsklappen zu passen. Und zu schwer für einen Lift der neuesten Bauart. Der mag zwar für 14 Personen zugelassen sein – die gleiche Menge an Neu-Münchnern überfordert ihn.

Der Aufzug hätte 20 Karl Valentins (Alt-Münchner) befördern können ohne ins Schwitzen zu kommen. Sich auszumalen, was los wäre, wenn er, Herr X. nun zusteigen und mit ihnen stecken bleiben würde, das allerdings überstieg seine Phantasie. Auf jeden Fall hätte er ihnen verraten, dass man einem gewissen RATZE, Papst im Rentenmodus, einen nach ihnen benannten Orden verliehen habe. Um dann, wenn die Tumulte abgeflaut wären, eine andere Fehlbesetzung nachzuschieben: Ähdmund Stoiber.

Selten, aber ab und an schleicht sich unversehens und unbeabsichtigt Gerechtigkeit ins wirkliche Leben. Das empfand Herr X. im Fall Ratzinger, dem einer der schönsten Schandflecken Münchens gewidmet ist. Ein Platz, von der Boschetsrieder Straße umflossen und so verwahrlost wie abstoßend, dass er wie entworfen scheint für einen Mann, der zeit seiner Ämter Kinderschänder gedeckt und jeder Strafverfolgung entzogen hat. Immer wenn Herr X. am Ratzingerplatz vorbeikam und ihn (wie seit vielen Jahren) unverändert desolat vorfand, genoss er die Überein-

Der Ratzingerplatz, oben aus östlicher, unten aus westlicher Richtung gesehen, ein Spiegel der Verkommenheit der katholischen Kirche. Unten die Pflaster-Gedenk-Steine für die vergewaltigten Kinder und das, wofür sie herhalten mussten. Die dunklen stehen für Arschficks, die mittelgrauen für Blowjobs, die helleren für Wichsen, Befummeln usw. (um den Begriff „Missbrauch" mal zu präzisieren und zu entharmlosen).

stimmung der Zustände von Äußerlichkeit (der urbanen Sitation) und Innerlichkeit (des Namensgebers und der Institution, der er vorstand). Und war vorübergehend mit seiner Stadt versöhnt und im Reinen.

Du weißt, sagte der Elch, *ich könnte Dich jederzeit beim Tierschutzbund anzeigen: Dies hier ist keine artgerechte Elchhaltung.*

Herr X. war sich nicht mehr 100%ig sicher, ob sein PC-Bewohner es nach wie vor spassig meinte. Er hatte gelesen, dass Unwahrscheinliches immer wahrscheinlicher wird, je öfter man es behauptet. Und wieso sollte das nicht auch für KIs gelten? Andererseits scheute er sich, seinem Elch unter die Nase zu reiben, dass er nur virtuell existierte. Vielleicht würde ihm das etwas von seiner Lebensfreude nehmen. Aus demselben Grund sagt auch keiner laut, dass der homo sapiens nur noch auf dem Papier so heißt. Allein seine Fahrlässigkeit im Umgang mit seinem Lebensraum lässt keine andere Bezeichnung als **homo stupidus** zu. Auf Deutsch: Blödmann. Das Schlimme daran: die, die's noch nicht sind, lassen die anderen gewähren. Wie kömmt's?, befrug Herr X. sich ein ums andere Mal, und kam wohl stets zur selben Antwort: Vernunft wägt ab und hält zur Vorsicht an, dagegen ist *Gier* ein Draufgänger und *frisst Hirn*, wie es im Volksmund so bildstark heißt. Und was hätte die Gier je so befeuert, wie die Wachstumsideologie des Globalkapitalismus, die ja genau jene braucht, um zu überleben. Darum lähmt der anhaltende und so absurde wie kontraproduktive Ruf nach Elektroautos die deutsche Automobilindustrie, denn er macht kleinere, abgespeckte und leichtere Fahrzeuge und somit ein Umdenken (mit Kehrtwende) erforderlich, das einen ECHTEN Topmanager, der auf größer/schneller/aufwendiger ge-

drillt wurde (nur solche finden sich in deutschen Spitzen-
unternehmen), so überfordert wie einen Weberknecht das
Pirouettendrehen. Herr X. hatte aus gut unterbelichteten
Kreisen erfahren, die Kfz-Branche stünde kurz vor einem
Quantensprung in der Auspufftechnologie, der einen Paradigmenwechsel bei der Außenwirkung von Fahrzeugen
aus dem Premiumsegment herbeiführen würde, nun aber
wegen der Elektrifizierung OBSOLET sei (ein Fremdwort,
das ausgerechnet ein geisteskranker Kürbis unlängst
ins Gesichtsfeld einer (oft) breiten Öffentlichkeit gerückt
hatte). Die neue Supernova im Innovationsuniversum unserer Autoindustrie sollte das Sixpack-Endrohr werden:
eine Demonstration souveräner Dynamik und automo-
biler Allmacht. Also genau das, wonach der DEUTSCHE
AUTOFAHRER lechzt, um damit seine nach zwei verlore-
nen Weltkriegen lädierte Herrenmenschenattitüde zu hät-
scheln. Herr X., der auf Verallgemeinerungen, auch die,
die ihm selbst unterliefen, allergisch reagierte, hatte, als
sich der DEUTSCHE AUTOFAHRER (im Folgenden DA genannt) in seinen Gedanken einnistete, den wohlbekann-
ten Stich in der Magengrube verspürt und sofort zu einer
Rechtfertigung angehoben, insofern er darunter jenes
grob geschätzte Drittel verstanden haben wollte, für das
das Auto deutlich mehr als nur ein Fortbewegungsmittel
ist. An dem ALLEIN sich jedoch die DEUTSCHE AUTOIN-
DUSTRIE und mit ihr alle AUTOKANZLER (auch der eine
weibliche) seit Jahrzehnten ausrichten. Also an einem
Drittel voller Vollpfosten. Für die, und das konnte Herr X.
an der in seiner Nähe liegenden Kreuzung Waldfriedhof-
/Fürstenriederstraße ständig beobachten, beispielsweise das Linksabbiegen zu einer kaum zu bewältigenden
intellektuellen Herausforderung gerät. Das beginnt beim

Blinker, den sie zeitgleich mit dem ersten Lenkradein-
schlag setzen, wobei deutlich wird, dass das Hirn des DA
nur mit Mühe dem Verkehrsgeschehen zu folgen vermag.
Dieser fährt nun sehr zögerlich in die Kreuzung ein, um
nach einer Wagenlänge sofort wieder anzuhalten, weil
nun eine Vielzahl von Fragen über ihn hereinprasselt. Wie
war das gleich wieder mit dem Aneinandervorbeifahren,
vor oder hinter den Entgegenkommenden? Wieso verläuft
die Fahrbahnmarkierung hier so widersinnig? Wo endet
eigentlich meine Motorhaube? Wie war das mit dem Sicherheitsabstand zum vorbeifließenden Verkehr bzw. zum
Vordermann? So wie auf der Überholspur der Autobahn,
das muss doch reichen, oder? Fahren die jetzt noch oder
stauen die sich schon? Warum dauert es solange, bis der
grüne Pfeil leuchtet? Wieso hupt der hinter mir? Muss ich
dem jetzt den Vogel zeigen? u.a.(aufdasnureinSUVlerkom
menkann)m.

Aber dann, wenn er und sein Auto dieses Hemmnis endlich überwunden haben, geht's voll ab – bis zur 40 Meter
entfernten Ampel, auch wenn die soeben auf Rot gesprun-
gen ist. Da geben sie richtig Gummi und sind VOLL STOLZ
darauf: der DA und sein Wampenschlepper, die Hersteller
und, klar, die Politiker, die diese Entwicklung nach Kräften
fördern.

Herr X. nahm die Entdeckung eines Naturgesetzes (im
Straßenverkehr) für sich in Anspruch:

**Das Denkvermögen des Autobesitzers nimmt im Quadrat
zur Größe seines PKWs ab.**

Dabei standen Herrn X. noch deutlich die armseligen 70er
Jahre vor Augen, in denen die Autofahrer immer wieder
aufgefordert wurden, den Kofferraum regelmäßig auszu-
misten, um so Gewicht und Kraftstoff EINZUSPAREN. Eine

Vokabel, die die Autobauer rasch aus ihrem Wortschatz entfernten. Sie schissen auf Ressourcenschonung und Energieverbrauch und begannen zur Freude des DA einen Wettlauf nach dem Motto: WIR HABEN DEN GRÖSSEREN! Wog der erste Golf (Bj. 1974) leer noch maximal 805 kg, bringt es das Modell VII auf bis zu 1615 kg (Bj. 2012). Eine der treibenden Kräfte dabei: Martin „der Große" Winterkorn. Seine übermenschlichen Bemühungen wurden allein im Jahr vor dem Erscheinen des FeGaZ (des fettesten Golfs aller Zeiten) mit 17,4 Millionen Euro honoriert (für seine Pensionsansprüche stellte VW weitere 28,6 Mio. zurück). Soviel Geld kann sich unmöglich irren. Wer da noch bezweifeln mag, dass er zu den größten lebenden Deutschen gehört, der sollte einen Blick auf die Auszeichnungen werfen, mit denen man ihn beworfen hat:

2006 Bayerischer Verdienstorden
2007 Ehrenprofessor der Tongij-Universität Shanghai
2008 Verdienstmedaille von Baden-Württemberg
2009 Ehrenring der Stadt Garbsen
2011 Ehrendoktor der TU Chemnitz
2012 Manager des Jahres im *Manager Magazin*
2012 Ehrendoktor der TU München
2013 Dresdner St. Georgs Orden (Kategorie Wirtschaft)
2014 Großkreuz des Orden(s) de Isabel la Católica
      (evtl. mit Heiligsprechung?)

Unverschämterweise liegt ein Haftbefehl aus den USA gegen ihn vor. Auch die Staatsanwaltschaft Braunschweig besaß die Frechheit, u.a. wegen schweren Betrugs Anklage gegen ihn zu erheben.

Herr X. glaubte zu wissen, dass man früher oder später alles unter den Teppich des öffentlichen Desinteresses kehren würde. Wer IN DISSM UNZEREM LANDE so viel verdient und derart geehrt wird, kann unmöglich eine kriminelle Dumpfbacke sein (auch wenn er so aussieht). Nur leider schlagen den Besten der Besten immer wieder Neid und Missgunst entgegen. Und keiner fragt sich, wo wir ohne diese unsere Leistungsträger wären?

Vor lauter SehnSUCHT nach GRÖSSE findet sich der (r)ECHTE DEUTSCHE mit jedem ab, der sich GROSS WÄHNT. Der entpuppt sich zwar hinterher als GRÖSSEN-WAHNsinnig, aber toll ist's irgendwie trotzdem.

Herr X. dachte an das letzte Drittel des 8. Jahrhunderts, in dem Europa in Blut watete. Verantwortlich dafür war ein Mann, der in seiner 46jährigen Regierung fast 50 „kalt berechnete Angriffskriege" führte, mit zigtausenden von Toten, Verfolgten und Vertriebenen. Sold bekamen seine Krieger keinen, dafür durften sie nach Belieben rauben und plündern. An einem einzigen Tag 4.500 Kriegsgefangene köpfen zu lassen, gehörte zu seinen Glanztaten. Weil die Kirche durch ihn riesige Ländereien hinzugewann, sprach sie ihn HEILIG. Und heute verehrt und feiert man ihn als ERSTEN EUROPÄER: Karl, genannt der Große, ganz sicher der größte SCHLÄCHTER des Frühmittelalters.

(Ausführlichst und brilliant beschrieben und belegt in der KRIMINALGESCHICHTE DES CHRISTENTUMS von Karlheinz Deschner, Bd. 4 (von 10), Kapitel 15, S. 412-506). So gesehen passt dieser Kaiser dann doch zur Europäischen Union, die sich zusehends als Missgeburt entpuppt (wie sollte es auch anders sein, wenn Geistesgrößen wie Kohl zu ihren Vätern gehören). Ihren Vorgängerinstitutionen (EWG, EG) ging es nur um wirtschaftliche Interessen, also um MEHR Märkte, Handelsfreiheit und Einfluss via Kapital. Herr X. entsann sich eines Spruchs aus seiner Kindheit, der immer dann fiel, wenn es galt, eine Mannschaft oder eine Bande zu bilden: *Hau de hera, samma mehra*. Wer sich wie die EU nach diesem Primitivmotto neue Mitglieder ins Boot holt (ohne sie auf einen ethischen Grundkanon zu verpflichten, weil der ja die Geschäfte schmälern könnte), darf sich nicht wundern, wenn er plötzlich neben eingefleischten Nationalisten und Demokratieverächtern sitzt. Und der Wahlspruch dieser EUmel – **In Vielfalt geeint** – zur Lach- und Luftnummer gerinnt. Und wenn das EU-Dilemma wieder einmal allzu offensichtlich wird, fordert irgendein Polit-NARR,… ja, was wohl? Natürlich ein NARRATIV, ohne zu wissen, was das ist, und ohne zu überlegen, was es soll und dass es bei der Gründung vergessen wurde, weil die Gründer nur Ökonomie in den Schädeln hatten. Und gleich drauf behauptet der nächste Polit-PHRASEUR dreist, wir hätten es der EU zu verdanken, dass es in den letzten 70 Jahren bei UNS keinen Krieg gegeben hätte. Falsch, dachte sich Herr X: Es gab einfach keine Bevölkerung, die sich dazu hätte überreden lassen. Dennoch juckt es JEDEN Verteidigungsminister, von der MACHT, die ihm zufällt und die er dummerweise nicht wirklich ausüben kann, wenigstens ein bisschen zu kosten. Weil laut Verfassung die Bundeswehr im Ausland nichts zu suchen hat, erfand man für sie HUMANITÄRE EINSÄTZE. Z.B. sollte einer davon afghanischen Mädchen den Schulbesuch ermöglichen, den der Taliban für überflüssig hält. Damit deutsche Soldaten, die mit gutem(?) Geld dorthin gelockt werden, im Bedarfsfall auch von ihrer Feuerkraft Gebrauch machen dürfen, behauptete SPD-Schlaumeier und Verteidigungsminister Peter Struck, sie

65

verteidigten dabei UNSERE (Auffassung von) FREIHEIT am Hindukusch (was für ein Glück, dass der Taliban noch nicht auf die Idee gekommen ist, die seine im Harz zu verteidigen). Bisher hat dieser Schülerinnenbegleitservice, der zum Verteidigungskrieg eskalierte, die Bundeswehr noch keine 60 Gefallenen gekostet. Eine Zahl die deutsche Berufspolitiker*innen nicht länger beschäftigt

als einmal gründlich Händewaschen, zumal der Einsatz überaus erfolgreich ist: Dank Struck haben wir unsere Freiheit noch! Seine Nachfolger wollen sie nicht aufs Spiel setzen, also bleiben UNSERE JUNGS in Afghanistan.

Herr X. war angewidert, wie immer, wenn er sich in dieses nationale WIR hineingezerrt fühlte. Er wollte mit einer am Hindukusch zu verteidigenden Freiheit und diesen Jungs nichts zu tun haben. Hatten nicht auch UNSERE JUNGS damals halb Europa und Russland überfallen und vielerorts diese hocheffizienten Barackenlager betrieben? Oder wessen Jungs sollen das gewesen sein? Und unlängst hat einer von ihnen, ein Oberst namens KLEIN, für das bisher größte Massaker unter der Zivilbevölkerung Afghanistans gesorgt und dafür, dass auch die Eingeborenen (deren Töchter teilweise jetzt das Kleine Einmaleins beherrschen) bluten mussten und nicht nur unsere Jungs. Zwei Tanklaster der Taliban hatten sich in einem Flussbett festgefahren und blockierten dort den Schulweg/gefährdeten akut unsere Freiheit. Weil viel Volks zusammengelaufen war, forderte Oberst Klein von den Amerikanern humanitäre Unterstützung in Form von Kampfbombern an, die diese für unnötig ansahen und zunächst verweigerten. Ein deutscher Oberst wäre keiner, bliebe er nicht verdammt hartnäckig (wie Kruppstahl). Nach langem Hin und Her gaben die weichherzigen US-Piloten KLEIN bei und legten widerwillig zwei der eigentlich sechs geforderten Bomben vom Typ GBU-38 ab. Das Ergebnis: 74 tote Zivilisten (laut Internationalem Komitee des Roten Kreuzes), darunter Menschen und Kinder. Zwei deutsche Verteidigungsminister gerieten daraufhin in Schieflage: der dümmste: Franz Josef Jung und der schniekeste: Karl-Theodor von und zum Guttenberg. Die Kampfpiloten wurden angeblich abgezogen und strafversetzt (auf einen deutschen Oberst reingefallen!), die Ermittlungen der Bundesanwaltschaft gegen Herrn Klein eingestellt (hat nur nach bestem deutschen Wissen und Gewissen gehandelt) und dieser wenig später zum Brigadegeneral befördert. So fügte sich doch alles wieder dank Gottes Hilfe zum Allerbesten, während Allah hier den Kürzeren zog.

Nicht vergessen, sagte der Elch, *am 18.10. ist Welt-Menopausetag!* Wunderbar, dachte sich Herr X. und glaubte, sich des letztjährigen zu entsinnen, den die betroffenen Frauen ausgerechnet auf dem MARIENplatz bejubelten. Sie hatten ihre überflüssig gewordenen Tampons und Binden zu Girlanden und Bändern verknüpft, schwangen sie durch die Luft, tanzten, sangen und veranstalteten u.a. einen Seilhüpfwettbewerb, mit dem sie andeuten wollten, dass sie noch lange nicht zum alten Eisen gehören, sondern es jetzt erst so richtig krachen lassen würden. Männer waren dabei kaum zu sehen. Die, die zufällig vorbeikamen, und erkannten, was da gefeiert wurde, zogen die Köpfe ein und ihr Schritttempo an, weil ihnen alsogleich dämmerte, dass sie diesen vom Blutzoll befreiten, entfesselten Frauen nichts entgegenzusetzen hätten...

Herr X. stutzte, weil ihm dämmerte, dass das nur geträumt war. Sein Therapeut hatte ihn ein ums andre Mal gebeten, ihm einen Traum zu erzählen, denn das gehöre zu einer anständigen Therapie, aber es war ihm keiner eingefallen. In der Verzweiflung schilderte ihm schließlich der Seelendoktor diesen, einen von ihm.

Herr X. stutzte erneut. Denn ihm war klar geworden, dass er ja noch nie in therapeuthischer Behandlung war. Da sieht man mal, dachte er sich, wie kompliziert das Leben sein kann, wenn man es mit einem virtuellen Elch teilt. Wie es wäre, teilte er es mit einer dieser Menopausenfrauen, darüber wollte er lieber nicht nachdenken.

Der DA (man erinnere sich bitte: geistig unterblichtet, dafür übermotorisiert) hat die Zeichen der Zeit erkannt: Nicht dass er von seiner adipösen Karre lassen würde, aber er antwortet jetzt (von irgendjemandem interviewt, wozu er sie brauche) bauernschlau (also nach dem Zusammenkratzen seiner Verstandesreste [das Gros hat's ihm auf der Überholspur bei 220 weggeblasen]):

Um von A nach B zu kommen.

Herrn X. fand seltsam, dass alle Befragten dasselbe sagten. Nie wollte einer nach C, geschweige denn D oder Z. Und schon gar nicht von O oder P. Folgen sie einem Herdentrieb? Treibt sie eine Art Lemming-Gen? Oder hat B etwas zu bieten, das nur Eingeweihte kennen? Dass hinter A das Allertrostloseste steckt, das man sich denken kann und dem sie entfliehen wollen, nämlich ihr Zuhause, liegt auf der Hand. Ergo wird es sich bei B, so folgerte Herr X., um den Drogendealer des Kleinbürgers handeln: netamotuanetteragiZ ned.

Mich juckts hinter dem linken Ohr, sagte der Elch, *kannst du mich da mal kratzen.* Um nach einer bedeutungsschwangeren Pause fortzufahren: *Und am Sack bitte auch.* Diesen Trick kann er doch unmöglich von seiner Sexualkundelehrerin haben, dachte sich Herr X., andererseits war der Dame alles zuzutrauen. Und dabei fiel ihm ein Begriff ein, den er unlängst gelernt hatte und der ein Verhalten seiner Geschlechtsgenossen beschrieb, das ihm in den öffentlichen Verkehrsmitteln in letzter Zeit immer häufiger ins Auge gestochen war: Manspreading. Die Typen hocken mit weit gespreizten Beinen rum und schließen sie, wenn überhaupt nur widerwillig, will man sich mangels eines anderen Sitzplatzes neben sie setzen. Offensichtlich kennen sie die Untersuchung einer Wissenschaftlerin der Universität Berkeley, Tanya Vacharkulksemsuk mit Namen, derzufolge 87% der Frauen FOTOS von breitbeinig herumsitzenden Männer anziehend fanden. Im umgekehrten Fall dürfte die Quote ähnlich sein, vor allem, wenn die Mädels bar aller Textilien sind. Herr X. glaubte sich zu erinnern, dass sie in BREAKFAST OF CHAMPIONS, einem Roman von Kurt Vonnegut, *weit offene Biber* genannt wurden. Das unverfängliche *Biber* war nach dem Krieg (II. WW) in den USA ein Codewort, mit dem Männer sich untereinander bei Unfällen, Sportveranstaltungen, Feuerleitern etc. darauf hinwiesen, dass und wo man Frauen unter den Rock schauen konnte. Auch soll unter Schülern folgendes Gedicht die Runde gemacht haben:

Ich seh' Briten,
seh' Franzosen;
seh' eines Mädchens Unterhosen.

Der Ich-Erzähle bei Vonnegut bekennt, dass er als Junge von zwei Monstren besessen war, die in seinem Kopf hausten und niemals schliefen: *Es waren die tyrannischen Gelüste nach Gold und, Gott steh uns bei, nach einem Blick auf die Unterhosen von kleinen Mädchen.*

Viel hat sich seither nicht geändert, dachte Herr X. Die Monstren sind dieselben geblieben, bleiben in den Köpfen hocken und zwingen uns, die Augen nach *Bibern* offen zu halten. Nur wird heute bei solchen Gelegenheiten geschwiegen, dafür fotografiert: UPSKIRTING nennt man es mittlerweile. In Großbritannien hat man es verboten und das soll es auch bei uns werden, denn dann macht es keiner mehr.

Herrn X. fiel ein, dass die Untersuchung zu Manspreading mittels Fotos gemacht wurde. Nun kommt in der Realität (und in geschlossenen Räumen wie einer U-Bahn) ja noch die olfaktorische Komponente hinzu, also die Ausdünstungen, die von einem frei entfalteten Gemächt und etwas betagten Unterhosen ausgehen. Dabei wird vor allem Androstenon emittiert, ein Pheromon, das das Paarungsverhalten steuert und bei Frauen, die sich ihre Natürlichkeit bewahrt haben (also nicht die, die ständig bei *Douglas* herumwuseln), einen vorzeitigen Eisprung und die sog. Duldungsstarre auslösen kann. Die Kerle führen also nur aus, was ihnen Mutter Natur eingegeben hat. Immer mehr Verkehrsbetriebe verbieten mittlerweile Manspreading. Dazu war es in Japan bereits in den 70er Jahren gekommen. Wohin das geführt hat, sieht man jetzt: 44% aller japanischen Männer und 42% der Frauen hatten noch nie Sex. Und die, die verheiratet sind, haben den wenigsten und den schlechtesten von allen Ländern, die eine Studie des Präserproduzenten *Durex* untersucht hat.

Mittlerweile, so musste Herr X. lesen, hat man den Japanern auch die Slipautomaten genommen, aus denen sie sich getragene (und natürlich ungewaschene) Höschen von Schülerinnen ziehen konnten, mit denen die sich ihr Taschengeld aufbesserten. Dafür entdeckte er unlängst eine deutsche Abart davon in seinem *WERBESPIEGEL*: den *Futterschlüpfer*, eine bauschige Unterhose, die aussieht, als passten locker zwei rein und die (auch im Internet) angeboten und besonders gesucht ist, wenn man ihr viele Vorbesitzerinnen ansieht.

Die letzte Bemerkung des Elchs hatte bei Herrn X. noch eine weitere Szene aus dem Keller seiner Erinnerungen heraufgeholt: Er und sein etwas jüngerer Bruder, beide Mitte zwanzig, sitzen an einem Frühlingsmorgen im Speisesaal eines Familienhotels. Ein paar vorwitzige Sonnenstrahlen kitzeln die Maiglöckchen, die in Wassergläsern auf den Tischen stehen, frischer Kaffeeduft zieht durch die noch ein wenig verschlafene Stille. Eine eifrige junge Bedienung eilt herbei, notiert sich die Bestellung und fragt den Bruder: *Wie wünschen Sie Ihre Eier?* Darauf er, wie selbstverständlich und ohne von seiner Karte aufzusehen: *Leicht gekrault.*

Nicht jeder besitzt die Gabe, Idyllen so hochgehen zu lassen. Die flammende Röte, die das Gesicht des Mädchens überzog, griff auch auf Herrn X. über, der seines hinter vorgehaltener Hand verbarg und es gerade noch schaffte, nicht laut herauszuplatzen. Gefragt wurden die beiden Gäste an diesem Morgen nichts mehr und – zu Recht – nur noch stiefmütterlich bedient, aber der Tag war gerettet.

Der aktuelle des Herrn X. eher nicht. Er musste lesen, wie wacker Frank-Walter in Yad Vashem den 75. Jahrestag der Befreiung des KZs Auschwitz – *obwohl beladen mit großer historischer Schuld* – durchgestanden hatte. Jeder andere wäre zusammengebrochen oder wenigstens in die Knie gegangen. Nicht so die deutsche Eiche Frank-Walter. Er versprach mit entsetzter Miene und im Brustton der Überzeugung (Herr X. hatte keine Ahnung, worauf die gründete), dass Deutschland immer gegen Antisemitismus und Nationalismus kämpfen werde. Jeder andere wäre rot geworden oder hätte wenigstens hinter dem Rücken die Finger gekreuzt. Nicht so Frank-Walter, den kann man hinstellen, wo man will, der liefert. Eiskalt und punktgenau. Betroffenheit in Kübeln. Bekenntnisse palettenweise. Mahnungen mit der Schubkarre. Ein Politprofi eben. Die Sorte, die Hartz IV ausgeheckt und die die SPD zur Randpartei hat schrumpfen lassen.

Wie aufgekratzt und fröhlich war Frank-Walter noch vor zwei Jahren dabei, als es galt, einen der schärfsten Antisemiten deutscher Zunge hochleben zu lassen. Einen Mann, dem Deschner im Band 8 seiner KRIMINALGESCHICHTE das 12. Kapitel widmet: *Man nennt es Reformation.* In dem er auf 45 Seiten NACHWEIST, dass der in und von fast ganz Deutschland Bejubelte ein Bauerschlächter und Ketzerjäger war, einer, der die Todesstrafe für Hexen und Zauberer forderte, aber sich vor allem und das bis zum letzten Atemzug als JUDENSTÜRMER (ein Unterkapitel) hervortat.

Noch als Katholik stimmt er ein in den christlichen Chor der Antisemiten und nennt sie *eine Synagoge Satans bis auf den heutigen Tag, Blutmänner*, die wenn sie könnten, *die Christen mit ihren Zähnen in Stücke* rissen. Und bei einer Auslegung von Psalm 77,66 macht dieser ob seiner Sprachmächtigkeit hochgeschätzte Mann kein Hehl aus seiner Vorliebe fürs Anale:

... ihre hinteren Teile sind der Ruf ihrer Werke, der bereits durch die Welt modert und stinkt, seit das Evangelium offenbart ist. Und ihre Rekta stecken sie heraus, weil das Evangelium selbst das geheimste Böse ihres Herzens bekannt mancht, wie beschaffen sie im Inneren sind...

Etwas später verkündet der gute Martin, die Juden könnten sich mühen und beten soviel sie wollten, sie seien

dennoch ...*allen Völkern auf der ganzen Welt zum Zertre-
ten dahingegeben, wie der Kot auf der Gasse*...
Dies bekräftigend, prangt auf der Wittenberger Stadtkir-
che (wie auf zahlreichen anderen) eine JUDENSAU:

Als Frank-Walter diesen seinen Religionsstifter vor Ort
feierte, hat man ihm den Satz, den er so überzeugend in
Jerusalem vortrug: *Es ist dasselbe Böse*, natürlich in keine
Rede geschrieben. Außerdem darf die Judensau, die sich
verbal zum Saujuden weiterentwickelte, hängenbleiben,
wie das Oberlandesgericht Naumburg fast zeitgleich zu
Frank-Walters Großsprech entschied, weil die heutige Kir-
chengemeinde damit nicht die Juden verächtlich machen,
sondern sich der eigenen Geschichte stellen will. Aber nur
ein ganz klein wenig und keinesfalls während des 500.
Jubiläumsjahres der Reformation. Das wäre der adäquate
Zeitpunkt gewesen, einmal darauf hinzuweisen, dass dieser Reformator seinen Landesfürsten nicht nur einmal den
treuen Rat gab, gegenüber den Juden *scharfe Barmherzigkeit* zu üben und sie dazu aufzufordern:
...*dass man ihre Synagoge oder Schule mit Feuer anste-
cke und, was nicht verbrennen will, mit Erde überhäufe*...

...dass man ihre Häuser desgleichen zerbreche und zerstöre...

...dass man ihren Rabbinern bei Leib und Leben (!) verbiete, hinfort zu lehren...

...dass man den Juden das Geleit und Straße ganz und gar aufhebe...

...dass man den jungen, starken Juden und Jüdinnen in die Hand gebe Flegel, Axt, ...Spaten, ...Spindel und lasse sie ihr Brot verdienen im Schweiß der Nasen, wie Adams Kindern ...auferlegt ist. Denn es taugt nicht, dass sie uns verfluchte Gojim wollten im Schweiße unseres Angesichts arbeiten lassen und sie, die heiligen Leute, wollten es hinter dem Ofen mit faulen Tagen, Festen und Pomp verzehren.

Das, dachte sich Herr X., ist SprachGEWALT, die Laune und Mut macht. Die Nazis sind letztlich nur mit deutscher Gründlichkeit Luthers Forderungen nachgekommen, der noch in der Woche vor seinem Tod bekräftigt: *Bekehren sie sich nicht, so sollen wir sie auch bei uns nicht dulden noch leiden.*

Dass dieser GROSSE DEUTSCHE sein christliches Leben lang Hass und Hetze verbreitet hat, wie wir sie heute aus den (a)sozialen Medien kennen, ist deshalb kein ernstzunehmendes Problem, weil es keine lebenden Zeitzeugen mehr gibt. Denn in diesem Fall übernehmen wohlbestallte (ein anderes Wort für: eingebettete) Historiker die Deutungshoheit. Die denken nicht daran, sich die Finger schmutzig und das Leben schwer zu machen, sondern picken sich zu Herrn und Frau Mustermanns Entzücken die Rosinen heraus und nennen den Rest *zeitgeschichtlich bedingt*. Zwar wirft da jedes noch nicht vollverschwurbelte Hirn sofort die Frage auf, wer oder was denn NICHT zeitgeschichtlich bedingt ist, spricht sie jedoch nicht aus (weil es weiß, dass es dann auf diesem Niveau weitergeht) und verlangt stattdessen nach einem Cappuccino o.ä.

Herr X. wusste wohl, dass Luther nicht der erste Antisemit war, jedoch dank seiner Bedeutung ein wegweisender. Synagogen hatten schon vor seiner Zeit gebrannt, aber er diente seinen Nachkommen als Brandverstärker. In die Welt getreten war der Judenhass durch den Apostel Paulus, den Gründer des Christentums, der im BUCH DER BÜCHER, genauer im Neuen Testament, „die Juden verdammt sein lässt *bis ans Ende der Welt* und für den ihr gesamter geistiger und religiöser Besitz *Dreck* ist" (siehe Deschner, Bd. 1, S. 124ff).

Die Römer gewährten jedem Religionsfreiheit, solange sie den Olymp für den Wohnsitz der Götter hielten, wohl auch weil sie es sich mit keinem von ihnen verscherzen wollten. Erst als sie in ihrer Mehrheit vom Virus des Christentums befallen waren und an den alleinseligmachenden Gott glaubten, der keine anderen Götter neben sich duldet, begannen sie, Juden und Andersgläubige zu verfolgen. Und wenn die sich nicht bekehren ließen, pfiffen die Christen auf ihre Bergpredigt (die von Armut, Trauer, Demut, Sanftmut, Gerechtigkeitssuche, Barmherzigkeit, reinem Herzen, Friedensstiftung etc. faselt) und gingen mit Nachdruck ans Werk (hieß: Feuer und Schwert) – munter durch die Jahrhunderte. Aber DAS meinte Herr Steinmeier nicht, als er klagte: *Es ist dasselbe Böse.*

Die Nazis waren nicht so schlaudreist, ihre Ideologie als eine der (Nächsten-)Liebe auszugeben, wie es die Christen mit ihrer Religion taten und tun.

Geschlechtsverkehr in einem Bett?, fragte der Elch und gab sich selbst die Antwort: *Auch mal ganz nett.*

Herr X. wollte sich von seinem Stichwortgeber nicht ablenken lassen und grübelte weiter: Kann es eine entlarvendere Formulierung geben als *scharfe Barmherzigkeit?* Eine bösartigere? Eine bigottere? Von da bis zu einem LIEBEVOLLEN VERGASEN fehlt nicht mehr viel. Einen eingefleischten Christen wie Frank-Walter ficht das nicht an. Dass er mit Barmherzigkeit seinerseits wenig anfangen kann, wurde im Fall Murat Kurnaz deutlich, einem in Deutschland geborenen und zur Schule gegangenen Türken, der eine verdächtige Kopfbedeckung trug (wie ein gehäkelter Topflappen, nur rund!) und dessen Bart viermal so lang war wie der von Bin Laden. Was Wunder, dass ihn Menschen mit schlichter Denkungsart für viermal so gefährlich hielten. Ein Kopfgeld von 3000 Dollar sorgte dafür, dass er in Guantanamo landete, der amerikanischen Variante eines KZs, dessen Auflösung zu den gebrochenen Versprechen Obamas gehörte, der dafür als Entschädigung den Friedensnobelpreis bekam. Obwohl schließlich sowohl die CIA als auch der BND Kurnaz als unschuldig einstuften, weigerte sich Frank-Walter, damals politisch verantwortlich, ihn in Deutschland einreisen zu lassen. Und er steht heute noch dazu: *Man muss sich ja nur vorstellen, was geschehen würde, wenn es zu einem Anschlag gekommen wäre, und nachher stellte sich heraus: Wir hätten ihn verhindern können.* Aussagen dieser Art pflegt SPD-Kumpan Peer Steinbrück bekanntlich mit: *Hätte, hätte, Fahrradkette* zu kommentieren.

Man muss sich ja nur vorstellen, dachte sich Herr X., was geschehen würde, wenn der Posten des Bundespräsidenten an VERDIENTE Mitbürger ginge und nachher stellte sich heraus: Die sind glaubhafter (und weniger vorbelastet).

Mittlerweile kann man aus Versehen Ministerpräsident werden, selbst wenn einen kein Schwein kennt. Jedenfalls in Thüringen. Dank der AfD. Und natürlich der ihr in Teilen affinen (kommt NICHT von Affen, das sei zu deren Ehrenrettung betont!) CDU. Aber damit wollte sich Herr X. den Tag nicht noch länger verderben.

Wie der Schniedel des Mannes, so sein Johannes, sagte der Elch und dagegen war nun überhaupt nichts einzuwenden. Eine Nase hat jeder, aber daran, dass Herrn X. zusätzlich dieser fragwürdige Wurmfortsatz anhing, war der Zufall schuld, der ihm statt eines zweiten X- ein verkümmertes Y-Chromosom zugewiesen hatte. Wie konnte man nur glauben, dass dabei ein weißbärtiger Zausel seine arthritischen Finger im Spiel hatte?

Das Märchen vom alten Mann, der irgendwann Himmel und Erde schuf (Warum? Aus Langeweile? Aus Versehen? Einfach so?), es hätte nach Ansicht von Herrn X. längst auf Vordermann gebracht oder wie es heute heißt, aktu-

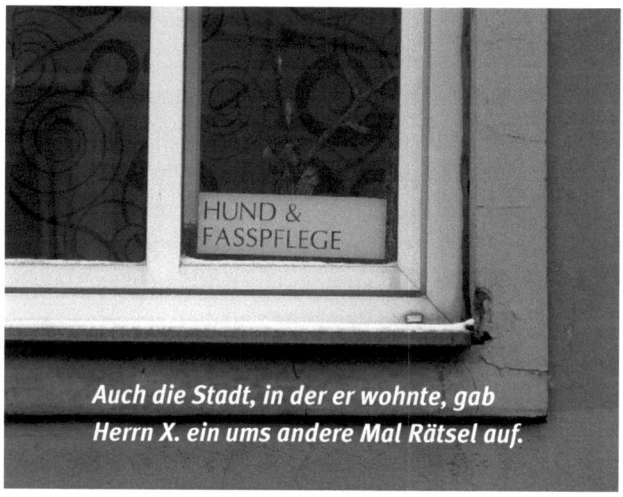

HUND &
FASSPFLEGE

Auch die Stadt, in der er wohnte, gab Herrn X. ein ums andere Mal Rätsel auf.

alisiert werden müssen. Stoßen doch seine hanebüchene Unlogik und seine Unvereinbarkeit mit allem, was es an einigermaßen gesicherten Erkenntnissen gibt, jedem aufgeweckten Zehnjährigen auf und lassen ihn am Verstand derer zweifeln, die die biblische Schöpfungsgeschichte für glaubwürdig halten. Sie so zu erzählen, dass sie halbwegs im Einklang ist mit dem, was uns die Wissenschaftssendungen im Fernsehen einzutrichtern versuchen, schien Herrn X. schon früher einen Versuch wert.

Sein närrisch narrationaler Vorschlag:

Am Anfang ist ein alter Mann. Seit er denken kann, schlurft er einsam durch ein nicht enden wollendes, zwielichtiges Grau, eine Art Nebel, der so dicht ist, dass er kaum den Boden unter seinen Füßen erkennen kann.

Wenn er je Erinnerungen hatte, sind sie längst verblasst. Es fällt ihm nichts ein, worüber er nachdenken und er hat nichts, womit er sich beschäftigen könnte. Manchmal bleibt er stehen, um zu verschnaufen oder weil ihm sein Umherirren sinnlos erscheint. Gelegentlich setzt er sich auch. Aber kaum kommt er zur Ruhe, beginnt das lautlose Grau, sich seiner zu bemächtigen, schleichend und unerbittlich. Er fühlt, wie es sich auf ihn legt und schwer und schwerer wird. Wie es versucht, in ihn einzudringen und ihn auszufüllen. Von Panik erfasst, die seine letzten Kräfte mobilisiert, kommt er wieder hoch und hastet weiter. Einfach nur weiter. Worauf er hofft, kann er nicht beschreiben. Was ihn erwartet, kann er sich nicht vorstellen. Er weiß nur, er muss in Bewegung bleiben.

Irgendwann stürzt er über etwas, das URplötzlich vor ihm aufgetaucht war. Noch im Liegen dreht sich um und erkennt, dass es eine Art Rohr ist, das ihn zu Fall gebracht hat, von stumpfroter Farbe, etwa so lang wie er selbst und hüftdick. Er betrachtet es näher und stellt fest, dass an einem Ende ein Stück Tau herausragt. Allerdings kann er sich nicht entsinnen, dergleichen je gesehen zu haben.

Ein Jugendlicher unserer Tage würde das Teil sofort als Chinaböller identifizieren und wäre von seiner Dimension ebenso überrascht wie begeistert.

Der alte Mann rätselt weiter, aber nichts ergibt für ihn irgendeinen Sinn. Er atmet tief durch, stellt fest, dass ihn sein ergebnisloses Grübeln ermüdet hat und setzt sich, den Böller zunächst als Rückenlehne, dann als Nackenstütze nutzend. Ehe er sich versieht, nickt er ein.

Ein schmerzhaftes Ziehen entlang der Halswirbelsäule weckt ihn. Er richtet sich auf, massiert seinen Nacken und entsinnt sich seines überraschenden Fundes. Und er fühlt, ohne es benennen zu können, dass irgendetwas anders ist als sonst. Das Fehlen der Beklemmung, die ihn immer überfallen hatte, wenn er innehielt, nimmt er nicht wahr. Zu sehr ist er mit Nachdenken über diesen seltsamen Gegenstand beschäftigt. Doch wie er sich auch den Kopf zerbricht, es hilft nichts, er findet einfach keine Erklärung dafür.

Als er aufgeben und seinen Weg fortsetzen will, fällt ihm ein, dass er vor Äonen, also beinahe einer Ewigkeit, schon einmal auf einen Gegenstand, allerdings einen viel kleineren, gestoßen war, den er sich ebenfalls nicht erklären konnte. Er hatte ihn damals in seine Manteltasche gesteckt und tatsächlich, da war er noch. Fingerlang, angenehm anzufassen und mit einem Rädchen an einem Ende. Wenn man daran drehte, das hatte er beim Herumspielen herausbekommen, sprang ein Lichtlein aus der kleinen Öffnung neben dem Rädchen. Sofort fiel ihm der beißende Schmerz an seiner Nasenspitze wieder ein, den er verspürte, als er sich über das Licht beugte, um es näher zu untersuchen. Gewarnt streckt er den Arm aus und – schrapp! – fängt die kleine Flamme wieder an zu tanzen.

Einem Impuls oder einer Eingebung folgend – vielleicht regiert auch hier schon der Zufall – hält er sie unter das Tau. Er beobachtet, wie leichter Rauch aufsteigt und sich eine hellgraue Verfärbung zielstrebig und unter leisem Fauchen in Richtung Röhre bewegt…

(Und wie man sehen kann: BIG)

Was in den folgenden gut 13 Milliarden Jahren geschah, ist weitgehend unstrittig, weil mit den Naturgesetzen – soweit wir sie kennen – im Einklang und erklärbar.

Eines Gottes bedarf es glücklicherweise nicht mehr. Im Gegenteil. Wo immer er aufgetreten sein und eingegriffen haben soll, hinterläßt er bei aufgeklärten, selbständig denkenden Menschen Kopfschütteln, wenn nicht Fassungslosigkeit oder gar Abscheu.

Herr X. ließ dem alten Zausel den Schöpfungsakt, indem er den Urknall auslöste und hielt ihm zugute, dass er nicht wusste, was er tat. Andernfalls er sich ja wohl kaum selbst pulverisiert hätte. Er ließ ihn auch einen Mann sein, in

Gottes Namen. Eine Frau hätte vermutlich das Feuerzeug weggeworfen. Wieso sollte sie etwas mit sich herumschleppen, für das sie keinerlei Verwendung sah?

Mal ehrlich (und nicht nur unter uns Pastorenkindern), dachte sich Herr X.: Wann hätte man schon von einer Schöpfungsgeschichte gehört, die so wenig widersprüchlich ist wie diese? Die sich kaum mit unserer Welt und dem Universum, durch das wir fliegen, beißt? Die die Physik Physik sein läßt und die Chemie Chemie? Die die Evolution, so wie sie zweifelsfrei stattgefunden hat, miteinbindet? Die keine Wunder erforderlich macht, keine Opfer und keine Gebete? Und für alle, die partout nicht ohne Metaphysik sein können, liefert diese Fassung sogar eine Erklärung für das sog. GOTTESTEILCHEN, von nüchternen Menschen Higgs-Boson genannt. Nach 50jähriger Suche wurde es unlängst gefunden (zum Glück im Teilchenbeschleuniger des CERN bei Genf und nicht irgendwo in Nazareth hinterm Sofa oder an einem anderen mystischen Ort). Das Besondere an diesem Teilchen: Physiker können sich den Aufbau der Materie nur mit IHM erklären.

Was sich jedoch als wahrer SEGEN für die Menschheit entpuppen wird: Dieser alte Mann, der sich als fein zerlegtes Kraftfeld durch das Universum zieht und es durch sein plötzliches Dahinscheiden erst ermöglicht hat, erwartet und fordert von uns NICHTS.

Er bevorzugt niemanden und droht keinem. Man muss ihm nicht huldigen oder irgendwen von seiner Existenz überzeugen. Man braucht sein Leben nicht nach ihm auszurichten und man kann ihn nicht kränken. Was für ein Fortschritt! Nichts ist armseliger oder paradoxer als ein beleidigter Gott. Wie kann jemand, der so hoch über Allem steht, derart außer sich geraten, wenn ihn Erdenwürmer anpinkeln, dass er sie mit Hungersnöten, Pest und Sintflut straft? Erhabenheit sieht anders aus.

Schon Lukrez ahnte, dass die Welt nicht von Göttern erschaffen worden sei und letztere Besseres zu tun hätten als sich in das Leben von Menschen einzumischen. Und der Mann lebte in der ersten Hälfte des 1. Jh. VOR Chr.! Kümmern Sie sich um einen Ameisenhaufen, wenn sie einen entdecken? (Es würde für diesen auch nicht gut ausgehen.)

Die CRUX (sic!) bei den Religionen – da war sich Herr X. sicher – liegt darin, dass nicht Gott den Menschen nach seinem Ebenbild geschaffen hat, wie hartnäckig behauptet wird. Sondern umgekehrt der Mensch (meistens ein Mann) die Götter als Abbild seiner selbst entwarf und sie, wenn er kreativ war, mit allen möglichen Attributen ausstattete. Vor allem aber mit Superkräften, die er selbst gern gehabt hätte. Und natürlich mit Unsterblichkeit. Götter gehören zu den lächerlichsten aller Altherrenphantasien.

Während sie bei den antiken Griechen noch gelegentlich sympathische Züge aufweisen, tobt der Gott Abrahams wie ein Wahnsinniger durch das Alte Testament, verbreitet Furcht und Schrecken und schafft damit den Humus, auf dem der christliche Glauben am besten gedeiht.

Dem alten Mann von ihm, Herrn X., dem, der den Urknall auslöst, lässt sich nichts vorwerfen. Nicht einmal fahrlässigen Umgang mit Feuerwerkskörpern, hatte er doch einen sachgerechten nicht erlernen können.

Zugegeben, das plötzliche Auftauchen eines Chinaböllers sowie eines Feuerzeugs erscheint ein bisschen weit hergeholt, allerdings finden diese Ereignisse in einem „Stadium" statt, in dem weder Raum noch Zeit existieren und über das die Wissenschaft bisher keine näheren Auskünf-

Nach Uli Hoeneß, Thomas Middelhoff und Rupert Stadler:

„Gott ist auch im Gefängnis"

(SZ vom 27. Mai 2020)

te erteilt. Da wird von einer Anfangssingularität gemunkelt, unter der sich kein Schwein (einschließlich Herrn X.) was vorstellen kann. Immerhin ist nicht auszuschließen, dass es in ihr ein Wurmloch gibt (in so manchen Theorien ist der Wurm drin). Gesehen hat noch keiner eins. Genausowenig wie den Seilwurm (lat. homo funis vermis), einen bisher nur behaupteten parasitären Bewohner des menschlichen Darms, gegen den es jedoch wunderwirkende und deshalb nicht wirklich preisgünstige Mittel gibt (Stichwortkürzel: MMS). Wurm und Loch tummeln sich auf derselben metaphysischen Wiese wie Gott, also, so dachte sich Herr X., kann man sie auch zueinander in Beziehung setzen. Schließlich vermuten neben Science Fiction Experten selbst Astronomen, dass nicht nur verschiedene Universen, sondern auch Vergangenheit und Zukunft per Wurmloch miteinander verbunden sein könnten. Womöglich sind durch eines von ihnen der Böller und das Feuerzeug dem alten Mann vor die Füße gefallen (das wenigstens kann man sich doch vorstellen). Vielleicht sogar er sich selbst.

Die Frage, die jeder Weltenschöpfer bei Herrn X. (und anderen Selberdenkern) aufwarf: Wer – um Himmels willen – hat denn IHN erschaffen?

Schlaumeier (jesuitische) sagen: Er sich selbst! Schließlich ist er ja allmächtig.

Wundervoll, diese Vorstellung, aber nur für einen Einfaltspinsel: Gott als Ei, das sich selber legt. Und wenn sich kein dummes Huhn findet, das sich draufsetzt, dann brütet er/es sich eben selber aus.

Ich träume fast jede Nacht von meiner Sexualkundelehrerin. Und das ziemlich feucht, quatschte der Elch unpassenderweise dazwischen, wurde aber ignoriert.

Das Problem des Glaubens an einen Gott, der sich an den eigenen Haaren aus dem Sumpf der Nichtexistenz ziehen kann, führt zwingend (jedenfalls für Herrn X.) zu der Frage: Woher kommt dann der Sumpf? Wer hat den erschaffen? Und wozu?

Der menschliche Verstand ist *ein feste Burg, ein gute Wehr und Waffen*, aber doch begrenzt. Wer über ihre Mauern klettert, der sollte sich mit einer doppelt dicken Schutzweste (aus Misstrauen und Zweifel) wappnen und sich darüber im Klaren sein, dass ihm im Reich der Phantasie und der Phantastereien nicht nur überaus Reizvolles begegnen kann, sondern auch jedweder Irr- und Unsinn (und deren Erfinder). Was Herr X. seltsam fand: den eigenen Ausflügen ins Phantastische traut der Mensch selten und behält sie lieber für sich, wohl aus Angst, sich lächerlich zu machen. Jedoch die Spintisiererien anderer können ihm oft nicht absonderlich genug ....

------------------------- *In der Ruhe liegt die Kraft,* sagte der Elch, *Vom Wegpennen war nicht die Rede.* Herr X., beim Grübeln im Sitzen eingenickt, hob den Kopf und versuchte, durch Grimassieren und Schulterrollen die schwere Decke, die ihm ein plötzlicher Anfall von Müdigkeit übergeworfen hatte, wieder abzuschütteln. So irgendwann abzutreten und in einen körper- und traumlosen Zustand zu gleiten, identisch mit dem vor seiner Zeugung, empfand er als zutiefst tröstlich und angenehm. Ein ewiges Leben

– für ihn die Horrorvorstellung schlechthin. In einem wie immer gearteten PARAdies auf alle Zeit (nochmal 14 Mrd. Jahre?) vor sich hin zu vegetieren, willen-, wehr- und absichtslos, ausgeliefert einer barbarischen Göttlichkeit, ja Himmel noch eins!, wer kann sich das wünschen? Nur jemand, der nie ernsthaft darüber nachgedacht hat. Und wenn doch, was muss er für ein armseliges, von Furcht verklebtes Hirnlein haben? Also etwa das einer Kellerassel. Ein ewiges Dasein in einem entmaterialisierten Jenseits, das entsprach für Herrn X. der lebenserhaltenden Gerätemedizin im Diesseits, nur dass Tropf und Schläuche ideell waren, aber doch genauso entmündigend. Wie kann ein einigermaßen freier Verstand das seiner Seele, wenn sie denn unsterblich wäre, wünschen? Der Einfalt gelingt es, weshalb man sie gern auch heilige nennt.

Karneval: Darf sich mein Kind als Indianer verkleiden? durfte Herr X. lesen, als er die Headlines auf SPON überflog, und prustete los. Die Internetvariante des SPIEGEL nahm sich jetzt offensichtlich der früheren BRAVO-Leserschaft an. Damals hatte der Fragesteller noch von Dr. Sommer erfahren, wie er es machen musste, sein Kind (wie dieser alte Schwede: Lasse Rinström). Nun ging es um Political Correctness und wer wäre da kompetenter als die Augsteinianer? Der Artikel war natürlich kostenpflichtig, weshalb Herr X. es vorzog, ihn sich auszudenken: Weshalb sollte man einem Kind verwehren, was dem Willy Michl erlaubt ist, und das ganzjährig? Den selbsternannten Isar-Indianer empfindet ja auch niemand als Verunglimpfung der amerikanischen Ureinwohner, obwohl er, was seine Leibesfülle betrifft, eher deren enteigneten, ruhiggestellten und vom Leben in Reservaten gezeichneten Nachfahren entspricht. Michls Metamorphose vom kindlichen Cowboy über den Gebirgsjäger endete beim *Sound of Thunder*, als ihm ein Adler am Schneeferner (einem Gletscher, dessen klägliche Reste nur noch unter Planen zu besichtigen sind) den entscheidenden Wink gab. Daraufhin habe er sich Adlerfedern „besorgt" (seine Wortwahl), die ihm daraufhin die *Lizenz zur Freiheit* verschafften. Was unter *besorgen* zu verstehen ist, darüber gibt es nur Mutmaßungen, immerhin gehört Aquila chrysaetos, der Steinadler, zu den besonders(!) und(!) streng(!) geschützten Arten (unter Juristen ist ALLES möglich). Er kommt in Deutschland fast nur noch entlang der Alpen vor (der Jurist leider überall), in Einzelfällen auch im Tierpark Hellabrunn und im Wildpark Poing, wo sich gelegentlich Wilderer einschließen lassen, die versuchen, die Vögel zu rupfen. Das wiederum ist nur echten Indianern erlaubt, nicht jedoch eingebildeten. Letzteren gelingt es gelegentlich, erstere dazu zu überreden – mit Unmengen von Feuerwasser, was auch nötig ist, weil sich ein bayerischer Adler nicht freiwillig von seinem Gefieder trennt. Sei dem wie ihm wolle, während der Geist von Willy Michl tagtäglich zu Höhenflügen ansetzt, muss dafür ein gerupfter und jagdunfähiger Greif auf seinem Stangerl hocken bleiben, bekommt das *Isarflimmern* nicht mehr vors scharfe Auge, stattdessen im Labor gereifte Gnadenmäuse von Hand gereicht. ES KANN NUR EINER FLIEGEN.

Die Eltern von Karnevalsindianderkindern sollten es der Vogelwelt zuliebe nicht so genau nehmen, sondern sich lumpen lassen und auf Kunstfedern zurückgreifen. Wenn den indigenen Völkern nichts Schlimmeres passiert wäre, als für Rollenspiele von Knirpsen herhalten zu müssen, sähen deren Welten weniger trostlos aus (irgendein Papst hat sich dafür aber schon mal entschuldigt, das muss reichen).

Helmut Kohl lebt!, schrie der Elch. Um dann augenzwinkernd hinzuzufügen: *Gottseidank nur in meinen Alpträumen.* Der Schalk im Ohr dieses Tiers treibt mit Entsetzen Scherz, dachte sich Herr X., als ob es nicht genug Hinternlassenschaften des gewaltigen Pfälzers gäbe, wobei ihm sofort F...AKTEN-FATSO einfiel. Also jener Schwellschädel, der sich mit seinem HOKUSPOKUSFOCUS, dem SPIEGEL-Ersatz für Lese- und Denkfaule, zu Birnes Rülpsrohr aufgeschwungen hatte: Helmut, der Specksack, Markwort. Obwohl als Chefredaktor aussortiert, darf er eine als TAGEBUCH ausgegebene Kolumne mit den immerselben Phrasen eines allzeit Gestrigen füllen, heißt, sich als Kommunistenhasser auskotzen. Im FOCUS 8/2020 ließ er anläßlich des Wahlpatts in Thüringen wissen, dass die *tyrannische Staatspartei SED unter dem neuen Namen DIE LINKE weiterexistiert* und dass es sich bei ihr *finanziell und organisatorisch immer noch um die SED handelt, die Menschenrechte und Meinungsfreiheit mit Füßen getreten hat.* Und er freut sich diebisch, *dass in Erfurt der SED-Politiker Ramelow gestürzt und an seiner Stelle der Liberale Kemmerich Ministerpräsident wurde. Wenigstens für ein paar Tage.* Mit wessen Hilfe sein Parteifreund den Kurzzeitposten erhielt, verschweigt er, weil das einem LIBERALEN im Allgemeinen und diesem Fleischklops im Besonderen WURSCHT ist, weil es ihm immer nur um selbige geht. Umso schärfer geißelt er die *unglaubliche Verharmlosung der Diktatur in der DDR* in den Medien und bei Anne Will und erinnert u.a. an seinen Schulfreund Jörg Bilke. Der hatte in einer Studentenzeitung mehrere DDR-kritische Artikel verfasst und die Freilassung des Schriftstellers Erich Loest gefordert. Wider Erwarten kam man in der Sowjetzone der Forderung Bilkes nicht nach, worauf der, wohl um ihr Nachdruck zu verleihen, 1961 auf der Leipziger Buchmesse auftauchte. Anstatt sein Unrecht endlich einzuräumen, inhaftierte der Unrechtsstaat nun auch noch Helmuts Klassenkameraden, um ihn zweieinhalb Jahre später als einen der ersten gegen 40.000 harte D-Mark in die BRD zurückzuschicken. Ein neues Geschäftsmodell war gefunden, das der SED bis 1989 rund 3,4 Mrd. DM einbrachte, von deren Zinseszins DIE LINKE laut Markwort heute noch zehrt. *Ich kann ihre Verbrechen nicht vergessen. Ich mag nicht verdrängen, wie die SED junge liberale Politiker systematisch verfolgt und zerstört hat*, quält sich der Wabbelkopf, obwohl junge liberale Politiker unter den Verfolgten des Regimes einen verschwindend geringen Anteil hatten. Und er benennt noch einen dieser *Zerstörten*, einen Hans Rösler: *Mit wachem Hirn lebt der heute 90-Jährige in Bayern und beobachtet schockiert, wie SPD und Grüne der SED wieder an die Macht verhelfen.* Nicht wenige hoffen insgeheim, dachte sich Herr X., dass wir dann wieder eine Mauer kriegen. Verräterischerweise hat Ramelow noch nicht gesagt, dass niemand die Absicht hat, KEINE zu errichten.

Markwort denkt mangels Hirn eben mit der Schwarte, fand Herr X., für die Politik und den FOCUS reicht's allemal. Und dann fiel ihm noch ein Fehlurteil eines Deutschen Gerichts ein, das es dem Satiremagazin TITANIC einfach nicht untersagen wollte, den Focus-Erfinder und das Verb *Ficken* in einem Satz unterzubringen und es somit zuließ, dass sich jeder ungeschützt vorstellen darf, wie dieser Schwabbel sich auf eine Frau wälzt... Herrn X. kroch der blanke Grusel den Rücken hinauf.

Das wurde nicht besser, als er kurz darauf lesen musste, dass die durchschnittliche PS-Zahl bei Kfz-Neuzulassungen 2019 natürlich zugenommen hatte, und das zum zehnten Mal in Folge. Der DA braucht das einfach. Herr X. musste sich in Erinnerung rufen, dass er DA keineswegs als Abkürzung für Dummes Arschloch gewählt hatte, sondern für den Deutschen Autofahrer (nämlich jenes Drittel, dessen Minderwertigkeitskomplexe die Deutsche Autoindustrie mit verschärftem Ressourceneinsatz kompensieren darf). Jeder im letzten Jahr zugelassene PKW hatte im Schnitt 158 PS. Eine Zahl, die ziemlich genau doppelt so groß sein dürfte, wie der IQ des Halters, dem man damit schon ein inniges Liebäugeln mit der Debilität nachsagen kann. Andernfalls er ja niemals diese Mengen an Innovationsunfug akzeptieren würde.

Man betrachte nur den AUSSENSPIEGEL, dachte sich Herr X. Noch vor 50 Jahren (und schon damals gab es jede Menge Verkehr) setzte sich selbst der von Traumautos (die sich vielleicht 3% der Bevölkerung leisteten) aus wenigen Teilen zusammen:

Spiegel mit Fassung, Kugelgelenk und Befestigung.

Das reicht dem DA heute beileibe nicht mehr. Sein Außenspiegel muss mehr drauf haben:

- also von innen per Fernbedienung verstellbar sein (Fenster runterlassen und von Hand einstellen gilt als unzumutbar)
- beheizbar sein (Eiskratzen geht gar nicht)
- automatisch einklappen (das fette Teil ragt sonst zu weit in die Straße)
- hat einen integrierten Blinker (damit's beim Austausch noch teurer wird)
- eine Einpark- bzw. Absenkautomatik (Bordsteinkante, wo bist Du? Ruiniert einem sonst die Wolframfelge)

• eine Spurwechsel-Warnleuchte (macht das blöde Nach-hintenschauen überflüssig)

Wer solchen Hightech-Irrsin braucht, der wird auch mit dem Geradeausschauen seine Mühe haben. Das scheint man sich sogar in der Münchner Stadtverwaltung gedacht zu haben, die das Denken sicher nicht, dafür aber die idiotensichere Nebenstraßenkreuzung erfunden und an der Teng-/Georgenstraße vorbildlich umgesetzt hat. In einem Pilotprojekt, nach dessen Muster sukzessive die restlichen 26.000 Kreuzungen der Stadt gestaltet werden sollen. Dabei kommt es wie hier in Schwabing zu einer deutlichen Belebung und Aufwertung des oft so eintönigen Straßenbildes:

Herr X. ahnte, München will wieder einmal HAUPTSTADT von egal was werden. Nach der des Biers, der Bewegung, der mit Herz, des Staus, der Radfahrer nun augenscheinlich die der Fußgänger (die der Schildbürger gibt's obendrein). Obwohl er häufig diese Kreuzung passierte, konnte er sich nicht erinnern, dort jemals so viele Fußgänger gesehen zu haben wie neuerdings FUSSGÄNGERÜBER-WEGSSCHILDER.

Welches ist das dümmste Tier?, fragte der Elch, um sich die Antwort gleich selbst zu geben: *Der Bürohengst. Ohne Navi würde er nicht ins Gebüsch finden.* Herr X. konnte sich nicht erinnern, ihm das untergeschoben zu haben, was ihn aber nicht wirklich verwunderte, denn er war es gewohnt, dass sich sein Gedächtnis zuweilen als Fass ohne Boden erwies. Dafür rief ihm das Tagesgeschehen immer wieder das eine oder andere in Erinnerung, aktuell gerade den HURENSOHN. An Dämlichkeit ist dieses Schimpfwort kaum zu überbieten und deshalb als solches für den wenigstens gelegentlich denkenden Teil der hiesigen Bevölkerung unbrauchbar. Herr X. hatte es für ausgestorben gehalten. In welch dumpfbackigem Umfeld muss man aufwachsen, was für eine dürftige Erziehung erhalten haben, um dieses Unwort in seinen Wortschatz zu bekommen? Und wie gar nicht darf man sich entwickelt haben, um es – erwachsen geworden – aktiv zu benutzen? Dann lieber der Sohn einer Hure sein. Zumal er diejenigen, die glauben, auf diese Frauen herabsehen zu können und doch oft genug zu ihren Freiern gehören, für die eigentlich armseligen hielt. Dass sie's sind, scheinen sie zu ahnen, und dass ihnen kein Bad aus ihrem Elend hilft, auch. Wie sprach doch Claudia Cardinale als Prostituierte in SPIEL MIR DAS LIED VOM TOD so gelassen: ...*wenn's vorbei ist, nehm ich mir' n großen Eimer warmes Wasser und alles ist, wie's vorher war.*

Kurz darauf, man beging justament den Weltfrauentag, stolperte Herr X. beim Surfen über das Zitat einer Frauenrechtlerin, Susan B. Anthony mit Namen, die 1896 verkündet hatte: „*Das Fahrrad hat die Frauen mehr emanzipiert, als alles andere auf der Welt. Es gab ihnen ein Gefühl der Freiheit und Selbstständigkeit.*" Wie schön, dachten sich die Männer, können sie doch damit in die Arbeit fahren und sind schneller wieder daheim, um die Hausarbeit zu erledigen.

Ich bin froh, sprach der Elch, *dass wir Elche es meistens von hinten machen. Es gibt Mädels, denen könnte ich beim Sex nicht in die Augen schauen.*

Sieh einer an, dachte sich Herr X., seit dem nicht für möglich gehaltenen Ableben von Helmut Schmidt, also nun schon im fünften Jahr, gähnt in Deutschland, von der Bevölkerung unbemerkt, doch umso mehr dem Empfinden von Herrn X. nach ein Loch, moralische Instanzen betreffend. Beim Bemühen, es zu füllen, greift die Presse zu immer fragwürdigeren Gestalten. Eine, die sich anbietet wie sauer Bier, ist EUCH GERD, der zwar grade mal als ALTkanzler durchgeht, den aber noch niemand einen Elder Statesman genannt hat. Kein Wunder, denn: **Wenn** (und das stand so oft in den Zeitungen, dass es wahr sein MUSS) **Tony Blair Buschs Pudel war, dann ist Gerhard Schröder Putins Mops**. Ein Arbeitsverhältnis, das zu den wenigen Ich-AGs gehört, die überlebt haben. Doch bei aller Hundevernarrtheit – ein Mops als moralische Instanz ist nicht einmal hierzulande denkbar. Aber er darf gelegentlich Laut geben und also las Herr X. im SPIEGEL: *„Frau Merkel hat ein Vakuum geschaffen, das rächt sich jetzt".*

Schröder, bisher eher als Biertrinker und für seine Scheidungen bekannt, ist alles andere als ein Physiker, sonst wüsste er, dass Vakua hienieden, insbesondere in den Niederungen der Politik, schneller verschwinden als man rülpsen kann (im Gegensatz zu dem Scherbenhaufen, den er hinterlassen hat). Und was soll sich schon rächen, nachdem selbst den Dümmeren im Lande mehr und mehr dämmert, dass Merkel nur die Wiedergeburt Kohls in einem weiblichen Korpus war? Übrigens die erste, die noch zu Lebzeiten des Vorgängers stattfand, was dieser wie man erlebt hat, nur maulend hinnahm. Nicht ohne Grund, vielmehr aus Weitsicht hatte Hans Traxler als Spitznamen für Kohl eine feminine Frucht gewählt.

Also beharrte Herr X. darauf, auch unter Verwettung seiner Seele, dass man nach rund 30 von BIRNEN ausgesessenen Jahren egal welchen Nachfolger als REICHSAPFEL wahrnehmen und zum Hoffnungsträger hochjubeln werde. Dem es dann als Besserverdienendem auch wieder am Arsch vorbeigehen wird, ob es gleichen Lohn für gleiche Arbeit gibt, wie das bei Frau Merkel nicht anders war. Verblüffenderweise hatte niemand von ihr als KanzlerIN erwartet, dass sie sich für eine Gleichstellung der Frauen einsetzen würde (abgesehen von einer freiwilligen Quote für Spitzenposten, die – was wohl? – als Witz galt und ignoriert wurde). Da sie dasselbe Gehalt wie ihre männlichen Vorgänger bezog, sah sie auch keinerlei Veranlassung dazu. Tatsächlich merkten ihre Wählerinnen nicht, dass Angelas Politik eine rein patriarchale war (eben die von Kohl und seiner MännerCDU), sie waren vollauf damit zufrieden, dass nun eine Frau die im Ausland ausgelegten roten Teppiche entlangwatschelte, den unverbrämt militärischen Ehrenformationsquatsch entgegennahm und all den protokollarischen Firlefanz genoss, die in einer Demokratie nichts zu suchen haben, von denen aber die Gewählten partout nicht lassen mögen. Weil's ihrem Ego so gut tut und sie sich wenigstens VORÜBERGEHEND für angemessen wertgeschätzt halten können.

Angela Merkel, deine Bundeskanzlerin, ist so flexibel wie eine Leitplanke, behauptete der Elch und setzte noch einen drauf: *Aber die Leitplanke sieht besser aus.*

Er kann und kann es nicht lassen, wunderte sich Herr X., immer geht er auf ihr Äußeres los, das wird von der Leserschaft (jedenfalls einem Teil davon) nicht geschätzt. Ungerechterweise: weil man an der Karikatur genau das liebt: die Überzeichnung der phänotypischen Eigenheiten einer Person bis zur Entstellung, um so ihr wahres Ich bzw. ihre Absichten bloßzulegen. Natürlich kann ein Mensch nichts für sein Aussehen (von mutwilligem Lebenswandel mal abgesehen). Fühlt er sich jedoch berufen, um Aufmerksamkeit zu buhlen, sich seinen Mitmenschen aufzudrängen und dabei WASauchIMMER abzusondern, sollte er nicht nur mit Wohlwollen und Zustimmung rechnen, sondern auch mit verschärfter Beobachtung und Kritik, und damit, dass sich beim aufmerksamen Zuhörer/-schauer, wie etwa Herrn X., ein Zusammenhang zwischen Aussage und Aussehen herstellt (man denke an den Hass und seine Fratze). Nun besteht das deutsche Publikum traditionell und in seiner Mehrzahl aus geborenen Untertanen und gilt als besonders DANKBAR (Claqueure, die nichts kosten). Es hält sich im Gegenteil für auserwählt (gegenüber allen, die nicht teilnehmen dürfen), fühlt sich durch die Nähe zum/zur Vortragenden geehrt, ja, ihm/ihr verbunden, versagt sich solidarisch jeden ohnehin nicht auftauchenden Zweifel und glaubt/folgt bedingungslos den Ausführungen.

Dringt beispielsweise aus der verkniffenen Spalte zwischen Ober- und Unterlippe der Kanzlerin ein Statement wie: *2020 ist nicht 2015*, dann ist dieses Publikum nicht etwa entsetzt ob seiner Plattheit, sondern beeindruckt von seiner Wahrhaftigkeit, seiner wissenschaftlichen Präzision und seiner glasklaren Anneliese. Und verdiente eigentlich, dass der Rest der zweistündigen Rede genau so weiter ginge: *2020 ist nicht 2001. 2020 ist nicht 1974. 2020 ist nicht 1945. 2020 ist nicht...*

Andererseits hört der nicht geladene und etwas hellhörigere Wahlpöbel heraus, was sich hinter diesem Satz verbirgt, weil ihm da nach dem Maule gesprochen wird. Dass nämlich das Asyl- und die Menschenrechte (sowie Merkels Anfall von Mitgefühl, den ihr ihr Öffentlichkeitsberater eingeredet hat), die vor fünf Jahren noch galten, es jetzt nicht mehr tun. Die Kanzlerin weiß, dass der christdemokratische Wähler davon ausgeht, dass die Ursachen, die zu den Flüchtlingsströmen geführt haben, beseitigt sind (oft genug wurde davon GESPROCHEN), und dass endlich Schluss mit dieser Willkommenskultur ist, andernfalls er sich eine Alternative für sein Kreuz und für Deutschland sucht. Die Frau mit dem Gesicht und der Ausstrahlung einer Bauchrednerpuppe aus den 50er Jahren (die Holzkopfvariante) ist halt doch nicht so alternativlos, wie sie dem Volk(er) einst weismachen konnte. Und er für sie offensichtlich auch nicht, wie es Herrn X. soeben siedend heiß auffiel. Mit „er" meinte er Kauder, der als ihre rechte Hand galt und den abgefieselten Schädel, der aussieht wie einer ihrer Finger in riesig, in jede Kamera hielt, die erreichbar war – er IST nicht mehr. Präsent. Also weg vom Fenster und als Politiker TOT. Herr X. griff zum *Who's Who in der Deutschen Politik*, einem Noch-nicht-ganz-Standardwerk, das ein ehemaliger Studienkollege von ihm verfasst hatte und schlug nach:

Kauder, Volker

Legt die Vermutung nahe, der Mensch stamme von den Genitalwarzen ab. Letztere zählen zu den häufigsten Symptomen psychosomatischer Erkrankungen von Berufspolitikern. Möglicherweise erschlich sich K. mit seinem Aussehen das bedingungslose Vertrauen der Kanzlerin.

Das bedarf noch der Ergänzung dachte sich Herr X., bewunderte aber doch auch die Rigorosität Merkels, mit der sie sich offensichtlich auch der bis zur Selbstaufgabe ergebenen Katzbuckler ohne viel Federlesens entledigte. Neugierig geworden, weshalb Kauder bei seiner Chefin in Ungnade gefallen war, rief er ihn bei Wikipedia auf und durfte dort lesen, dass er sich vom Sprachrohr der Kanzlerin zum Bierbotschafter gemausert hatte: *„Zwei, drei Weizenbier am Tag, die müssen einfach sein"*. Und: *„Ich bin der Überzeugung, es ist eine Unkultur geworden, dass in so vielen Gläsern unseres Landes am Abend stilles Wasser hängt – ich bin der Meinung, auch im Glas muss was los sein!"* Und offensichtlich hinterher auch, deshalb stimmte er im Bundestag bei einer **Vergewaltigung in der Ehe** für Straffreiheit – wie man es von einem strammen Evangelikalen (und Ehrenmitglied der CSU) auch erwarten kann. Klar, dass er sich vehement gegen die Homo-Ehe aussprach und sich damit offen gegen Jens Spahn und die römisch-katholische Schwulenfraktion in der CDU stellte. Möglich, dass man ihn kalt stellte, als herauskam, dass er den Papst, zu dem er beste Beziehungen unterhält, dahingehend bedrängte, die Ehe des Gesundheitsministers zu annullieren. Auf der anderen Seite (ein guter Christ hat mehrere) kümmert sich der gute Volker auch um Heckler & Koch, eine Firma, die durch illegale Waffenexporte nach Mexiko und satte Spenden an die CDU auffällig wurde. Mit der unabweisbaren Begründung: Er und seinesgleichen seien nicht käuflich, konnte er einen Gesetzesvorschlag gegen die Korruption von Abgeordneten erfolgreich abschmettern, den u.a. sein Bruder eingebracht hatte.

97

Solange sich Menschen wie Kauder um unsere Geschicke kümmern, sprach sich Herr X. Mut zu, solange ist Deutschland nicht verloren.

Mittlerweile kämpft der Gesundheitsminister, den viele religiös Gleichgesinnte für krank halten, weil er einen Mann begattet und nicht, wie von seinem Schöpfer vorgesehen eine Frau, wie ein dementer Löwe gegen die Coronahysterie. Zu Beginn der Pandemie, als in Deutschland nur ein Autozulieferer befallen war, beruhigte er seine Bevölkerung damit, dass man vorbereitet sei und die Angelegenheit angesichts von jährlich 20.000 Grippetoten im Lande eher eine Randerscheinung. Als zwei Wochen später, mittlerweile wimmelte es nicht nur von Viren, sondern auch von Virologen, einer von ihnen von 25.000 Grippetoten allein im Jahr 2019 sprach, regte sich, wie Herr X. bemerkte, kein Schwein über die Differenz auf. 5000 an Grippe Verstorbene mehr oder weniger schienen kein Problem zu sein. Umso mehr war es der sechste (!) inländische Coronatote. Sogar die Kanzlerin tauchte aus einer längeren Versenkung auf und erzählte am 12. März (in China war der Höhepunkt angeblich überschritten, Italien und Südkorea hatten längst eine Ausgangssperre verhängt) in der ihr eigenen, leiernden und umständlichen Weise, was selbst der Uninformierteste seit Wochen wusste: *Wir sind in einer Situation, die, ähm, außergewöhnlich ist* (exakt annelisiert!) *in jeder Beziehung, und zwar ich würde sagen außergewöhnlicher als zu der Zeit der Bankenkrise* (weil die nächste längst in Arbeit ist?), *weil wir hier es mit einem gesundheitlichen Problem, mit einer gesundheitlichen Herausforderung zu tun haben, auf die die Wissenschaft und die Medizin noch keine Antwort hat* (auf Deutsch müsste es HABEN heißen) *und jetzt ist es unsere Aufgabe, erstens*

Menschenleben zu retten, so gut wir das können (eine An-spielung auf die vielen im Mittelmeer Ertrunkenen?) *und zweitens äh die wirtschaftliche Tätigkeit am Laufen zu halten* (sie meint die Wirtschaft) *und äh beide Aufgaben sind anspruchsvoll und dem wollen wir gerecht werden* (bei zweitens muss nur der Geldhahn aufgedreht werden). *Wir haben es, und das zeigen die neuesten Zahlen* (die aus China und Italien haben es von Anfang an getan), *mit einem sogenannten dynamischen Ausbruchsgeschehen zu tun* (klingt, als wüsste sie irgendwas), *das heißt, die Zahl der infizierten Personen steigt sehr stark an* (das musste erklärt werden, darauf wäre keiner gekommen) *und deshalb ist heute noch einmal in schärferer Form als das in den vergangenen Tagen notwendig war* (da wusste sie noch nicht, wie sich Pandemien entwickeln), *gesagt worden, dass wo immer es möglich ist, auf Sozialkontakte verzichtet werden soll...* (andernorts verzichtete man längst) *das heißt wir haben im Augenblick ein Zeitfenster, in dem wir diese Vermeidung nicht notwendiger Sozialkontakte noch gut ausbauen können* (eine Vermeidung ausbauen? In einem Zeitfenster? Geht's noch verschwurbelter?) *...und deshalb haben wir heute zusätzlich zu der Absage von Veranstaltungen mit mehr als 1000 Teilnehmern auch verabredet zwischen Bund und Ländern, dass ein Verzicht auf alle nicht notwendigen Veranstaltungen unter 1000 Teilnehmern dem folgen sollte.* (Veranstaltungen mit GE-NAU 1000 Teilnehmern dürfen vielleicht stattfinden?) *Wir haben da wiederum darauf hingewiesen, dass in Regionen und Bundesländern mit sich abzeichnendem dynamischen Ausbruchsgeschehen* (klingt einfach zu und zu gut und so, als hätte sie irgendetwas im Griff) *die vorübergehende Schließung von Kindergärten und Schulen etwa*

Der Friseurbesuch war während der Corona-
Krise von der Ausgangssperre zunächst ausgenommen. Die Virologen schwiegen dazu.

durch ein verlängerndes Vorziehen der Osterferien eine weitere Option ist. Deutschland wird das, was notwendig ist, tun, um seiner Wirtschaft zu helfen (der lief schon das Wasser im Munde zusammen). *Wir haben auch noch festgelegt in unserem Beschlussvorschlag, dass wir dies alles nicht rein national tun wollen, sondern dass wir das in enger Absprache mit unseren europäischen Nachbarn und der Europäischen Union insgesamt tun wollen, weil wir überzeugt sind, dass wir diese schwierige Situation, diese Krise nur meistern werden, wenn wir auch europäisch zusammenhalten* (weil das in letzter Zeit so perfekt funktionierte).

Herr X. war einmal mehr bass erstaunt, dass dieses Dummdeutsch bei den Umstehenden wenn schon kein schallendes Gelächter, so doch wenigstens gequälte Miene auslöste. Nein, es wurde wie immer andächtig und devot entgegengenommen. Sätze, die er als dahergeleiert empfand, Gedanken, die ihm so banal wie unsortiert erschienen, so kläglich wie aufgeblasen formuliert, dass er sich schämen würde, sie vor einem Kaninchenzüchterverein vorzutragen. Die aber Frau Merkel gänzlich ungeniert ihrer Nation in einer *Situation* zumutete, *die außergewöhnlicher als zu der Zeit der Bankenkrise* war. Da musst du ein Fell aus Beton haben, dachte sich Herr X., und darunter nichts mehr. Während dieser Peinlichkeit von einem Auftritt erhielt sie Beistand vom Södersepp, dem seinerseits staatsmännische Sorge ins Gesicht gemeißelt war. Der hatte in Bayern Unis, Schulen, Kitas etc. schon schließen, jedoch die Kommunalwahl stattfinden lassen: zu wichtig, um sie abzusagen. Schließlich durfte jeder Münchner mindestens 96 Stimmen, mancher gar 126 vergeben, das war das Risiko, sich Corona einzufangen, wert. Außerdem, so Söder:

„Da sind alle Vorkehrungen getroffen". Und das stimmte, wie Herr X. bewundernd feststellte: Badetuchgroße Stimmzettel, die die engen Wahlkabinen so ausfüllten, dass kein Virus mehr Platz hatte. Und riesige Umschläge, die, um sie zuzukleben, soviel Spucke benötigten, dass man mit dem Überschuss gleich noch Wahlstift und Tischfläche reinigen konnte.

Kein Wunder, dass die Kanzlerin sechs Tage später (und nach weiteren 22 Toten) erneut vor die Kameras trat und kund tat:

Es ist ernst.

(Wann wäre es unter dem Spaßbolzen Merkel je anders gewesen? Vor ihrer Zeit war die *Lage* oft *so ernst wie nie*)

Nehmen Sie es auch ernst.
(Klar, Mutti, nahmen sie. Und feierten – im Ernst – Coronaparties und vielleicht sogar mit ihm)

Seit der deutschen Einheit,
nein,
seit dem 2. Weltkrieg
gab es keine Herausforderung an unser Land mehr, (Deutsch ist eine Herausforderung FÜR Merkel; ein anständiges zu sprechen gehört seit Kohl nicht mehr zu den Forderungen, die man AN einen Kanzler*in stellt) *bei der es so sehr... blablabla.* Na, was schon?: *auf gemeinsames, solidarisches Handeln ankommt.* **Gemeinsam** und **solida-**

risch und **Handeln,** die vor allem dank Mutti abgenutztesten, breitgesessensten und ausgelutschtesten Vokabeln deutscher Zunge in einem Satz vereint. So wirkmächtig wie drei Pupser gegen einen steifen Nordwest. Und so mitreißend wie ein ausgetrocknetes Flussbett. Vor allem fühlen sich, wenn von GEMEINSAM und SOLIDARISCH die Rede ist, die üblichen 10% der Bevölkerung automatisch ausgenommen. Die, die 56% des Gesamtvermögens besitzen. Weil die, wer rechnen kann, dem fällt es jetzt wie bei Schnupfen aus den Augen, dabei ja mehr zu verlieren haben als das sogenannte Volk (also die restlichen 90%, gern auch WIR genannt) und das wäre EINFACH NICHT GERECHT.

Herr X. war wieder abgeschwiffen, merkte es, ermahnte sich zu mehr Disziplin und kam auf die menschlichen Kollateralschäden durch Viren in Deutschland zurück:

22 an Covid-19 Verblichene in sechs Tagen macht

4 Coronatote/Tag

Verständlich, dass angesichts wegschwimmender Felle (i.e. Wähler) der Kanzlerin jedes einzelne von ihnen so sehr am Herzen liegt, dass sie sich an den 2. Weltkrieg erinnert fühlt (wo man auch kein Klopapier mehr hatte/bei Rossmann wurden die Nachlieferungen rationiert). Angewidert von der Panikschürerei der Politiker (was ist schon eine zerbombtes Land gegen diesen Virenüberfall?) und der übereifrigen Zuarbeit einer Heerschar von Informationshysterikern (*Soeben wurde gemeldet, dass sich auch ein Spieler von Eintracht Frankfurt infiziert hat*), wünschte sich Herr X. insgeheim, dass sich die Verlustrate zügig von 4 Toten pro Tag auf das 17-fache hocharbeiten und dort stagnieren würde. Nicht weil er irgendwem den Tod gewünscht hätte (außer den großen und kleinen Trumputins), sondern bauernschlau davon ausging, dass dann die Überlebenden rasch zur Tagesordnung übergehen und das Geschehen ignorieren würden. Wie sie das 2019 anläßlich ihrer Grippetoten getan hatten: sage&schreibe im Schnitt

68/Tag

Obwohl *außergewöhnlich* viel, waren sie nicht (auch nicht für Frau Merkel) der Rede wert gewesen (mal von den Angehörigen abgesehen). Influenza gehört zum allgemeinen Lebensrisiko. Deswegen auf Fußball verzichten oder eine Ausgangssperre verhängen – noch blöder, wie?

Wisse, Corona: Wenn sie dich wie jede andere Sau lang genug durchs Dorf gejagt haben, wirst du uns so langweilen, wie Frau Merkel es vor deinem Auftreten tat, und du wirst der Nichtbeachtung anheimfallen. Genieße also die Zeit, die dir noch bleibt.

Nicht hingegen genoss Herr X., was die Berichterstatter, einschließlich der Qualitätspresse, für berichtenswert erachteten. Platz 1 auf seiner Liste der immer und immer wieder stolz hinausposaunten Sätze war:

Ein Virus hält sich nicht an Grenzen.

Wer hätte gedacht, dass eine Bevölkerung so brunzdumm ist, dass sie sich das nicht denken kann? Offensichtlich glaubte die MVG (so kürzt sich die Münchner Verkehrsgesellschaft ab, ein eingesessener und entsprechend rüder Verein mit beschränkter Haltung), dass sich dieses Virus wenigstens in seinen Bussen an Absperrungen hält:

Ins Fäustchen lachen dürfte man sich in Viruskreisen auch über die U-Bahn-Wagen des Typs C. In die hatte sich die MVG trotz monatelanger Erprobungsfahrten arschglatte Holzsitzbänke längs zur Fahrtrichtung einbauen lassen, was dazu führt, dass beim Anfahren bzw. Abbremsen die Fahrgäste, mal nach hinten, mal nach vorn rutschend auf Tuchfühlung gehen und es somit laufend oder – genauer gesagt – fahrend zu verschärften Sozialkontakten kommt. Würde die MVG diese Bänke als extrem virulent kennzeichnen und als Hochrisikositzflächen ausweisen?

Hoppala, was ist das?, fragte der Elch, um nach einer kurzen Pause fortzufahren: *Wow, ich bin noch nie über einen so fetten Virus gestolpert.* Mach dich nur lustig, dachte sich Herr X. und entsann sich eines Besuchs bei einem MAC-Techniker, zu dem er vor Jahren auf Empfehlung eines früheren Kollegen gegangen war, als er einen ausgestiegenen Laptop nicht mehr zum Laufen überreden konnte. Dort empfing ihn das volle Kontrastprogramm zu Apple's

Strahlemann-Image: über einen dunklen, vollgestellten Flur kam Herr X. in eine abgewohnte Altbauküche, die zugleich als PC-Werkstatt herhalten musste. Der Herrscher über das Tohuwabohu erwies sich allerdings als hochkompetent, fand, in diversen Schachteln kramend, bald eine Möglichkeit, ein neues Betriebssystem aufzuspielen und sagte, während das geschah, er würde gern mal einen MAC-Virus erleben, ihm sei in zwanzig Jahren noch keiner untergekommen.

Corona überfiel jeden, infizierte selbst die Gehirne der Nichtinfizierten. Jetzt wartete Herr X. nur noch auf die FLOSKEL ALLER FLOSKELN. Auf den Satz, dem jeder Berichterstatter ein Berufsleben lang entgegenfiebert. Bei dem er sich schon einnässt, wenn er ihn nur denkt, geschweige denn ausspricht. Von dem er überzeugt ist, er adele ihn zum Topjournalisten und das Geschehen zur Jahrhundertkatastrophe. Und das, obwohl er sich, kaum verhallt, noch jedes Mal als Falschmeldung entpuppt hat und deshalb von jeder Journalistenschule, die ihren Namen verdient, als Unsatz geächtet werden müsste:

.raw rehrov se eiw nies rhem driw sthciN

(außer fast alles und das so schnell wie möglich)

Denn nichts liegt dem Durchschnittsdödel von einem Menschen näher, als genau dort weiterzumachen, wo er unterbrochen wurde, und zwar exakt so, wie er es vorhatte. Einzige Ausnahme: er verstirbt zwischenzeitlich. Herr X. glaubte, sich an den Naturburschen aus dem Ostallgäu zu erinnern, der eine Himalayabesteigung geplant hatte, dann aber nach einem Motorradunfall im Rollstuhl gelandet war, um daraufhin alles in die Wege zu leiten, um als erster Querschnittsgelähmter das Dach der Welt zu erklimmen. Herr X. war sich nicht ganz sicher, aus welcher

Schublade er die Geschichte herausgeholt hatte, aus der seines Gedächtnisses oder der seiner Phantasie, aber das war in Zeiten, in denen ein Volldepp Präsident der USA werden und bleiben konnte, nebensächlich. Andererseits wollte ihm einfach nicht ins Hirn, wie man bei Trump abwinken und gleichzeitig vor Merkel einen Kotau machen konnte. Was immer diese Frau von sich gab, erschien ihm langweiliger als einer Amsel beim Brüten zuzusehen und intellektuell so herausfordernd wie Rasenmähen. Aber warum sahen das nur wenige so? Es konnte nur an der Hochachtung und der mit ihr einhergehenden Ehrfurcht vor dem Hohen Amte liegen, d e m Wesensmerkmal des Untertanen aus vordemokratischen und unaufgeklärten Zeiten. Das sich jedoch, wie Herr X. ständig beobachten musste, im Jubelperser (in der Mehrzahl sind das Deutsche) und sonstigen Applaudeuren und Bewunderern erhalten hat. Ihr Dienern vor den Amtsinhabern weist sie als korrekte Bürger aus, erspart ihnen das (kritische) Denken und entbindet sie, wie sie eisern glauben, der Verantwortung, für das, was die da oben anstellen. Demokratie hin oder her, der Untertan bleibt stur das, was er immer war und orientiert sich an der Mehrheit, in der er sich sicher und aufgehoben fühlt (je größer die Herde...). Und auch die will keine Veränderungen, sondern dass alles so bleibt wie es früher war, weil es besser nicht werden kann und überhaupt. Die CSU setzte bei der Kommunalwahl mit einer als Slogan ausgegebenen Sprachverstümmelung dort an:

WIEDER MÜNCHEN WERDEN.

Herr X. hatte nicht bemerkt, dass er umgezogen war und möglicherweise jetzt in Rosenheim wohnte. Und fragte

Wovor sich der Deutsche wirklich fürchtet:

Nein.

Nein.

Nö.

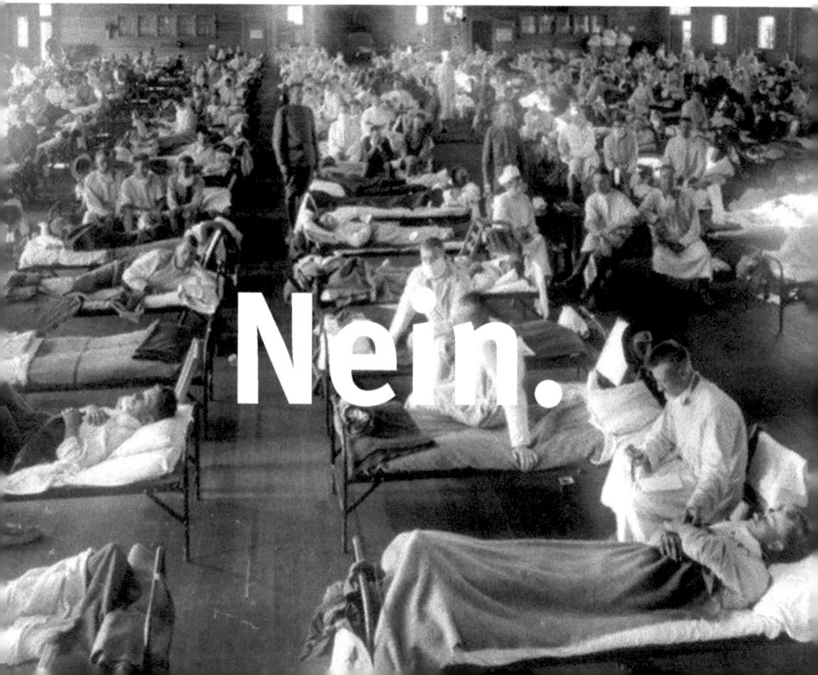

Nein.

DAS Sinnbild für Geistesarmut, kulturelles Elend und kleinbürgerliche Denkungsart im merkelschen Deutschland, fand Herr X. und dachte mit Wehmut an Rabelais und seine Schilderung der Experimentierlust des fünfjährigen Gargantua, der sich auf die Suche nach dem perfekten Arschwisch gemacht hatte.

sich, wann das passieren und wie ihm das entgehen konnte. Und wann München noch München war. Das kann ja nicht unter den Nazis oder einem SPD-Oberbürgermeister gewesen sein. Allerdings gab's nur zwei von der CSU: Der eine war Karl Scharnagl (von 1945-48) und München ein Trümmerhaufen. Blieb also der, zu dem Herrn X. nur dubiose Grundstücksgeschäfte, Hubschrauberflüge und rüdes Vorgehen gegen Straßenmusiker und Bordsteinschwalben einfielen. Und folgender Zweizeiler, der auf den aufwendigsten und längsten Wahlkampf der Stadt anspielte:

Wo i steh' und piesel, hängt der Erich Kiesel.

München sollte also werden, wie es zwischen 1978 und 1984 war. Das wäre ja noch gegangen, aber nicht mit einer Frau, die für die CSU angetreten war, weil man sich ohnehin keine Siegchancen ausrechnete. Denn die wichtigste Amtshandlung des OB (alle anderen sind drittrangig und interessieren den Münchner nicht, außer er spielt selbst dabei eine Rolle) ist die Eröffnung des Oktoberfestes. Dazu muss er ein Fass aufmachen, mit genau zwei Schlägen. Und das kann keine Frau. Die verletzt sich oder einen der Nebenstehenden oder macht das Fass kaputt oder läßt das Bier sauer werden und es kommt womöglich zu Verzögerungen beim Start in das weltgrößte Massenbesäufnis – das riskiert keiner, dem diese Stadt am Herzen liegt.

Herr X. versuchte, sich die Kanzlerin beim Anstich der Anstiche vorzustellen: das frisch herausgeputzte, vor Sauflust vibrierende Festzelt vom Schottenhamel und die ebenfalls aus allen Nähten platzende Merkel, wie immer im Hosenanzug, mit rotem Jäckchen, wie immer mit nach außen gestellten Füßen auf zwei Standbeinen aufgebaut, wie immer mit den Händen die Raute bildend, dazu ihr wie immer bemühtes, verlegenes Lächeln und dann der Moment, in dem ein Trumm von einem Schankkellner mit einem ungläubigem Staunen im derben Gesicht vor sie tritt und ihr eine Schürze umhängt... Skrzzz. Ein Kurzschluss wie er ihn nur selten erlebte, stoppte den Vorstellungsmotor von Herrn X. ohne den erwartbaren Frust zu hinterlassen. Einer Frau, die während ihrer Pubertät vorwiegend *mit Kirschlikör hantiert* hat und wahrscheinlich nur Wein, eventuell auch Aperol Spritz konsumiert, ein ganzes Fass Bier anzuvertrauen, war für ihn des Guten (?) zuviel. Ein Land ja, das kann sich wieder erholen, das Eröffnungsfass hat nur diesen einen Auftritt.

Herr X. begann zu grübeln, was wohl den Kurzschluss ausgelöst hatte und kam zu dem Schluss, es habe am Dilettantismus gelegen, der sich unsichtbar wie ein Nylonfaden durch das Berufsleben dieser Kanzlerin wie so vieler ihrer Kolleg*innen zog, hier jedoch überdeutlich zutage getreten wäre. Überdeutlich meinte, auch für einen Untertan nicht zu übersehen. Was eigentlich nicht schaden könnte und Herrn X. auf den Gedanken brachte, sich die Szene noch einmal mit gedrückter Sicherung, heißt: gefasst, zu vergegenwärtigen. Also: die Kanzlerin steht, nassforsch und unbedarft wie immer (manche fehlinterpretieren das als Routine) mit umgehängter Schürze vor dem Fass und will mit ihren Patschhänden (wenn Merkel applaudiert, klatscht sie nicht, sondern patscht) nach Schlegel und Zapfhahn greifen, die ihr der Schankkellner sichtlich zögernd reicht. Kaum hat sie das Werkzeug berührt, geht ein Zittern durch das gewaltige Fass, das sich rumpelnd über den Ganterbock, auf dem es ruht, auch dem Holzboden und damit dem wartenden Publikum mitteilt. Ein Zittern, das, immer bedrohlichere Amplituden annimmt, begleitet von einem tuschähnlich anschwellenden Grollen. Die Umstehenden weichen zurück (bis auf die Kanzlerin, die glaubt, das gehöre zum Brauchtum), die ersten Gäste erheben sich, um zu fliehen... als das Fass platzt wie eine gigantische Wasserbombe. Wie durch ein Wunder wird niemand verletzt, jedoch hat keiner mehr einen trockenen Fetzen am Leib. Die Frisuren (besonders die Merkelsche) im Arsch, die Festgewänder bierdurchtränkt. Unter diesen Umständen wird die Heimfahrt für die Betroffenen zu einem weiteren, unvergesslichen Erlebnis. Herrn X. tat vor allem das Fass leid, aber es würde ja in Wirklichkeit nicht dazu kommen: Weil sowieso keine Frau und schon gar nicht Merkel..., aber vor allem, weil das Oktoberfest wegen Co...

Das wollte er dann doch nicht zu Ende denken. Er stellte sich dennoch vor, wie der Södermarkus vor sein Bayernvolk schlurfen würde, um ihm die Hiobsbotschaft zu ü..., sie nicht über die Lippen brächte und den Reiterdieter bitten würde, den jedoch ein Heulkrampf überkäme, woraufhin sie beide schluchzend und sich gegenseitig stützend das Podium ver- und es einem Grünen überlassen würden, der das Unaussprechliche aussprächte und damit samt seiner Partei in München ein für allemal ausgeschissen hätte.

Herr X. wusste, was bei diesem Fassanstich als TRADITION gefeiert und Jahr für Jahr medial ausgelutscht und selbst in den Hauptnachrichten groß verkündet wird, ist nur der Fototermin für einen auftrittsgeilen Politiker. Mehr steckt nicht dahinter, einen historischen Bezug gibt es nicht. Dem verkleideten Untertan/Volker/Traditionalisten ist's Janker wie Lederhose, er kann wieder ungehemmt einlitern, sich bis zur Unzurechnungsfähigkeit volllaufen lassen, in aller Öffentlichkeit und mit freistaatlichem Segen. Und ist stolz darauf. Seit etlichen Jahren kostümieren sich die Wiesnbesucher*innen extra dafür, quetschen sich in Dirndl und Hirschlederne, also in Kleidung, die der eingeborene Münchner früher – als München noch München war – als DEPPENGWAND abqualifiziert hat. Daran erkannte er, lange bevor er sie riechen konnte, die Landbevölkerung, wenn sie sich nach MINGA bzw. MINKA auf den Weg gemacht hatte (den Namen der Stadt korrekt auszusprechen, wollte ihr einfach nicht gelingen). TRACHT war für Herrn X. von Kindesbeinen an semantisch auch deshalb negativ besetzt, weil meist mit Prügel verbunden. Bei ihm, einem Reibauf (heute ADHSler genannt und pharmazeutisch ruhiggestellt), hatten Hosen aus Stoff wenig Überlebenschancen. Darum steckte man ihn, kaum dass er laufen konnte, in eine obwohl kurze, dennoch viel zu große Lederhose, damit er nicht zu schnell wieder herauswachsen würde. Die war so bretthart, dass sie ihm ständig Waden und Kniekehlen wundscheuerte. Mit 12 weigerte er sich hartnäckig, weiter in das verhasste Beinkleid zu steigen. Zupass kam ihm dabei, dass gerade in Deutschland etwa zeitgleich mit dem Rock 'n' Roll eine ebenfalls sehr strapazierfähige Hose aufkam, damals noch Bluejeans genannt, weil es sie nur in Blau gab. Damit konnte man sich deutlich von den schuhplattelnden Hinterwäldlern absetzen, die sich immer noch ihren KINI zurückwünschten. Später erfuhr Herr X., dass die Trachtentümelei Mitte des 19. Jhdts. vom Münchner und Wiener Hof losgetreten wurde, um sich beim Landvolk anzubiedern und dort zur *Hebung des Nationalgefühls* beizutragen. Das gelang prompt und stellte einen begeisterten Zulauf bei künftigen Rekrutierungsmaßnahmen sicher.

Du kannst aber auch in keiner Suppe ein gutes Haar finden, sagte der Elch und brachte offensichtlich etwas durcheinander. Aber war das in Zeiten von Corona ein Wunder? *Nein!,* beantwortete sich Herr X. umgehend die selbstgestellte Frage, er und sein Arbeitszimmergenosse hockten wg. des Ausgehverbots jetzt schon über eine Woche aufeinander. Zu Gewalttätigkeiten, wie sie die Kanzlerin mutmaßlich aus ihren eigenen Ehen kennt und vorausgesagt hatte, war es bisher noch nicht gekommen. Werden wir es durch die Krise schaffen? Was macht das mit uns? Müssen wir uns danach neu erfinden? All die dümmlichen Fragen, die den Menschen in diesem Jahrhundert auflauern, prasselten über Herrn X. herein, woraufhin er beschloss, ohne seinen Anwalt kein Wort mehr zu sagen. Er hatte gar keinen, aber das konnten die Fragen, dümmlich wie sie waren, nicht wissen.

Eine ehrliche Antwort, bitte, frug jetzt auch noch der Elch, *hast du schon mal Elchgulasch gegessen?*
Herr X. konnte jetzt nicht mit seinem Anwalt kommen, das hätte den Schaufelträger nur misstrauisch gemacht, also entschloss er sich zu einer sog. WEISSEN Lüge, wie sie zum Erhalt von Beziehungen einmal pro Stunde (oder war es pro Tag?) erlaubt ist. *Nein,* sagte er ohne zu zögern, *nur Hirsch und den schon öfter.* Er wusste, dass das hiesige Rotwild nur entfernt mit dem Elch verwandt ist und hoffte, dass es ihm darum weniger nahe gehen würde. Und um sich einerseits mehr Glaubwürdigkeit zu verschaffen und andererseits von dem heiklen Thema Ernährung wegzukommen (gegenüber einem Veganer kommt man sich immer wie ein Säbelzahntiger vor), „beichtete" Herr X. eine Begebenheit aus seiner frühen Studentenzeit: Er war gerade von einem winzigen Zimmer in ein kleines umge-

zogen und entdeckte im Keller seiner Großeltern das Geweih eines 12-Enders, wie es in brauner Vorzeit so manche bürgerliche Wohnung geschmückt hatte. Er nahm es mit, lackierte es grellgelb – in der Kunst grassierte gerade die PopArt – und nutzte es als Garderobe. Der Elch schwieg, musste es offensichtlich sacken lassen. Herr X. wollte ihm dazu Gelegenheit geben, sagte, *ich geh' schnell was einkaufen*, und schaltete die Kiste ab.

In einer parteiübergreifenden, tiefSCHWARZEN Verlogenheit entdeckten jetzt vor allem die Politiker ihr Herz für die, die die Karre im Notmodus am Laufen hielten: Pflegekräfte, Kassiererinnen, Paketboten etc., also genau für diejenigen, denen gegenüber sie sich, wenn es um den Mindestlohn geht, stets als herzlos erweisen, und ernannten sie zu HELDINNEN und HELDEN. Das kostete sie nichts, würde mit der Rückkehr zur Normaliät vergessen sein und sie könnten sich wieder darauf hinausreden, was sie *Die Kunst des Machbaren* nennen. Diesen Zynismus des politischen Alltags nimmt, wie Herr X. immer wieder verblüfft feststellte, keiner wahr. Im Gegenteil: der Untertan, sofern er sein Auskommen gesichert weiß, nickt dazu und macht wie immer sein Kreuzerl an der richtigen Stelle. Und wird dafür von den Angekreuzten auch wie immer als vorbildlicher Demokrat und mündiger Bürger gelobt, wodurch die klassische Win-Win-Situation der letzten Jahrzehnte erhalten bleibt. Von Verlierern will man nichts wissen. Dafür gibt's die Sozial- und Wohlfahrtsverbände, die dürfen sich regelmäßig und gesittet zu Wort melden und müssen den Deckel draufhalten. Und wenns mal so laut drunter hervorpfeift, dass es sogar die Mauschler in den oberen Etagen hören können, dann darf sich wieder Frank-Walter aus Bellevue melden (selbst im biedersten

SPDler steckt ein verkappter Schlossherr) und mahnen (in der Gewissheit, dass ein System, das ihn in dorthin gebracht hat, unmöglich schlecht sein kann). Herr X. erinnerte sich, dass Steinmeier kürzlich besonders empört war, weil es in letzter Zeit nicht mehr nur Asylanten oder Bürgern mit fremdländischem Aussehen an den Kragen gegangen war, sondern auch seinen Spießgesellen... äh, Berufskollegen. Da war das Problem mit Hass und Gewalt plötzlich MASSIV. Und er sprach von FRUSTRIERTEN und einem *„KLIMA der Empörung und Enthemmung, ein KLIMA der Herabsetzung und des Hasses, ein KLIMA, das wir nicht länger hinnehmen dürfen."* Beim Wetter weiß man, wo's herkommt. Woher dieser Frust und diese Wut kommen, wer den Boden dafür geschaffen, sie mit seinem Desinteresse befeuert und durch eine Politik des Wegsehens angefacht hat, interessiert den wackeren Frank-Walter aus guten Gründen auch heute nicht. Aber dafür war er so wunderbar erbost wie noch nie einer vor ihm, hatte er sich doch vorgenommen, die Bevölkerung aufzurütteln (also die, die ihn und seinesgleichen schon lange nicht mehr wählt). Sie sollte es jetzt richten:

„Ich finde, die sogenannte schweigende Mitte war zu lange ruhig, obwohl wir wissen: Sie existiert, es gibt sie, diese Mehrheit von Menschen in unserem Land, die friedlich zusammenleben will und Gewalt eindeutig verurteilt. Aber genau diese Mehrheit muss eben lauter werden."

Das ließ sie natürlich bleiben, sonst wäre sie ja nicht die schweigende Mitte. Ihre Aufgabe ist es, zuzuhören. Tätig werden müssten die, die wie er geschworen hatten, *Schaden abzuwenden*. Die behielten aber immer nur *Nutzen mehren* in Erinnerung und dachten dabei vor allem an den eigenen.

Die Erfindung der schweigenden Mehrheit fand Herr X. außerordentlich praktisch. Da sie schweigt, weiß keiner, was sie denkt (wenn sie es denn überhaupt tut). Deshalb kann jeder selbsternannte Politiker (es gibt keine anderen) behaupten, für sie zu sprechen und die Meinungsmehrheit hinter sich zu haben. Wieso, begann Herr X. sich zu fragen, schweigt die Mehrheit? Dass sie zu Lautäußerungen fähig ist, weiß man aus Bierzelten, Fußballstadien etc., nur wenn es not täte, hält sie das Maul. Aus Angst, es sich zu verbrennen? Vielleicht, weil ihr seit dem Biedermeier eingeredet wurde: **Ruhe ist die erste Bürgerpflicht**. Und das von einer Obrigkeit, die damit verhindern konnte, dass der deutsche Bürger sich ein Beispiel am französischen nimmt, alles auf den Kopf stellt und letztere rollen läßt. Die Gefahr besteht hierzulande nicht wirklich (auch wenn einzelne Wutbürger Merkel hängen sehen wollen). Sollte aber nun wie von Frank-Walter gefordert die Mehrheit laut geben, was, so fragte sich Herr X., wäre dann die erste Bürgerpflicht? Die Antwort erhielt er prompt aus den neuesten Nachrichten: **Miete zahlen!**
Corona hin, Einkommensausfall her, die Miete ist sicher. Das versprach die Bundesministerin der Justiz und für Verbraucherschutz(!) Christine Lambrecht (SPD!) soeben den Vermietern und nannte Handelsketten wie *Deichmann*, *H&M* oder *Adidas*, die wegen der Zwangsschließung ihrer Geschäfte die Mietzahlungen eingestellt hatten, *„unanständig und nicht akzeptabel"*. Wofür wurde die Großstadt denn erfunden? Weshalb wohl hat man im Verbund mit der Politik die Quadratmeterpreise durch die Decke gejagt? Damit anständig Miete gezahlt wird, was sonst? Da kann es doch jetzt, wo's alle trifft, nicht auch noch die Vermieter treffen.

Herr X. mutmaßte, dass Frau Lambrecht von *Mehr Gerechtigkeit!* nichts hören will, einem 2019 erschienenen Buch von ihrem Parteigenossen und Ex-Bundesminister Hans-Jochen Vogel. Darin könnte sie lesen, um wie viel die Baulandpreise in München seit 1950 dank ungezügelter und kaum besteuerter Bodenspekulation zulegen durften:

um hochanständige 39 390 Prozent

Dabei fiel Herrn X. ein, dass Vogel ja selbst Oberbürgermeister dieser Stadt war, allerdings nur 12 Jahre lang, was hätte er da schon ausrichten können? Da seine SPD in nur 64 von den letzten 70 Jahren diesen Posten besetzen konnte, waren auch ihr die Hände gebunden. Darauf hatte sich doch dieser singende Zyniker unverschämte Reime gemacht? Herr X. überprüfte das auf YouTube und war zufrieden – auch über sein gutes Gedächtnis.

(Anm. d. Hrsg.: Das KLINGt wie folgt: https://www.youtube.com/watch?v=8vFLoQWxugI)

Mit Besorgnis registrierte Herr X., dass es mit den deutschen Universitäten offensichtlich nicht weit her war. Trotz EXZELLENZINITIATIVEN und EXZELLENZCLUSTER überließ man das Zusammenzählen unserer Coronainfizierten und -toten einem Herrn Hopkins aus Baltimore, der wohl Leute kennt, die das Addieren sehr gut beherrschen.

Außerhalb der Universitäten gilt zum Glück der Satz von Hölderlin:

Wo aber Gefahr ist, wächst der Experte auch.

Herr X. fand es schade, dass unseren Dichterfürsten der Sprachrhythmus stets mehr am Herzen lag als die Verständlichkeit. Meinte Friedrich, dass, wie derzeit zu erleben, bei Krisen die Experten wie Pilze aus dem Boden schießen? Oder wollte er sagen: wächst der Experte über sich hinaus? Im wirklichen Leben, also jenseits der Lyrik, war gerade beides zu beobachten.

Zum Thema: Wie man die Quarantäne besser übersteht, hatte sich *SpiegelOnline* den Isolationsexperten per se gesucht, einen Mönch, geriet dabei jedoch an den umtriebigsten von allen, an Anselm Grün. Der Name rief bei Herrn X. prompte Erinnerungsschnipsel ab: Ein grundgütiger Zausel, Gottvater wie aus dem Gesicht geschnitten, der den Buchmarkt mit 320 Titeln in einer Gesamtauflage von über 20 Millionen geflutet hat, der es versteht, Spiritualität und Spekulation (Spekulatius sowieso) miteinander zu verquirlen, der mit rund 200 glücksverheißenden Veranstaltungen pro Jahr jeden anderen Guru in den Schatten stellt, der über so manches kirchliche Dogma hinweglacht, dafür als allerletzter Sympathieträger der Amtskirche von ihr ungerüffelt bleibt und den es ärgert, immer wieder darauf angesprochen zu werden, schon mal 10 Mio. Euro verzockt zu haben, weil er sie nach zwei Jahren wieder reingeholt habe (Gott hat's genommen, Gott gibt's aber wieder, wenn man genug Geld hat).

Wenn einer auf alle Fragen nicht nur eine, sondern die richtige Antwort findet, dann dieser Pater, wird man sich bei *SpiegelOnline* gedacht haben und begann:

SPON: Die Corona-Epidemie verändert das Leben der Menschen massiv. Für Familien bedeutet die Quarantäne oder Ausgangsbeschränkungen ungewohnte Nähe und Enge. Wie damit umgehen?

Grün: Wenn wir alles gemeinsam machen, immer zusammenhocken, führt das zu Aggressionen. (Bei Mönchen scheint's zuzugehen wie bei Merkel auf'm Sofa) *Deshalb sollte das Verhältnis von Nähe und Distanz ausgeglichen sein. Jeder sollte die Möglichkeit haben, sich zurückzu-*

ziehen - allein zu arbeiten, nachzudenken, spazieren zu gehen.

SPON: Und wenn die Wohnverhältnisse beengt sind?

Grün: Dann muss eine Nische reichen. Man kann lesen, über Kopfhörer Musik hören, abschalten. Wir Mönche haben gelernt, auch in einer Gruppe ganz bei uns zu sein. Dabei hilft es, Schweigezeiten zu vereinbaren, damit nicht ständig einer den anderen stört.

SPON: Schweigen mit kleinen Kindern dürfte schwierig sein.

Jetzt, wo sie den Pater aufs Glatteis gelockt hatten und es spannend wurde, brach das Interview spiegeltypisch ab, für den Rest wollten sie Geld haben. Herr X. fand das übertrieben und dachte sich den Fortgang selber aus (unter Zuhilfenahme Grünscher Weisheiten, mit denen das Internet zugemüllt ist, im Folgenden ebenfalls *kursiv* gestellt).

Grün: Manchmal musst du nur atmen, vertrauen, loslassen und schauen, was passiert.

SPON: Das wird die Kleinen nur zu verstärkter Aktivität anhalten.

Grün: Oft kommen schwer gestresste Menschen zu mir. Nach einem kurzen Einzelgespräch lege ich meine Hände auf ihren Kopf und segne sie. Sie gehen dann ganz entspannt und beruhigt fort.

SPON: Diese Wirkung dürfte bei den Kindern nur so lange anhalten, bis sich ihre Verblüffung gelegt hat.

Grün: Dann lassen Sie mich Papst Franziskus zitieren, der gesagt hat: Ein guter Vater darf sein Kind „*mit Bestimmtheit korrigieren*".

SPON: Sie meinen, er darf es schlagen?

Grün: Er darf es *züchtigen, wenn er dabei seine Würde nicht verletzt.*

SPON: Das entspricht ganz und gar nicht dem Zeitgeist, der auf eine gewaltfreie Erziehung setzt.

Grün: *Das Leben ist ein Wandern über Berge und Täler, die symbolisch für die Höhen und Tiefen des Lebens stehen.* Es kann nicht schaden, wenn die Kinder frühzeitig *die Erfahrung von Talsohle* machen.

SPON: Viele Eltern werden es nicht übers Herz bringen, ihre Kleinen zu schlagen.

Grün: *Wer ein Ziel anstrebt und darauf zugeht, wird erst merken, wozu er fähig ist.*

SPON: Sollte man es sich nicht gründlich überlegen, ob und wann man zu solch drastischen Erziehungsmethoden greift?

Grün: *Du brauchst nicht immer einen Plan. Liebe ist wie das Leben selbst, kein bequemer und ruhiger Zustand.*

SPON: Wieder Hand an die Kinder zu legen, wird dennoch vielen Eltern schwer fallen.

Grün: *Die Kraft wächst mit dem Ziel.*

SPON. Wir danken Ihnen für dieses Gespräch.

Grün: *Lassen Sie uns jetzt zusammen beten.*

Herr X. bewunderte insgeheim diesen Kuschelprediger mit der Heinz Erhardt-Frisur, dessen Fangemeinde vorwiegend weiblich und über 50 ist, also schon manche Talsohle durchlitten hat und dankbar jedes Lächeln entgegennimmt. Und die nach *positiven Botschaften* und Tipps für *ein Gelingen des* (Rests ihres) *Lebens* d ü r s t e t . Und Anselm, die personifizierte Güte, ein Mensch, der *eins mit sich selbst* ist, liefert ihn, den Zaubertrank (einen verbalen im Gegensatz zu dem des Druiden Miraculix, an den ihn Herr X. jetzt noch mehr erinnerte als an Gottvater). Kein Bischof, kein Kardinal, kein Papst kennt das Rezept, nur er, der einfache Mönch. Und rührt es immer wieder zusammen, sein Elixier und schenkt es aus und ein. Und seine Jüngerinnen (die eigentlich zu alt sind, um an so was noch zu glauben) schlürfen es und die Weisheiten, die sich darin wie Kaulquappen tummeln, als wär's Gelée Royal und fühlen sich wie Königinnen. Und das bei Sätzen wie:

Der Achtsame atmet das Leben ein und hat darin alles, wonach er sich sehnt. Er fühlt sich als Teil der Schöpfung, geborgen, getragen, wertvoll, lebendig.

Das jemanden glauben zu machen, hielt Herr X., für ein Wunder, wie es nur ein Kuttenbrunzer volbringen kann. Das sollte mal Herr Kunz versuchen: abends, nach der Tagesschau, den Kasten ausschalten, vor die Gemahlin treten und gütig lächelnd verkünden:

Der Achtsame atmet das Leben ein und hat darin alles, wonach er sich sehnt. Er fühlt sich als Teil der Schöpfung, geborgen, getragen, wertvoll, lebendig.

Zwanzig Minuten später wären die Männer mit den weißen Turnschuhen da und würden ihn mitnehmen, aber nicht ins Kloster bringen. Quod licet Iovi, non licet bovi, wusste Herr X. und auch, woran es Herrn Kunz entschieden mangelt, an

A U T H E N T I Z I T Ä T

und natürlich an

C H A R I S M A

Die Heinz Erhardt-Frisur alleine bringt's nicht. Pater Anselm würde versuchen, ihn, Kunz, vor Ort (also in der Klapse) wieder aufzurichten, vielleicht damit:

Bleib in deiner Mitte.
Spür dich selber, komm immer wieder in deine eigene
Mitte und lass die anderen dort, wo sie sind
und lass sie so, wie sie sind.

Herr Kunz würde nicht verstehen, auch nicht, warum ein Gitter vor dem Fernseher hängt.

Herr X. immerhin begriff, dass SPIRITUALITÄT, einst eine geistige Übung einiger weniger, die sich einer tanszendenten Wirklichkeit zuwandten, dank Grün und seinen bis zu 22 Publikationen pro Jahr, zu einer vorgekauten Geisteshaltung für Denkfaule und einem Riesengeschäft heruntergekommen war. Verzückt vom überirdischen Lächeln des Paters merkt's keiner. Wird es ihm je vergehen? Die Frage, die sich hinterrücks an Herrn X. herangeschlichen hatte, konnte er mit einem definitivem NEIN beantworten. Nicht in diesem und in keinem nächsten Leben. Anselm hatte begriffen, dass die WÜSTENVÄTER, die ihm vor der Jahrtausendwende noch ständig im Kopf und in seinen Büchern herumgingen, ein Hirngespinst waren. Ohne ZWEIFEL (als Bestandteil eines Buchtitels ein Wort mit einer Wahnsinnsrendite) würde keiner von einem Berg herabkommen, um seinen Tanz ums Goldene Kalb zu beenden und ihm die Leviten zu lesen (angeblich richteten die Söhne Levis damals auf Geheiß des HERRN ein Blutbad unter ihren Nächsten an: *...und es fielen an jenem Tage vom Volk dreitausend Mann*). KEINE BANGE! Alles olle Kamellen, erstunken & vergeben. Anselm war sich gewiss: wer bis zuletzt lacht, lacht am längsten. Herr X. ahnte, dass der Pater sich ins Grab und dort noch lange ins gesegnete Fäustchen lachen würde.

Mittlerweile schien einer der PR-Berater die Kanzlerin auf eine Schieflage in bzw. eine mögliche Spaltung der Bevölkerung hingewiesen zu haben: In einerseits die HELD*INNEN (Lidl hatte seine Mitarbeiter sogar zu Superhelden ernannt, vielleicht in der Hoffnung dass sie dann ebenfalls auf Lohn verzichten würden), die die Grundversorgung aufrecht erhalten. Und andererseits die, die zuhause herumgammeln, an Gewicht und Frust zunehmen und sich Scheiße fühlen. Diesen großen Rest erklärte Merkel kurzerhand zu Lebensrettern, weil sie niemanden ansteckten. Herr X., der auch dazu gehörte, fand sich großartig und fragte sich, wie viele Leben er jetzt, nach zehn Tagen Ausgangsbeschränkung, wohl schon gerettet hatte. Und ab wann man dafür Orden bekäme. Er hatte jetzt überhaupt viel Zeit, auch zum Rechnen. Dabei fiel ihm auf, dass die Durchschnittszahl von 68 Influenzatoten pro Tag im Jahr 2019, auf die er unlängst gekommen war, wenig aussagekräftig war, da die gemeine, aber mittlerweile irrelevant gewordene Grippe ja hauptsächlich in den Wintermonaten zuschlug, also von November bis März. Das berücksichtigt kam er auf 163 pro Tag. Von denen man annehmen konnte, dass es sie auch derzeit gab, die aber mit keinem Wort erwähnt wurden. Fielen die nicht ins Gewicht? Wurden sie von den derzeit täglich groß verkündeten Corona-Opferzahlen abgezogen? Wie war das Verhältnis? Die kamen genauso still unter die Erde und gingen offensichtlich noch nicht mal in die Statistik ein. Herr X. hätte nicht zu diesen Bagatelltoten gehören wollen. An Grippe verstorben? Wie langweilig, wer hip sein will, geht an Corona ein.

Jahimmelhergottsackzementscheißglumpvarrecktsmileckstamarsch, sagte der Elch, weniger als Reaktion auf die Überlegungen seines Gegenübers, sondern um mit den Fortschritten bei seinen Integrationsbemühungen zu prahlen. *Es muss „Himme" heißen, das l wird nicht mitgesprochen*, korrigierte ihn Herr X. ungnädig, weil er fand, man dürfe ihm trotz der schweren Zeiten nicht alles durchgehen lassen.

Die Italiener, befand Herr X., litten am Eindrucksvollsten unter dem Virus. Nicht nur, weil es sie ziemlich hart getroffen hatte, sondern weil sie von ihrem Temperament her zum Melodramatischen neigen. Er kannte italienische Beerdigungen zwar nur aus Filmen, aber nirgendwo war die Trauer tiefer und das Leid der Angehörigen größer. Nirgendwo wurden die Abschiede so herzzerreißend zelebriert, überreich an Tränen, Verzweiflung und Klagen. Selbst wenn der Verstorbene uralt war, konnte man denken, sein Tod sei völlig unerwartet eingetreten und hätte ihn aus der Mitte des Lebens gerissen. Das war jetzt völlig anders. Das Militär hatte die Arbeit der Bestattungsunternehmer übernommen. Die Fernsehbilder zeigten nahezu lautlose Lkw-Kolonnen, die die Toten wegbrachten. Keiner konnte sich vorstellen, wohin. Über dem leergefegten Petersplatz flehte der Papst seinen Schöpfer (aber auch den des Virus) an, die Katastrophe zu beenden (Wieso hatte er sie begonnen?). Man sah eine menschenleere Kirche mit langen Reihen dicht an dicht abgestellter Särge, die ein Priester abschritt und wie am Fließband besprengte. Wenn es ein Desinfektionsmittel war, kam es zu spät. Das Durchschnittsalter der Verstorbenen soll 81 Jahre gewesen sein. Das entsprach, wie Herr X. sich ergoogelte, genau der Lebenserwartung der Italiener von 2007, die zuletzt ermittelte lag bei 83 Jahren. Statistik kann tröstlich sein, dachte er sich, vorausgesetzt, man ist nicht unter denen, die die 2 Jahre einbüßen. Andererseits, vom Standpunkt des Ökonomen (der per se herzlos ist) aus gesehen, lassen sich die Italiener diesen Zuwachs an Lebenszeit einiges kosten. Herr X. vermutete, dass das irgendwie mit den Mammoni zusammenhing, die ausnahms- und verblüffenderweise mal wenig mit Mammon zu tun haben. So nennt man auf dem Stiefel Männer, die einfach nicht loslassen können von Mutterbrust und Rockzipfel. Die Hälfte aller 44-Jährigen wohnt noch bei der Mamma, läßt sich betüddeln und macht, was sie sagt. Stirbt sie weg, bleiben hilflose und weinerliche Warmduscher zurück, mit denen Corona leichtes Spiel hat.

Jetzt meldeten sich endlich, Herr X. hatte es kaum erwarten können, auch die Wirtschaftsweisen zu Wort und prophezeiten einen empfindlichen Einbruch des Wirtschaftswachstums (die Herren sind sehr sensibel). Wie sie wohl da drauf gekommen waren? Herr X. stellte sich vor, dass sie sich zu einer empirischen Erhebung entschlossen und einen auf die Straße geschickt hatten. Der kam mit der Meldung zurück: Alles ganz normal für einen Sonntag. Später fiel jemandem auf, dass eigentlich Freitag war. Da mussten sie ihr Gutachten natürlich umschreiben, was dauerte und ihre Prognose in eine Feststellung verwandelte. Aber wenigstens lagen sie mal richtig.

Selbstverständlich, so konnte Herr X. einst in der FAZ lesen, *ist die Ökonomie eine Wissenschaft.* Nur habe sie weniger mit den Naturwissenschaften gemein als mit der Philosophie und den Geisteswissenschaften. Außerhalb von Wirtschaftsredaktionen geht sie nur als *Protowissenschaft* durch, als eine, die sich lt. *Wikipedia* in einem vorwissenschaftlichen Stadium befindet. Hieß für Herrn X.: in der Pubertät. Während die mit ihr verbundenen Probleme bei Jugendlichen meist nach ein paar Jahren wieder verschwinden, halten die der Ökonomie den Globus jetzt seit gut & gern zweieinhalb Jahrhunderten in Atem: Irrationalität, Affektivität, Unberechenbarkeit, und all das bei erhöhter Risikobereitschaft. Derlei den Geisteswissenschaften anhängen zu wollen, ist eine Dreistigkeit, wie sie nur in einem Wirtschaftsteil unterkommen kann. Was wie die Ökonomie derart von Wunschdenken und Geldgier bestimmt wird, gehört in die Sparte Wahrsagerei. Auf diesem Niveau titelte die SZ am 31.3.20:

Wirtschaft könnte 2021 wieder wachsen

Deutschland rutscht in die Rezession, da sind sich Ökonomen einig. Doch der Sachverständigenrat

Ja Potzblitz noch eins, wäre das wirklich möglich?, dachte sich Herr X., das würde man als Laie der Wirtschaft nicht zutrauen? Wieder zu wachsen? Und das schon 2021? Um auf solche Ideen zu kommen, musste man mindestens einem Sachverständigenrat angehören. Da fiel ihm dunkel ein, dass er während seines Studiums auch einen Grundkurs in Volkswirtschaftslehre belegt hatte. Den Schein bekam, wer anwesend war. Wenn man keinen Bock hatte, dort aufzukreuzen, trug einen automatisch ein Kumpel ein. Als der Dozent am Semesterende die Scheine ausgab, blieb ihm einer übrig. Ausgestellt hatte er ihn auf den Namen Daniel Düsentrieb.

Herr X. fühlte sich plötzlich, wenn schon nicht weise, so doch auch ein wenig kompetent und versuchte sich seinerseits an einer Prognose:

Wirtschaften könnten wieder öffnen

Doch als er sie sich auf dem Titel der SZ vorstellte, fiel ihm das Herz in die Unterhose bei der Vorstellung, dass das irgendwer lesen könnte. Er hatte die Zeitangabe vergessen, was die Aussage fadenscheinig, unpräzise, ja unprofessionell erscheinen ließ. Puuh, Glück gehabt, dass er kein Qualitätszeitungswirtschaftsredakteur war.

Neulich beim Samenspenden war versehentlich ein Foto von Angela Merkel unter die Onaniervorlagen geraten, erzählte der Elch und fuhr fort: *Die Folge: Ejaculatio praecox. Statt in den Becher ging alles auf den Fußboden. Mann, war mir das peinlich.* Herrn X. fiel in dem Augenblick auf, dass der alte Macho über Corona bisher noch keine Bemerkung verloren und kein Wort hatte fallen lassen. Das kam ihm umso spanischer vor, als das Tier ja sonst zu allem seinen Senf kundtat bzw. seine Meinung abgab. War ihm vielleicht der Ernst der Lage aufgegangen, ein Licht bewusst geworden? Herr X. kam ganz durcheinander.

Er ging ins Bad, um sein Gesicht ins kalte Wasser zu tauchen. Als er zurückkam, sah er im Fernseher, der stumm vor sich hinlief (immer den aktuellen Infiziertenmeldungen hinterher), den Gesundheitsminister irgendwohin eilen, der dabei einen Mundschutz und über seinem Kommunionsanzug eine Warnweste trug. Half die auch gegen das Virus? So Scheiße wie das aussah, würde er sie nicht umsonst tragen. Oder hatte er sich in eine Gelbwesten-Demo verirrt? Er schien auch durcheinander.

Wo Sorge herrscht, da macht sich der Dampfplauderer breiter als jedes Virus, wusste Herr X. aus langjähriger Erfahrung. Den Ernst im Ernst der Lage hatte jetzt auch der Repräsentant einer weiteren Unwissenschaft entdeckt, ein systematischer Theologe (die akademische Umschreibung für Sturschädel) und glühender Verehrer eines glühenden Antisemiten, Bauernschlächters und Frauenverächters: Pof. Dr. debil Luth...nein, Peter Dampfbock oder so ähnlich. Als solcher automatisch Vorsalbadernder und -sitzender des Ethikrats. Seine Mahnung: *Politik muss auf die Wissenschaft hören, sie darf ihr aber nicht hörig sein.* Um Gottes(!)willen, nein! Denn hörig ist sie seit jeher den Amtskirchen und der Wirtschaft und ihren vielen pubertären Vertretern – das muss so bleiben! Er bekräftigte das in einem 30-minütigen Gespräch mit seinem Freund Achim, das sich in etwa auf folgendem Erkenntnisniveau bewegte: *Es gibt keinen Papst in der Wissenschaft.* Das Gelaber entsprach vom Inhalt her dem, was derzeit ununterbrochen über Herrn X. hereinbrach. Ihm fielen Sätze auf, wie diese: *Dazu ist eben wichtig, dass man **ehrlich** ist zueinander.* Und: *Wir können nicht nur auf die Probleme der Coronapandemie schauen, das ist, glaub ich, die **ehrliche** Herausforderung.* Und: *...dann gehört zur **Ehrlichkeit** eben auch dazu, dass wir so eine Vorurteilsstruktur haben,...* Und: *...meine Antwort ist eine doppelte, aber man*

*muss eben dann **ehrlich** genau mit dieser Doppeltheit umgehen...* Und: *...und deswegen brauchen wir **Ehrlichkeit, Ehrlichkeit** auch über unsere Grenzen...*

Also ehrlich, dachte Herr X.: Der Theologe, der vom Verkauf von Märchen und von Versprechen lebt, um deren Einhaltung er sich nicht zu kümmern braucht, weil es vor ihm auch niemand tat, weiß nur zu gut, dass Fahrlässigkeit und Unverfrorenheit im Umgang mit Worten und Begriffen nicht sanktioniert, sondern vielmehr bewundert werden. Das schweißt ihn mit dem Politiker zusammen. Während der eine bei seinem Geschwätz von gestern bleibt, interessiert sich der andere nicht mehr dafür, wenn der Wind sich dreht. Für beide gilt: je dickhäutiger, desto leichter fällt's ihnen (das eine wie das andere) und für umso befähigter halten sie sich und man sie.

Der Peter vom Ethikrat gestand, vor Selbstgefälligkeit

triefend, dass ihm schon mal jemand nach einem seiner Auftritte sinngemäß gesagt hätte: *Gnade uns Gott, wenn ihre Sachen umgesetzt würden.*

Achja, die Theologen, ein Großteil der Menschheit ächzt unter ihnen, fand Herr X., worauf sie sehr stolz sind und es sich bestens honorieren lassen.

Als wolle es zu einer Missachtung der Ausgangsbeschränkungen aufrufen, herrschte seit Tagen das, was man einst Kaiserwetter nannte. Obwohl sich die letzten Kaiser als insgesamt unerfreuliche Gestalten entpuppt hatten (Willem Zwo und Beckenbauer), störte sich niemand daran, sie mit einem ungetrübt blauen Himmel in Verbindung zu bringen. Deshalb, fand Herr X., könnte man die Redensart endlich aktualisieren und fortan von CORONAWETTER sprechen, zumal es sinnigerweise ja noch einen deutlichen Bezug zur früheren Bezeichnung enthält.

Heute bin ich ein bisschen maulfaul, gähnte der Elch. Das passiert den Labersäcken, die derzeit die Medien besetzt halten, leider nie, bedauerte Herr X., um kurz darauf von einem Foto in der SZ abgelenkt zu werden. Die Bildunterschrift gab ihm wie so manche in dieser Zeitung Rätsel auf, war jedoch, wenn man sich Namen- und Ortsangaben wegdachte, wie er das alsogleich tat, in diesen Tagen universell einsetzbar:

> Besseren Zeiten entgehen: Täglich ist　　　　-Chef　　　　noch ein paar
> Stunden im leeren　　　　　　　und übt sich in Optimismus.

Besseren Zeiten ENTGEHEN? Wer wollte und wieso sollte man das? War es ein Druckfehler und sollte ENTGEGEN heißen? Dann machte der anschließende Satz auch keinen Sinn, schon gar nicht im Zusammenhang mit dem Foto, das einen schwarzgekleideten, gequält dreinschau-

enden Mann um die 50 zeigt, der, die Hände in den Man-
teltaschen eine Rolltreppe hochfährt und mangels anderer Möglichkeiten Blickkontakt mit einem, an einer Säule
hängenden, präparierten Kudu(⋯⃗) sucht, der ihn voll ignoriert. Herr X. hielt die Zeitung so, dass der Elch für den
Fall, dass er wieder auftauchen würde, keinen Blick auf die
Abbildung werfen konnte, obwohl diese Antilopenart mit
ihrem imposanten Schraubengehörn sicher nur entfernt
mit ihm verwandt war. Die Vorstellung, bei einem Besuch
in einer Wolfshöhle ausgestopften Kollegen zu begegnen,
wäre für einen Förster ja auch schockierend.
Die drei Lücken in der Bildunterschrift waren ursprünglich gefüllt mit *Gasteig*, *Max Wagner*, und *Kulturzentrum*.
Letzteres angeblich das größte Europas und sein Leiter offensichtlich ein passionierter Großwildjäger, dessen Tro-
phäen das Foyer eines Kulturtempels schmücken, in dem
das Leben normalerweise nur so pulst, der aber nun, leer
wie ein Fußballstadion am Heiligen Abend, ein Bild des
Jammers abgibt: ein einsamer Geschäftsführer, der *Täglich... ...ein paar Stunden* die Rolltreppen rauf und runter
fährt, wobei er *sich in Optimismus* üben soll. Wie das zu
bewerkstelligen wäre, blieb Herrn X. unklar. Ihn erinnerte
die Stimmung eher an Jack Nicholson im eingeschneiten
Stanley Hotel in *Shining*. Und überhaupt beschrieb dieses
Bild das Elend einer Personengruppe, von der bisher nicht
die Rede war. Häusliche Gewalt, ja, in aller Munde, selbst
dem der Kanzlerin. Und wenn schon? Veilchen, Hämato-
me, Prellungen, geplatzte Lippen, gebrochene Rippen – in
ein paar Wochen lösen sie sich in Wohlgefallen auf. Aber
die Verwüstungen, die der coronabedingte Stillstand in
einer Unternehmer- oder Topmanagerseele anrichtet – sie
werden irreparabel sein!

Herr X., erzogen nach dem Motto **Gerechtigkeit für jedermann**, versuchte, sich in die Lage der BOSSE zu versetzen, also von Oberbefehlshabern, die gewohnt sind, tagtäglich ihre Truppen auf die Schlachtfelder der globalen Märkte zu hetzen und jetzt plötzlich alleine dastehen (mit einer Sekretärin und dem Hausmeister läßt sich kein Krieg gewinnen, geschweige denn Umsatz machen). Die nächste Szene, die sich vor dem geistigen Auge von Herrn X. auftat, hatte die Bildunterschrift:

Besseren Zeiten entgehen (??): *Täglich ist BMW-Chef Oliver Zipse* (heißt wirklich so!) *noch ein paar Stunden im leeren Vierzylinder und übt sich in Optimismus.*

Der Souverän eines Autoimperium, gewohnt, es aus der obersten Etage *durchsetzungsstark** zu regieren, hastet seit einer Woche mit verrutschter Krawatte und Panik im Blick durch die Stockwerke auf der Suche nach einem, dem er *sagen kann, wo es langgeht***. Optimismus sieht anders aus. Keiner hat gewagt, ihm mitzuteilen, dass alle zuhause bleiben. Wird dieser Mann, dem das * und ** permanent nachgesagt wird und der es bisher trotz seines Namens verstanden hat, Zuversicht zu verbreiten, je wieder zu alter Stärke zurückfinden? Herr X. hatte da starke Zweifel.

Und eine weitere Vision vor Augen:

Besseren Zeiten entgehen (???): *Täglich ist Bordell-Chef Velica A. noch ein paar Stunden im leeren Leierkasten und übt sich in Optimismus.*

Oberlude in einem Laufhaus zu sein, in dem NICHTS LÄUFT – kann es etwas trostloseres geben? Das Rot der Wände animiert ins Leere. Wo sonst Champagnerkorken und Peitschen knallen, Matratzen und Mädels ächzen, Duschen und Einnahmen prasseln und die Luft vor Geilheit vibriert, herrscht Grabesstille. Alles was hier noch geblasen wird, ist Trübsal. Dagegen, so mochte sich Velica A. erinnern, waren sogar die Zeiten noch Gold, als plötzlich junge Familien auftauchten und Essen wollten, weil Studenten den *Leierkasten* als Restaurant ins Internet gestellt und mit vielen Sternen versehen hatten. Jetzt bekam er jedesmal einen Wutanfall, wenn seine Damen anriefen und sagten, sie machten *Homeoff...* 🤬 ☠ 🚚

Selbst in Branchen, in denen es normalerweise zivilisiert und friedlich zugeht, lag Feindseligkeit in der Luft, war die Stimmung explosiv. Herr X. startete noch einen Versuch: *Besseren Zeiten ent*(dingsbums): *Täglich ist Hellabrunn-Chef Rasem Baban noch ein paar Stunden im leeren Tierpark und übt sich in Optimismus.*

Zootiere pflegen ihren Direktor zu respektieren, wenn sie ihn mal zu Gesicht bekommen, d.h. sie ignorieren ihn genauso wie alle anderen Besucher. Doch das hat sich geändert. Wenn Herr Baban jetzt vaterseelenallein durch das Gelände läuft, folgen ihm vorwurfsvolle, oft gar verächtliche Blicke. Und er wahrt Abstand von den Käfigen und Geländern, seit er schon mal von einem Lama bespuckt und von den Pavianen mit Dreck und Kot beworfen wurde. Den Tieren fehlt nicht nur die Unterhaltung, sondern auch ihr Zubrot, also das, was ihnen die Besucher reichen, außerdem müssen sie wegen der angespannten Versorgungslage etwas knapper gehalten werden. Die Schuld daran geben sie Baban. Jetzt rächt sich, dass er als gelernter Architekt ein Quereinsteiger und viel zu jung ist. Die Krise offenbart, dass ihm verglichen mit Grzimek und Sielmann nur das Charisma eines Bobby Cars eignet. Silberrücken treten anders auf.

Corona, so fand Herr X., pflügte wie ein Sichelmäher durch die Reihen der Alphatiere und Leistungsträger unseres Landes, aber das schien den Medien nicht aufzufallen. Sie hatten die kleinen Ladenbesitzer und das fahrende Volk ins Visier ihres gekünstelten Mitleids genommen, also Musiker, Würstlbrater, Schauspieler, Penner, Künstler etc. Ausgerechnet die, von denen der Staat und seine feine Gesellschaft seit jeher verlangen, den Gürtel eng zu schnallen. Die haben doch kein Problem damit, ihn noch ein Loch weiter einzuhaken. Umso mehr die, die es gewohnt sind, ihrem Wanst (sinnbildlich gemeint) freien Lauf zu lassen. Für sie ist schon der Gedanke an Mäßigung FOLTER und die Forderung, sich einzuschränken eine unzumutbare HÄRTE. Darum die hartnäckige Weigerung der Politik, Vermögen anzurühren.

Obwohl so viele im Lande Einbußen hinnehmen mussten, war es Herrn X. klar, dass das politische Spitzenpersonal, dem die Krise nichts anhaben konnte, NIE UND NIMMER auf die IDEE kommen würde: sich für ein Jahr mit um zehn Prozent gekürzten Bezügen zufrieden zu geben. Warum denn sowas? Vielleicht aus SOLIDARITÄT, der so oft&gern beschworenen? Frau Merkel könnte problemlos weiter ihre Miete bezahlen und Herr Altmeier müsste keine Mahlzeit ausfallen lassen. Und es wäre ein gelebtes (und nicht immer nur gefordertes) VORBILD für andere Teile der Gesellschaft. Vielleicht würden dann auch Vermieter bei Mietern, die es hart erwischt hat, mal auf eine Monatsmiete verzichten, das entspräche einer Verringerung ihrer Jahreseinnahmen um gerade mal 8,3%. Jaja, Schluss jetzt mit dem Unfug, rief sich Herr X. ins Gedächtnis, wo leben wir denn? Das hieße, den Sozialismus durch die Hintertür wiedereinführen, der Ramelow würde sich ins Fäustchen lachen. Eine freiheitliche Demokratie ist schließlich kein Ponyhof und selbst dort fällt mancher vom Pferd.

Küss mich, flehte der Elch, *ich bin ein verzauberter Frosch. Lass uns vernünftig sein und Abstand halten,* entgegnete Herr X., *in einem Zoo in der Bronx hat sich jetzt schon ein Tiger bei einem Tierpfleger angesteckt.* Und dachte sich dabei, was für krause Gedanken eine KI doch entwickeln kann, da kommt möglicherweise noch was auf die Menschheit zu, mit dem sie nicht rechnet.

Auf einem vorgezogenen Osterspaziergang (Gründonnerstag) durchs Westend entdeckte Herr X. an einer Hauswand eine zeitgemäße Lüftlmalerei, bei der ihm schier das Herz stehenbleiben wollte:

Wenn das kein Menetekel war, dann wusste er nicht, was eins sein sollte. Einen deutlicheren Hinweis auf häusliche Gewalt konnte es nicht geben. Hatte die Kanzlerin ausnahmsweise einmal recht? Als sie unlängst in Quarantäne musste (Fingernägelbeisser tun sich besonders schwer damit, sich nicht ins Gesicht zu fassen), druckte die SZ in vorauseilender Sorge über drei volle Seiten einen Beina-he-Nachruf, der zur Lobeshymne geriet:

Drei hauseigene Autorinnen und fünf Politikerinnen huldigen darin der Kanzlerin, quasi freiwillig GLEICHGESCHAL-TET (Herr X. war sich sicher, dass hierzulande keiner mehr wusste, was es damit auf sich hatte), eine sechste, ausgerechnet von der AfD, durfte in einem Kurzbeitrag die Meinungsvielfalt hochhalten.

An Ostern kapitul-..., nein konstatierte Herr X., dass Politik und Presse wahn..., nein wahrhaft Un..., nein Übermenschliches leisteten (extra einen Hut aufzusetzen, um ihn zu ziehen, fand er dann doch übertrieben):

Mutti Merkel hatte sich in diesem Jahr nach der Neujahrsansprache (*„Die 20er Jahre können gute Jahre werden"*) schon zwei Mal AUSSERFAHRPLANMÄSSIG und DIREKT an ihr Volk gewandt, also doppelt so oft wie die Queen, und wurde dafür hochgepresst,... äh, -lobt. Die gefühlten drei Mal pro Woche, in denen sie fahrplanmäßig in die ihr hingehaltenen Mikrophone das Immergleiche sagt (sie hätte erfolgreiche bi- oder sogar multilaterale Gespräche mit Staatshäuptern geführt), sind NICHT direkt, das hatte Herr X. neu gelernt. Und: dass die Zeiten und Ansichten holterdipolter andere waren. Galten noch vor ein paar Monaten alle, die lieber zuhause blieben, als licht- und arbeitsscheues Gesindel, wurden sie von Merkel plötzlich gefeiert: *„Das ist eine großartige Leistung"*. Das Lob der Kanzlerin war noch nicht verklungen, da meldete sich der ranghöchste Mann im Staate, also auch noch Frank-Walter außerfahrplanmäßig & direkt in einer Osteransprache zu Wort und überbot Mutti um ein Mehrfaches, einfallslos wie immer, aber dafür umso kantiger und ebenfalls ohne rot zu werden: *„Jeder von Ihnen hat Menschenleben gerettet und rettet täglich mehr"*. Wie das gehen sollte, war Herrn X. nicht ganz klar? Wenn jeder täglich mehrere rettet, woher sie nur nehmen, die vielen zu Rettenden? Und fand, dass es angesichts einer solch großartigen Bevölkerung ja wohl nicht bei schönen Worten bleiben konnte, es müssten Taten her, wie etwa die von Friedrich Wilhelm III. 1802 erfundenen Lebenrettungsmedaillen. Da käme auf Frank-Walter ordentlich was zu, da müsste er mal richtig arbeiten. Bei sagen wir 60 Mio. Verleihungen mit 1,5 Meter Sicherheitsabstand ergäbe sich vor Schloss Bellevue eine Schlange, die zweimal rund um den Globus reichen würde. Der Medaillensegen, der über das Land hereinbräche, wäre für den durch die verschobene Olympiade entgangenen ein schöner Ausgleich. Und um sich für künftige Pandemien zu wappnen, könnte man auch das DEUTSCHE LEBENSRETTUNGSABZEICHEN einführen, das in Bronze, Silber oder Gold verliehen wird, je nach Daheimbleib-Leistung.

Sehr gelobt wurde Frank-Walter von Seiten der Presse für eine Richtigstellung. Dass es sich nämlich bei der Bekämpfung des Virus nicht um einen Krieg handele, wie von zahlreichen Politikern in alle Welt hinausposaunt. Statt-

dessen habe er eine **„explodierende** Kreativität und Hilfs-
bereitschaft" entdeckt (aber sicher nur außerhalb seines
Schlosses). Führende Virologen hatten ihm, wie es schien,
versichert, dass AUFRÜSTUNG kein Mittel der Wahl wäre
und die Ausstattung von Klinikpersonal mit Schusswaffen
die Anzahl der Todesfälle eher erhöhen würde. Herr X. war
beruhigt, dass Steini (nicht zu verwechseln mit Schweini!)
wenigstens jetzt auch mal auf die Wissenschaft hörte. Als
ordinärer Parteipolitiker hatte er vorsichtshalber der Rüs-
tungslobby sein Ohr geliehen, wissend, dass es ein Leben
nach der SPD gibt (siehe Clemens, Gabriel usw.).

Volkes Gedächtnis: Löcher mit einem Eimer drumrum,
wusste Herr X. und erinnerte sich: Wie der Quadratschä-
del anno 2009 als Kanzlerkandidat gegen Merkel antrat
und mit dem bis dahin schlechtesten Bundestagsergebnis
seiner Partei abstank (minus 11,2 %) und damit eine Serie
von Wahlschlappen einleitete. Weil ihn nämlich alle noch
als Mittäter bei der Agenda 2010 vor Augen hatten, von
der Marc Neller am 26. Oktober 2010 in DIE ZEIT schrieb:

...das sind gesenkte Lohnnebenkosten, liberalisierte Zeit-
arbeit, Minijobs, Privatrente. Das sind zehn Euro Praxis-
gebühr und das Herzstück der Reform: Hartz IV, die Ver-
schmelzung von Arbeitslosen- und Sozialhilfe auf dem
niedrigen Niveau der Sozialhilfe.

Als strammfrommer Sturkopf verteidigte er auch im Nach-
hinein sein Wirken, obwohl das DIW, das (größte) Deutsche Institut für Wirtschaftsforschung es so beurteilt: Die
Zusammenlegung... ...bedeutet für mehr als die Hälfte der
Betroffenen Einkommenseinbußen. Etwa ein Drittel wurde durch die Reform finanziell besser gestellt. [...] Die Ar-
mutsquote der Leistungsempfänger – vor der Reform gut
die Hälfte – erhöhte sich auf zwei Drittel.

Glück für ihn, dass der Buprä nicht vom Volk gewählt wird, sondern seit geraumer Zeit von Merkel. Sie wusste, dass er als christlich durchgefärbter Sonntagsredner dem Job gerecht werden und ihn mit Plattitüden und Anbiedereien, also mit Leben füllen würde. Und Frank-Walter wuchs bei dieser Osteransprache über sich hinaus: *So viele von Ihnen wachsen jetzt über sich selbst hinaus.* (Klar, weil sie ihre mies bezahlten Jobs nicht auch noch verlieren wollen).

Rate mal, in welchem Fach ich nur Einsen hatte?, tönte der Elch. Herr X. machte gequälte Miene und spielte nicht mit: *In Sexualkunde?* Das Hornvieh ließ sich nicht irritieren, sagte stolz: *Stimmt, genau!* Und verschwand. Jeder wächst auf seine Weise über sich hinaus, befand Herr X. und lauschte weiter seinem Buprä, der sich zum Moralapostel aufschwang: *Wir stehen jetzt an einer Wegscheide. Schon in der Krise zeigen sich die beiden Richtungen, die wir nehmen können: Entweder jeder für sich, Ellbogen raus, Hamstern und die eigenen Schäfchen ins Trockene*

Einer von vielen sicheren Arbeitsplätzen, die wir u.a. Frank-Walter verdanken.

bringen (davon versteht er wirklich was) *oder bleibt das neu erwachte Engagement für den anderen und für die Gesellschaft?* (Was soll da wohl bei wem erwacht sein, frug sich Herr X.? Die, die eh' schon helfen, helfen jetzt noch mehr. Alles andere bleibt, wie es war.) *Schenken wir der Kassiererin und dem Paketboten auch weiterhin die Wertschätzung, die sie verdienen?* (meint damit wohl den Mindestlohn, den viele von ihnen nicht bekommen) *Mehr noch: erinnern wir uns auch nach der Krise noch, was unverzichtbare Arbeit in der Pflege, in der Versorgung, in sozialen Berufen, in Kitas und Schulen, was sie uns wirklich wert sein muss?* (Das Gedächtnis des Berufspolitikers hat noch kürzere Beine als seine Versprechen im Wahlkampf). *Und helfen die, die es wirtschaftlich gut durch die Krise schaffen, denen wieder auf die Beine, die besonders hart gefallen sind?* (Wetten, dass nicht?) *Nein, diese Pandemie ist... eine Prüfung unserer Menschlichkeit. Sie* (die Menschlichkeit?) *ruft das Schlechteste und das Beste in den Menschen hervor* (jeder wie er kann). *Zeigen wir einander doch das Beste in uns.* (So wie er das macht, seit er Buprä ist. Vorher waren ihm die Hände gebunden (Sachzwänge etc.)). *Solidarität, ich weiß, das ist ein großes Wort* (umso lieber greift er es auf). *Aber erfährt nicht jeder und jede von uns derzeit ganz konkret, ganz existenziell, was Solidarität bedeutet? Mein Handeln ist für andere überlebenswichtig* (daran hätte er als Hartz IV-Archtitekt denken sollen). *Bitte bewahren wir uns diese kostbare Erfahrung* (nee, lieber nich, sie kostet erfahrungsgemäß was). *Die Solidarität, die Sie* (Wer? Der Klopapierhorter?) *jetzt jeden Tag beweisen, die brauchen wir in Zukunft umso mehr* (Das würde ihm so passen, dass die Überlasteten überlastet bleiben). *Wir werden nach dieser Krise eine andere*

Markante Gesichtszüge,...

...diffuser Charakter, eine Mixtur, mit der man es in der SPD weit bringen konnte (als es sie noch gab).

Gesellschaft sein (wie damals, als trotz bundespräsidialer Aufforderung kein RUCK durch sie ging) *Vieles wird in der kommenden Zeit sicher nicht einfacher* (weil die entgangenen Renditen wieder hereingearbeitet werden müssen, klar), *aber wir Deutsche machen es uns ja auch sonst nicht immer einfach, wir verlangen uns selbst viel ab und trauen einander viel zu* (er meinte sicher muten, trauen eher nicht). *Wir können und wir werden auch in dieser Lage wachsen.* Am Besten, wie schon gesagt, über sich und uns hinaus, dachte sich Herr X., denn ohne ständiges Wachstum geht's nicht bei einem Neoliberalen. Und so ein Schloss hält sich, Corona hin, Covid her, auch nicht von alleine in Schuss.

Ich spüre ein Ziehen in der rechten Schaufel, klagte der Elch, *meinst Du, ich sollte mich testen lassen?* Das wäre mal ein Elchtest, den kein Autohersteller fürchten müsste, kam Herrn X. in den Sinn. *Du musst dich nur vor Computerviren in Acht nehmen. Lass dich nicht von der grassierenden Hysterie anstecken*, antwortete er. *Hast wohl noch nie was von einem Betacoronavirus gehört*, jammerte der Elch. Hatte er noch nicht, in der Tat, deshalb machte sich Herr X. kundig und fand zu seiner Bestürzung, dass es existierte und dass ihm viele Elchkälber zum Opfer fielen. *Du bist zum Glück kein Kalb mehr*, sagte er und versuchte seinen Fauxpas mit einem Scherz abzufedern, *Lehn dich an einen Baum und nimm eine Mütze Schlaf, dann wird's dir wieder besser gehen*. Damit schaltete er seinen Mac aus und griff widerwillig nach dem Zeitungshaufen, der sich wieder türmte. Und durfte lesen, dass die Premierministerin Neuseelands, Jacinda Ardern, ihren Bürgern ebenfalls strenge Ausgangsbeschränkungen auferlegt und beschlossen hatte, angesichts der Krise zusammen mit ihren Regierungsmitgliedern und anderen hohen Staatsbediensteten für ein halbes Jahr auf 20% ihres Gehalts zu verzichten. Herr X. wollte es nicht glauben, aber es schien Politiker zu geben, die zu Empathie fähig waren. Die Menschlichkeit und Solidarität vorlebten und nicht nur davon laberten. Allerdings nur in Neuseeland. Während die hiesigen Abgeordneten noch überlegten, ob man eventuell auf die nächste DiätenERHÖHUNG verzichten solle. Und da fragte der evangelikale Frank-Walter aus dem Land der Geier und Gierhälse in der ihm eigenen Scheinheiligkeit: *Und helfen die, die es wirtschaftlich gut durch die Krise schaffen, denen wieder auf die Beine, die besonders hart gefallen sind?* Herr X. wünschte sich, dass Phrasen Erstickungsanfälle auslösten. Dann wären die vielen freigehaltenen Beatmungsbetten zwei- und dreifach belegt.

Um wieder herunterzukommen, rief er sich das just vergangene Ostern in Erinnerung, das angenehmste, das er je erlebt hatte, Corona sei Dank. Zum ersten Mal kein herrisches Gebimmel, mit dem die Amtskirchen ihre Schafe herbeibefehlen. Der Papst praktisch unter sich. Urbi und orbi gehen ins Leere. Ein gähnender Petersplatz. Keine Protzessionen, keine Kreuzigung, keine Auferstehung, kein Brimborium, kein Rambazamba, kein Hokuspokus (kein Kannibalismus: Hoc est corpus meum), stattdessen himmlische Ruhe. Ideale Voraussetzungen für KONTEMPLATION und eine Gelegenheit, mal ohne die selbsternannten Wegweiser in sich zu gehen (wenn man schon nicht verreisen durfte).
Passend zum Feste ging ein Herr Welle in der SZ der Frage nach, wie der Hase zum Eierlegen kam und zitiert dabei

aus einer Dissertation aus dem Jahr 1682:

> Franck von Franckenau einreichte. In der Abhandlung mit dem hübschen Titel "De Ovis Paschilibus. Von Oster-Eyern" heißt es nicht ohne Spott: "... im Elsaß und den angrenzenden Gegenden nennt man diese Eier Haseneier auf Grund der Fabel, mit der man <u>Einfältigen im Geiste und Kindern weismacht,</u> der Osterhase lege solche Eier und verstecke sie in den Gärten im Grase, damit sie von den Kindern zum Ergötzen der lächelnden Erwachsenen desto eifriger gesucht werden."

Um allgemeinbildend fortzufahren:

> An Ostern feiern Christen auf der ganzen Welt die Auferstehung Jesu und damit die Überwindung des Todes. Wie jedoch hoppelte der

Die Nähe von Fabel und Bibel war Welle nicht aufgefallen, auch nicht, dass man, was in letzterer steht, ebenfalls nur *Einfältigen im Geiste und Kindern weismachen* kann...
Herr X. schien davor gefeit zu sein. Schon in jungen Jahren sah er sich Einflüsterungen wie diesen ausgesetzt:

> *Ein Mann, der auf dem Wasser geht,*
> *der Lahme laufen, Blinde sehen macht*
> *und nach dem Tode aufersteht –*
> *vor dem gib Acht.*

Sie müssen von des Teufels Großmutter gekommen sein, einer herzensguten Frau. Wusste er doch von ihr, dass sie drei desertierten Soldaten ein Leben in Wohlstand ermöglicht und die Hölle erspart hat.
War draußen Dienstag, Mittwoch oder was? In Hausarrestzeiten spielte das kaum eine Rolle, egal, jedenfalls hörte Herr X. seine wortschmächtige Kanzlerin einen neuen Begriff prägen: die *Öffnungsdiskussionsorgie*. Der sprachliche Schwachsinn, der sich im Kopf der Uckermärkerin zusammenbraut, nähert sich dem Trumpschen Niveau an. Wer in seiner Jugend mutmaßlich *mit Kirschlikör hantiert* hat, mag sich unter einer Orgie Werweißwas vorstellen.

Sie hätte jemanden fragen sollen. Vielleicht den Seibert? Besser nicht, Streber wie der sind Orgienverhinderer. Aber den Altmeier, der kennt sich wenigstens mit Ein-Mann-Fressorgien aus. MenschMerkel! Und dann Diskussions-orgien! Wenn erst endlos diskutiert wird, wer mit wem, vielleicht auch noch warum und wie lange, dann kommt es nicht mehr zum Eigentlichen. Dass jedoch nach sechs Wochen mal über ein Öffnungsszenario nachgedacht wird, ist so weit weg von einer Orgie wie diese Kanzlerin von einer klaren, in korrektes Deutsch gekleideten Überlegung. Aber das hat sie von Kohl. Wenn dem eine Idee so oft vor-geplappert worden war, dass er sie behalten konnte, und sie der Laufbursche von Flick, von Brauchitsch abgenickt hatte, hielt er sie für alternativlos und verbat sich, dass darüber noch weiter diskutiert wurde. Deswegen nannte sich dieser Staat damals BRD (DNALHCSTUED KILBUPER-NENRIB). Biografisch bedingt zieht die Kanzlerin BANA-NEN vor (sie aß ihre erste mit 36).

Helmut Kohl war ein großer Pädagoge, mischte sich der Elch ein, *er brachte Angela Merkel das Essen mit Messer und Gabel bei.* Der größte aller Hirsche verwies damit auf eine Aussage des Alt-Kanzlers, die 2014 durch die Pres-se ging: *„Frau Merkel konnte ja nicht richtig mit Messer und Gabel essen. Sie lungerte bei den Staatsessen her-um, so dass ich sie mehrfach zur Ordnung rufen musste."* In dieser Hinsicht wäre die Monarchie vorzuziehen, gab Herr X. zu, weil in ihr die künftigen Regenten von klein auf so erzogen werden, dass es später nicht zum Herumlun-gern kommt. Demokratien gehen das Risiko ein, dass ihre Repräsentantenundonkels ihre Jugend auf Bauern- oder in Hinterhöfen verbracht haben und Etikette für einen Kühlschrankaufkleber halten. Ihro Hohlheit, die Klonprinzessin dürfte höchstens eine uckermärkische Dorfdisco eröffnen, jedoch nicht in ihr herumlungern und hantieren. Das könnte sie bestenfalls heimlich, in den königlichen Stallungen, unter Zuhilfenahme eines Reitlehrers.

Ich reite gern. Natürlich nur auf Stuten, sagte der Elch. Herr X. wollte auf die in dieser Aussage versteckte Homophobie nicht eingehen, denn er hatte wieder jenes Bild vor Augen, das er einst erst gesehen haben musste, bevor er es sich vorstellen und losprusten konnte:

Merkel in der Loipe.

Sich jedoch die mächtigste Onychophagistin der Welt zu imaginieren, wie sie einen Heiß- oder Vollblüter aussitzt, das schien ihm jenseits aller Schicklichkeit zu liegen. Allerdings überkam ihn in diesem Zusammenhang schon die Frage, wann sie wohl ihre Fingernägel zu sich nimmt? Als Nachtisch nach'm Nachtisch nach Tisch? Und ob sie, sollte sie sich mal in ein Nagelstudio bequemen, die künstlichen ebenfalls aufäße? Wären die denn genießbar? Die einseitige Bevorzugung der Coiffeurskunst durch die Kanzlerin löste sicherlich nicht nur bei Herrn X. Befremden aus, zumal Keratin der Hauptbestandteil von Haaren wie Nägeln ist, sie also nicht nur wesensverwandt sind, sondern bei Frauen seit altersher eine gleichermaßen hohe Zuwendung genießen. Männer, die Fingernägel kauen, so hatte Herr X. gelesen, legen sich zunehmend öfter Kunstnägel zu, die wie natürliche aussehen, um vorzeigbare Hände zu haben. Da wäre es doch für Merkel an der Zeit gewesen, sich auch mal einer Nageldesignerin anzuvertrauen, deren Branche unter den Ladenschließungen genauso zu leiden hatte wie die der Friseure.

Der Kanzlerin hingegen kam das Virus wie gerufen. Eben noch abgestunken und kaum mehr der Erwähnung wert vor lauter vorlauter Kandidaten, scharten sich wie immer in Not- und Krisenzeiten alle Kleingeister und Großbürger um ihre(n) Führer/in, suchten die UNTERTANEN ihr Gegenstück, den TITANEN (und fanden sich damit ab, dass es dieses Mal eine Titanide war).

Herr X. hielt es deshalb für denkbar, dass Merkel sich angesichts ihrer explodierenden Zustimmungswerte doch zu einer weiteren Amtszeit überreden lassen würde. Dann bliebe ihm nur noch die Hoffnung, dass, um den Unfug zu unterbinden, erneut der Russe käme. Letzteres schien auch NNGRT KRMP-KRRNBR zu befürchten und will, um es zu verhindern, u.a. 48 F18-Kampfjets kaufen, wohl auch, um die Wirtschaft der USA (hier speziell Boeing) zu stützen und Trump im Amt zu halten. Denn neben ihm gehen selbst sie und Armin Laschet als Linksintellektuelle durch und Gauland als Weiser (natürlich NICHT von Zion). Außerdem schämte sich die Verteidigungsministerin ihrer Tornados, seit zuletzt auch Swasiland seine Exemplare verschrottet hatte, die so alt, fett und langsam geworden waren, dass sie nur noch mit äußerster Mühe in die Luft kamen und dann schon mit einer Zwille Sportschleuder (ab 3,99 Euro) und 10 mm Stahlkugeln wieder heruntergeholt werden konnten.

KRMP-KRRNBR hielt den Zeitpunkt ihres Vorstoßes für günstig, nachdem ihr aus Kreisen der Bundeswehr zugetragen worden war, dass in Deutschland, der Krise geschuldet, die Kauflust einen Tiefststand erreicht hatte und also viel Geld zur Verfügung stehen müsse. Die Beschaffung der F18 sei deshalb unumgänglich, weil nur sie eine deutsche Teilhabe an der Bombe (gemeint ist natürlich die vom

Typ A) möglich mache und Putin sich durch nichts anderes abschrecken lasse.

Wenn die Russen kommen, ist schwer was los, meldete sich der Elch zu Wort. Um nach einer augenzwinkernden Kunstpause fortzufahren: *Wenn jedoch die Russinnen kommen, hältst du dir besser die Ohren zu!* Das wollte sich Herr X. für den Fall der Fälle merken.

Zu den Krisengewinnlern werden, wie die Lockerung der Ausgangssperre in Wuhan zeigt, auch die Scheidungsanwälte gehören. Sie dürfen mit Wartezimmern rechnen, in denen es nur so wimmelt von Frauen mit dicken Bäuchen und blauen Augen. Apropos, das Rechnen hatte Herr X. schon immer als eine hintertückische Angelegenheit empfunden. Da verzieht sich einer in ein Hinterzimmer, rechnet still, heimlich und leise vor sich hin, um dann triumphierend herauszukommen und allen anderen ein Ergebnis unter die Nase zu reiben, von dem er behauptet, es sei nicht anzuzweifeln, weil wissenschaftlich.

So einfach wollte er es sich auch mal machen. Er schnappte sich also Papier, Bleistift und einen Taschenrechner, griff die aktuellen Infiziertenzahlen auf, setzte sie in einen zeitlichen Bezug zu den bisherigen Maßnahmen, stellte ihr die prognostizierte Herdenimmunität gegenüber und fing an zu rechnen in der Gewissheit: *Der Dreisatz ist eines der wichtigsten Lösungsverfahren in der Mathematik.* Da kein Hinterzimmer zur Verfügung stand, musste die vorgehaltene Hand genügen. Der Taschenrechner, nach langer Zeit wieder einmal aktiviert, zickte zunächst, kam aber dann, angesichts der vielstelligen Eingaben doch in die Gänge. Je mehr Herr X. sich in seine Aufgabe vertiefte, spürte er, wie sich seine Umgebung verwandelte. Der heilige Ernst der Wissenschaft senkte sich über sein Wohnzimmer, füllte es mit einer erwartungsvoll prickelnden Stille und verwandelte es in eine Gelehrtenstube, in eine Heimstatt des Geistes, der sowohl dem leisen Kratzgeräusch, das die 0.5er HB-Mine auf dem Papier machte, wie den Zahlen, die sie dort hinterließ, eine tiefe, wenn nicht schicksalhafte Bedeutung verlieh. Und er fühlte, dass sich in und vor ihm etwas Großes vollzog, das ihn mitriss, ihn mit Endorphinen überschwemmte (oder waren es Serotonine?), ihn jedenfalls in einen Rausch versetzte wie er ihn, ohne dass Drogen im Spiel gewesen wären, noch nie erlebt hatte. Da begann er zu ahnen, wie sich Wissenschaftler fühlen und warum sie tun, was sie tun, anstatt angesehenen Tätigkeiten nachzugehen wie Menschen vor Gericht herauszuhauen, Autos zu verkaufen oder mit Immobilien zu spekulieren. Durchdrungen von der Schönheit der Mathematik, beflügelt von ihrer Wahrhaftigkeit, raste er einem Ergebnis entgegen, das nichts weniger versprach als einen unwiderlegbaren Erkenntnisgewinn. Und plötzlich, wenn auch erwartet, stand es vor ihm:

$$3,6$$

Er schoss hoch, einer Fontäne gleich, vollgepumpt vom Gefühl reinen Glücks, und bekam erst mit, dass dabei sein Sitzhocker umgefallen war, als er sich wieder setzen wollte und einen Sturz aufs Steißbein gerade noch verhindern konnte. Er erkannte: So beseeligend die Wissenschaft sein konnte, sie blieb gefährlich. Dennoch fühlte er sich befreiter als nach einem lang hinausgezögerten Orgasmus, und vor allem hellwach und bereit zu weiteren Großtaten. 3,6. Wer hätte das gedacht? Wenn jetzt die Aasgeier von der Presse in der Nähe lauerten, könnte er ihnen die Zahl souverän vor die Füße werfen und auf ihre Frage, wofür sie stünde, antworten: *Jahre, ihr Dummköpfe, was sonst?*

Und zwar die, die es unter Beibehaltung der derzeitigen Maßnahmen (Maske/1,5m Distanz/Versammlungsverbot) dauern wird, bis die deutsche Bevölkerung so durchseucht ist, dass ihr Corona egal sein kann wie derzeit Influenza. Denn auch bei Viren gilt: es kann nur einen geben.

Dann würden sie sich wieder trollen, in ihre Redaktionsnester eilen und von dort aus seine Zahl in die Welt hinauskrähen, als wäre sie auf ihrem Mist gewachsen. Herr X. verstand jetzt, was die Wissenschaftler antrieb, woher sie ihr Selbstbewusstsein nahmen, das verblüffenderweise auch dann unerschütterlich blieb, wenn Kollegen zu abweichenden Ergebnissen kamen. Denn das konnte nur eines bedeuten: In der Wissenschaft gibt es – nicht wie im Leben und vor Gericht – diverse Wahrheiten. Die einen rechnen eben so, die anderen anders. Er bedauerte es, nun, nach diesem viel zu spät gekommenen Schlüssel oder Beinahe-Turmerlebnis (er war über 70 und wohnte leider nur im 1. Stock) niemals an eine naturwissenschaftliche Laufbahn gedacht zu haben. Sicher hätte er auch da seine Tiefs erlebt, aber die Hochs wären umwerfender ausgefallen (wie der Fall seines Sitzhockers bewies). Andere hatten da mehr Glück, manche einen XXXL-Dusel oder sie erhielten gar Anschubhilfe von GANZ OBEN, wie er sich erinnern konnte. Herr X. las selten Bücher, die das Prädikat AKTUELL trugen. *Bücher sind wie Wein, sie müssen ruhen und reifen.* Er wusste nicht mehr, wer das von sich gegeben hatte, hielt es jedoch für Quatsch. Er weigerte sich einfach, reflexhaft (wie der Pawlow'sche Hund) auf jedes Marketinggeklingel und Kritikerbohei zu reagieren. Eine mit den Jahren stetig zurückgegangene, weil zu oft enttäuschte Neugier ließ ihn abwarten, bis es Taschenbuchausgaben gab oder er sie sich ausleihen konnte. Viele must-read books hatten die Verfallszeit von Frischobst und erübrigten sich.

Vor etwa fünf Jahren sah er im Haus eines guten Freundes *„Ich ist nicht Gehirn"* von Markus Gabriel herumliegen, noch eingeschweißt. Beschafft worden war es für einen der Söhne, der damals Philosophie studierte, es jedoch unangetastet ließ, mit der Begründung, er habe *„Warum es die Welt nicht gibt"* vom selben Autor seicht gefunden und Wichtigeres zu lesen. Eine lobende SZ-Kritik in Erinnerung, bat Herr X. sich das Buch aus. Auf Seite 17 – noch in der Einleitung – las er: *„....dass Religion ebensowenig identisch mit Aberglauben ist wie Wissenschaft mit Aufklärung."* Im folgenden Passus will Gabriel dann einen *„angeblichen"* von einem *„wirklichen religiösen Aberglauben"* unterschieden wissen und beendet den Gedankenflug mit dem Satz: *„Wahrheit ist nicht auf Naturwissenschaft beschränkt, man* findet *sie auch... ... in Kunst, Religion und... ..., wenn man etwa heraus*findet, *dass im ICE im Sommer viel zu häufig die Klimaanlage ausfällt."*

Und dachte sich: AchGottchennocheins. Und ahnte: wer MARKUS u n d GABRIEL heißt, meint mit der Religion, die kein Aberglaube ist, sicher nicht den Islam. Herr X. googelte diesen WAHRHEITSSUCHER und -FINDER und erfuhr zunächst, wie er zur PHILOSOPHIE kam (www.aw-wiki.de/index.php/Markus_Gabriel):

„Ich bin früher viel Skateboard gefahren. Dann habe ich mir mit 15 Jahren auf der Kölner Domplatte (!) den Knöchel gebrochen. So war ich gezwungen, die Sommerferien zu Hause zu verbringen. Ein guter Freund hat mir die Bibel und philosophische (?) Begleitlektüre vorbeigebracht. Aus diesen Texten hat mich etwas angeweht, dass ich mir sagte: Ich will das jetzt wirklich verstehen. So bin ich

in die Tiefe gegangen und habe nicht mehr damit aufge-
hört.[1]"

Armseliger kann ein Damaskuserlebnis nicht sein. Es
hätte Herrn X. zu Tränen gerührt, wäre es nicht der Start-
schuss in eine glänzende katholische Karriere gewesen:
Von Null auf Paulus mit Fünfzehn. Ohne den Umweg über
einen Saulus. Und praktischerweise in Köln. So schafft
man es zum JÜNGSTEN Philosophieprofessor (Uni Bonn).
Nur wäre, wer die Wahrheit in all ihrer Tiefe in einer de-
fekten ICE-Klimaanlage finden kann, in der Sanitär-, Hei-
zungs- und Klima-Branche besser aufgehoben.

Könnte es nicht WENIGSTENS SO GEWESEN sein, dass
der „gute Freund" statt mit der Bibel mit einem Schlepp-
top vorbeikam und man sich aus Jux oder Langeweile irgendwann Pornos reinzog? Und dass dann, während man
gemeinsam am Wixen war, der PC mit einem Knall und
unter Rauchentwicklung seinen Geist aufgab und für ein
paar Augenblicke die Inschrift

JESUS sieht dich!

über den dunklen Bildschirm waberte? Das hätte diesem
Domplattenerlebnis EIN STÜCK WEIT Mystik verliehen
und Verständnis für Gabriels Irrglauben ausgelöst, Glaube und Aberglaube seien zwei Paar Stiefel.

Herr X. als Freigeist wusste:

> Wer glaubt, denkt nach Vorschrift.
> Und das nennt man gehorchen.
> Wer gehorcht, glaubt,
> es sei schon genug gedacht worden.

Ein kapitaler Denkfehler.

Das hatte er sich fein ausgedacht, hielt sich jedoch, bescheiden wie er war, nur für einen Teilzeitdenker, gewiss nicht für einen Philosophen.

Natürlich musste sich auch Herr X. zuweilen mit der dicken Schwarte beschäftigen. Zum Beispiel im Konfirmandenunterricht. Damals nutzte er die Gelegenheit, sie nach einschlägigen Stellen zu durchsuchen (Pornos waren ihm unzugänglich und von einem Internet ahnte damals noch keiner was). Unvergessen der Fundort Hesekiel 23, allwo geschrieben steht:

„Da nun ihre Unzucht offenkundig geworden war [und sie ihre Blöße aufdeckte], da wurde ich ihrer überdrüssig, wie ich ihrer Schwester überdrüssig geworden war. Sie aber trieb es mit ihrer Buhlerei immer noch schlimmer, indem sie der Tage ihrer Jugendzeit gedachte, als sie in Ägypten gebuhlt hatte; und sie entbrannte in Liebe zu den dortigen Wollüstlingen, die Glieder hatten wie die Esel und Samenerguß wie die Hengste."

Der junge X. fühlte sich aus diesem Text ebenfalls *etwas angeweht*, glaubte allerdings, ihn verstanden zu haben und nicht mehr in die Tiefe gehen zu müssen. Und siehe da: zum Wixen reichte es. Ohne *„philosophische Begleitlektüre"* wie sie dem Jüngling Gabriel zuteil wurde, hatte er das natürlich missverstanden. Denn das Wort des Herrn ist wahrhaftig, aber man darf es keinesfalls wörtlich nehmen. Auch nicht, wenn von Barmherzigkeit und Vergebung dauergefaselt wird, denn bei Hesekiel geht es wie folgt weiter:

„...Dann will ich dich meine Eifersucht fühlen lassen, damit sie voll Ingrimms mit dir verfahren: Nase und Ohren werden sie dir abschneiden, und was von dir noch übriggeblieben ist, wird durch das Schwert fallen; deine Söhne

und Töchter werden sie wegführen, und was von dir noch übrigbleibt, wird vom Feuer verzehrt werden. "

Gegen soviel Barmherzigkeit, fand Herr X., kamen ihm die Enthauptungen des IS und der Saudis beinahe HUMAN vor.

Es gibt keinen Gott..., behauptete der Elch, *...ohne Hörner.* Eine interessante These, fand sein Herrchen, wenngleich es sich fragte, ob das wörtlich oder im übertragenen Sinn gemeint war? Oder ob es, als es zwei Jahre nach seiner Konfirmation, die mit dem Erhalt eines innig ersehnten Rennrads verknüpft war, aus der Kirche austrat, sie seinem Schöpfer erst aufgesetzt hatte, die Hörner? Jedenfalls konnte es (immer noch das Herrchen) sich anhand von Hesekiel ausmalen, was mit ihm in alttestamentarischer Zeit geschehen wäre.

Ja, wir Elche haben manchmal krause Gedanken, gestand der Elch, *aber lieber krause, als gar keine.*

Prompt fiel Herrn X. ein, was er bei Dick gelesen hatte (nicht dem vom Doof, sondern bei *ihm Uwe!,* Bayerns sprachgewaltigstem Autor): *Wer nicht auf seine Art denkt, denkt überhaupt nicht.*

Demnach musste sich der Elch nicht entschuldigen.

Währenddessen wütete Covid-19 weiter, also weniger das Virus als die Wichtigtuer und Wortführer, die sich verantwortlich fühlten, entweder für die Wirtschaft oder für das Wohlergehen der Bevölkerung. *„Es geht um Leben und Tod",* verkündete in NRW Ministerpräsident Laschet und präsentierte einen Bußgeldkatalog, von dem allerdings die Profifußballer wg. Systemrelevanz ausgenommen waren. Herr X. sah in einem TV-Beitrag, wie zwei Ordnungskräfte auf eine Mutter zusteuerten, die sich mit zwei Kleinkindern auf einer Wiese niedergelassen hatte und ihnen etwas zu essen geben wollte. Die Häppchen kosteten sie 250 Euro. Happig, aber besser als tot. Zur gleichen Zeit klatschte laut SZ in der Berliner St. Afra Kirche Probst Gerald Goesche einem Dutzend seiner Schafe Oblaten auf die Zunge, zahlte natürlich nichts, sondern drohte vielmehr:

> he – besonders vor Ostern. Die „totale Unterdrückung" von Gottesdiensten könne „irgendwann gefährlich werden", sagte Goesche, wenn „Gläubige sich dann unkontrolliert treffen und was machen". Er wün-

Ja, dachte sich Herr X., so isser, der Fundamentalkathole, fürchtet weder Tod noch Teufel und schon gar keine weltliche Macht, sondern pocht auf seine Narrenfreiheit. Und man gewährt sie ihm, diesem REICHGotteSBÜRGER. Weil er sonst *gefährlich werden* und *was machen* könnte? Den Zorn des HERRN herbeibeten? Die Seuche außer Kontrolle geraten lassen? Die Kinder der Ungläubigen missbrauchen? Für Probst (fast Papst) Goesche zählt nur Kanonisches Recht und er weiß sich (fast) sicher:

> lungen bekämen wie Supermärkte. „Für uns ist Jesus das Medikament des Heils und der Arzt unserer Seelen."

Doch zuletzt gibt er zu:

> der Priester. Natürlich bleibe da ein „Restrisiko", sagte Propst Goesche. „Aber nie-

Wie bei jedem Glauben. Dann tut es auch ein Impfschutz, wenn es ihn denn endlich gibt.

Ich habe mit Zwei mein erstes Geweih bekommen, sagte der Elch, *Wann ist es bei dir so weit?* Gott bewahre, dachte sich Herr X. und nahm beiläufig einmal mehr wahr, dass seine Muttersprache von dieser Religion genauso durchseucht war wie die Universitäten. Bei der aktuellen Pandemie wäre so ein Gestänge auf dem Kopf zwar hilfreich beim Abstandhalten, würde in öffentlichen Verkehrsmitteln mit Sicherheit zu fürchterlichen Verhedderungen und unerwünschten Aufgabelungen führen und die MeToo-Debatte weiter füttern. In diesem Zusammenhang hatte Herr X. wieder ein neues Wort gelernt: *Stealthing*. Laut Gunda Windmüller, einer Journalistin, derzeit „Trend", laut Joachim Renzikowski, seines Zeichens Sexualstrafrechtler (was es nicht alles gibt?), eine Straftat. Beides, Trend wie Straftat, hatte Herr X. natürlich voll verpasst, kein Wunder bei einem, der lieber mit einem virtuellen Elch plaudert, statt sich in einschlägigen Kreisen herumzutreiben. Stealthing, so fand er, grenzt ein bisschen an Zauberei, denn man muss beim Sex das Kondom verschwinden lassen ohne dass der Partner es merkt (und da darf aber auch dann kein Kaninchen übers Bett hoppeln). 2017 wurde aufgrund dieses Tatbestands ein Mann in der Schweiz wegen *Schändung* verurteilt und bekam ein Jahr auf Bewährung. Wie ihm die Frau auf die Schliche gekommen war, erfuhr Herr X. nicht, fand jedoch interessant, was so alles geschändet wird: Kirchen und Kinder, Gräber und Leichen, Bilder, Denkmäler und – voll im Trend – jetzt auch Frauen. In Deutschland wird Stealthing noch als versuchte Körperverletzung bzw. Beleidigung geahndet. Um hierzulande eine Frau zu schänden, muss man sie vermutlich mit Hassparolen besprühen, mutmaßte Herr X., dessen Aufmerksamkeit kurz darauf von einer weiteren gerichtlichen Auseinandersetzung gefesselt wurde. Ausgangspunkt war ein einvernehmlicher, heterosexueller Geschlechtsverkehr, wobei es sich die Frau vorher verbeten hatte, geküsst zu werden, es aber dennoch wurde. Der Mann versuchte, sich damit herauszureden, das sei reflexhaft geschehen, nur zweimal, auch nur andeutungsweise und er hätte sofort wieder damit aufgehört. Er sei unerfahren gewesen, sein zweiter Beischlaf überhaupt und er hätte es so schön gefunden. Damit wird er natürlich nicht durchkommen. Übergriffig bleibt übergriffig. Die Richter, durch MeToo verunsichert, kennen kein Pardon, wenn das Tier im Manne durchbricht. Herr X. fragte sich dennoch, warum die Dame nicht geküsst werden wollte. War der Mann ein Sabberer? Ein Bartträger? Hatte er Mundgeruch und sie Hemmungen, es ihm zu sagen? Lag es an Corona? Hasste sie plumpe Vertraulichkeiten? Ging sie auf den Strich und tat es nur, um in Übung zu beleiben? Hatte sie Angst vor allzu großer Nähe? War sie exzentrisch? Pervers? Oder einfach nur gaga? Neugierig wie Kolle, hätte er es gern gewusst. Das war ein Mann, dieser Oswalt! Hat Deutschland praktisch im Alleingang aufgeklärt, mit Serien in Zeitschriften, Büchern und Filmen und dabei Monate im Clinch mit der Freiwilligen Selbstkontrolle gelegen. Legendär, wie er dabei einen der Zensoren zu dem Schmerzensruf hinriss: *„Herr Kolle, Sie wollen wohl die ganze Welt auf den Kopf stellen, jetzt soll sogar die Frau oben liegen!"*

Das war Ende der 6oer Jahre, erinnerte sich Herr X. und konnte sich in den Lamentierer einfühlen: Eben noch den Russen im Land und jetzt das! Kolle, ein Treibauf, wie man in Bayern sagt, führte eine offene Ehe und trieb es

mit jedem, u.a. mit Romy Schneider. Er hätte es auch mit Angela Merkel getan, wenn er an sie rangekommen wäre, bloss um ihr Gesicht zu sehen, wenn sie gekommen wäre (so mancher Psychiater hält ihre Raute für eine unbewusste Bitte um Penetration). Einer von Kolles Filmen hieß *Deine Frau, das unbekann-*

te Wesen. Heute, so fand Herr X., ist die Frau ein offenes Buch, nein, eine offene Bibliothek – voller Rätsel. Deshalb muss es jetzt vor jedem Sex klare Absprachen geben, sicherheitshalber schriftlich festgehalten. Dieser sollte am besten gefilmt werden, für den Fall, dass später Aussage gegen Aussage steht.

Geschlechtsverkehr im AKW? Danke, nee!, sprach der Elch. Und nee heißt NEIN, fügte Herr X. gedanklich hinzu, daran gibt es nichts zu deuteln. Das wiederum brachte ihn zu der Frage, ob *deuteln,* das er schon ewig nicht mehr gehört hatte, noch zum gebräuchlichen Teil des deutschen Wortschatzes gehört. Der schwankt, wie er in Wikipedia las, gewaltig. Bei einem erwachsenen Muttersprachler zwischen 3.000 und 216.000 Wörtern, also ähnlich wie bei den Einkommen. Wobei er glaubte, hierbei häufig eine umgekehrt proportionale Beziehung beobachtet zu haben. Spitzenverdiener aus Wirtschaft und Politik verblüfften ihn immer wieder mit einer sprachlichen Armut, die an Behinderung grenzte. Deutelsfrei.

Und deutellos musste die Heimatstadt von Herrn X. eben den härtesten Schlag seit ihrer Bombardierung hinnehmen. Die Absage des Oktoberfests war noch nicht verklungen, die Konsequenzen (die da hießen: Heuer keine Wiesn!) von den Münchnern noch nicht geschnallt worden, da stand der wirtschaftliche Schaden bereits fest. Klar, dass er in die Milliarden gehen würde (von Mios ist seit dem Abgang der D-Mark keine Rede mehr): zwischen 1,2 und 1,5 (die Differenz hängt von der Zählweise ab: mit oder ohne Porto- bw. schwarzen Kassen). Man habe zunächst noch mit einer abgespeckten Version geliebäugelt – 50 Personen pro Bierzelt (wie in den Kirchen), dann aber festgestellt, dass bei Einhaltung der Abstandsregel kein Schunkeln und Anstoßen mehr möglich sei. Da zeigte Söder Stärke: *„Die Wiesn gibt es g'scheit oder gar nicht",* hatte aber noch kein Konzept, und schon gar kein *g'scheites*, wie's mit der bayerischen Bierkultur weitergehen sollte. Wie kann ein Massensterben der Bierbarone verhindert werden? Wird München die Welthauptstadt der Räusche bleiben? Geht das im Homeoffice? Bekommen die Lederhosennäherinnen, die zwischen 90 und 150 Euro im Monat verdienen, Kurzarbeitergeld? Und vor allem wie? Denn FAST JEDE original bayerische Lederne kommt aus Sri Lanka, z.B. aus Katunayake, wo es mittlerweile mehr Menschen gibt, die bayrisch sprechen können als an der Isar. Dem Landesvater als gebürtigem Nürnberger schien das wurscht zu sein, was Herrn X. aber nicht wunderte, wusste er doch, dass die Franken die Bayern und insbesondere die Münchner noch nie leiden konnten.

Doch es gab für ihn auch Grund zur Freude, als er lesen konnte, dass dann doch mal einer aufbegehrte gegen Mutti: Frank Castorf, der alte Theaterhaudegen, wollte sich von ihr nicht sagen lassen, dass er sich die Hände waschen muss. Er, der sein Handwerk und was von Auftritten versteht. Der angewidert mitansehen muss, wie linkisch sich diese Kanzlerin auf den Politbühnen der Welt bewegt, trotz jahrzehntelanger Übung, und nicht weiß, wohin mit den Händen. Während er sehr geschickt ist mit den seinen, sich nie scheut, sie anzulegen oder schmutzig zu machen. Seine Beweise: 7 Kinder von 5 Frauen. Natürlich stellten sich Herrn X. unver- und diesbezüglich Fragen: War der Kindersegen eine Nebenwirkung intensiver Probenarbeit? Entstand er gar beim Casting? Ließ Castorf dabei die Damen die Marquise von O…. spielen? In einer von ihm selbst für die Bühne adaptierten Fassung der

Kleistschen Novelle? In der Szene, in der sie erst in die Hände der russischen Soldaten und danach in Ohnmacht fällt? Wobei Castorf höchstpersönlich den Part des Grafen F... übernahm? Hatte das O im Titel seiner Überarbeitung folgerichtig sieben Auslassungspunkte? Spricht man in Theaterkreisen deshalb scherzhaft von CastORFing? Überbevölkerung und Verhütung scheinen jedenfalls keine bühnentauglichen Themen zu sein, dachte sich Herr X. zunächst, 5 Kinder von 7 Frauen hätten es auch getan, und dann bestürzt an Weihnachten: Wie läuft es da bei Castorfs? Wie kann sich der Mann all die Namen merken? Die Adressen? Und wer welches Geschenk bekommt? Woher nimmt er die Zeit, sie zu besorgen? Machen das seine Assistenten? Oder sind es gar Assistentinnen? Werden sie es auch über einen Abstecher auf seine Besetzungscouch? Wieviele Gänse bekommt er beim Fest vorgesetzt? Hat er wenigstens ein E-Bike?

Aber wer weiß, vielleicht sagt Merkel Weihnachten ebenfalls ab, das würde, wenn er es sich denn gefallen ließe, den wackeren Frank (kein Franke!) entlasten.

Hihi, hoho, haha, der Nikolaus ist da, verkündete der Elch und fuhr fort: *Aber ab heute zieht er den Schlitten und ich gebe ihm die Peitsche.* Allerdings zur Unzeit, dachte sich Herr X., wie alle Aufstände und Umstürze.

Den falschen Zeitpunkt hatte auch Manuel Neuer mit seinen neuen Lohnforderungen erwischt. Um weiterhin das Tor für den FCBayern sauber zu halten, bräuchte er künftig 20 Mio. im Jahr, sozusagen als Grundsicherung, weil ihm keiner zusichern könne, dass das mit den Werbeeinnahmen so weitergehe. Adidas könne die Miete nicht mehr bezahlen, Coca Cola schließe wg. Corona eine Fabrik nach der anderen und müsse vielleicht seinen Markennamen ändern, die Commerzbank stehe kurz vor der nächsten Bankenkrise, Daimler bekomme einfach kein Elektroauto gebacken, Procter & Gamble (Head & Shoulders) habe schon über seine Geheimratsecken gemeckert, bei Tipico hätte schon lange keiner mehr Wetten abgeschlossen (Worauf auch?) und die Deutsche Telekom dümpele vor sich hin und baue Personal ab. Außerdem habe er eine Scheidung am Laufen.

Dicker, dachte sich Herr X., kann es für einen Kicker kaum kommen, noch dazu für einen so erfolgsverwöhnten. Ein Alptraum. Hoffentlich geben sie ihm das Geld. Er hingegen hatte letzte Nacht ein Gedicht geträumt und konnte sich, wenn auch diffus, noch dran erinnern.

Und das ging so:

Gestern Nacht,

ihr glaubt es nicht,
fiel mir ein Knödel ins Gesicht:

WUMM!
(Soo ein Trumm)

Ich mach' Licht,
seh', es ist kein Knödel nicht,
sondern, zwick mich!, eine Brust.
Ich esse sie und das mit Lust.

Bin dann um acht
aufgewacht
(und war mir keiner Schuld bewusst).

Am Morgen nach dem üppigen Nachtmahl brachte ein SZ-Interview mit einem der Lehrstuhlinhaber für Soziologie an der LMU Herrn X. auf die Idee, wie er seinen Dank abstatten könnte. Nicht den üblichen Held*innen, die das Leben am Laufen hielten, denn denen wurden praktisch rund um die Uhr Loblieder gesungen und laufende Ovationen zuteil. Sondern auch den Wissenschaftlern, die den Kurs durch die Krise vorgaben. Also würde er sich in der Zeit vom 19. September bis 4. Oktober, so oft ihm das terminlich und gesundheitlich möglich wäre, in die U3 setzen und versuchen, beim Halt am Goetheplatz zu kotzen, um so wenigstens einem unserer Kopfarbeiter eine Freude zu machen:

> **SZ: Herr Lessenich, wie sehr haben Sie sich heuer schon auf die Wiesn gefreut?**
> Stephan Lessenich: Soziologisch finde ich das Oktoberfest faszinierend, privat weniger. Weil ich in der Nähe der Theresienwiese wohne, bekomme ich viel von den Begleiterscheinungen mit. Mir persönlich werden die kotzenden Leute in der U3 am Goetheplatz fehlen. Social Distancing gab es ja schon früher: Man hat darauf geachtet, genug Abstand zu Leuten zu halten, die sich jeden Augenblick übergeben könnten.

Obwohl hier evtl. Ironie mit im Spiel resp. Interview war, ließ Herr Lessenich bei seiner Ausführung eine Randgruppe außer Acht, die im Gegensatz zu anderen sich mit ihrer sexuellen Neigung bzw. Orientierung bisher noch nicht aus dem Fenster gelehnt hatte: die Emetophilen. Ihnen werden die *kotzenden Leute* sehr wohl *fehlen, persönlich*, und u.U. sogar unpersönlich. Neu war Herrn X., dass der Begriff Social Distancing derart weit zu fassen sei. Womöglich fielen auch seine kindlichen Bestrebungen darunter, Züchtigungen auszuweichen. Und die Bogen, die er um Hundeausführer machte, zählten die auch dazu? Und wenn sich Personen einem polizeilichen Zugriff entzogen? Oder galt das nur für Kotze? Und wie verhielt es sich mit der U6, die seine Linie war und auch den Goetheplatz anfuhr? Übergibt man sich dort weniger oder gar nicht? Gab es Untersuchungen dazu? All das, was Herrn X. interessiert hätte, stand natürlich wieder nicht in dem Interview. Das war der Grund, warum er diese Zeitung nur gebraucht und gratis bezog, als sogenannter Drittleser, nachdem ein befreundetes Ehepaar sie ausgelesen hatte (aber liebenswürdigerweise alles drin ließ). Gerechtigkeitshalber muss erwähnt werden, dass er die anderen Münchner Tageszeitungen nur gegen Honorar überflogen hätte.

Für kommende Woche war die Wiedereröffnung der Friseurläden angekündigt, um der völligen Verwahrlosung der Bevölkerung entgegenzutreten. Stellvertretend für diese unerqickliche Begleiterscheinung des Shutdowns stand ein Mann, den das Virus aus den Niederungen eines Forschungslabors ans Licht der Öffentlichkeit gespült hatte. Und genau dort – vor aller Augen – sollte ihm, so fand Herr X., sozusagen beispielgebend als erstem der Kopf gründlich gewaschen und dann die Haare schön gemacht werden. Um ihm anschließend die Möglichkeit zu geben,

 mit der ihm eigenen burschikosen Stringenz auf die Menschen im Lande einzuwirken, um das Chaos und die befürchteten Tumulte vor und in den Coiffeurstudios, die auf Monate hin ausgebucht waren, zu minimieren. Herr X. malte sich aus, wie der Christian (die Namensähnlichkeit zu einem anderen Heilsbringer konnte kein Zufall sein) nach seiner Ansprache auf die im verordneten Si-

cherheitsabstand wartende Kanzlerin zugehen, sie als Andeutung für die vorsichtige Normalisierung galant bei der Hand nehmen und zu einem freien Stuhl geleiten würde. Woraufhin sich das massenhaft zusammengetrommelte Publikum, dem nicht entgangen war, dass Frau Merkel gar keinen Haarschnitt nötig hatte, in einen tobenden Pöbel verwandelte, den Laden stürmte, die Kanzlerin und ihren Galan ins Freie zerrte, um sie dort beide kahl zu scheren. Herr X. räusperte sich überlaut, um seine Phantasie zur Räson zu rufen, die wieder einmal mit ihm durchgegangen und augenscheinlich in der französischen Revolution gelandet war. Nicht dass er sie sich herbeigewünscht hätte! Sie konnte, wie er wusste, schließlich jedermann gefährlich werden. Aber er fand, dass die gekrönten und anderweitig herausgehobenen Großkopferten ihre Privilegien etwas zu dreist und unbehelligt ausleben durften: Der Beruf des Attentäters ausgestorben, die Anarchisten zu Couchpotatoes mutiert und selbst am 1. Mai kaum noch auf der Straße, die RAF Geschichte. Und wenn's mal zu einem Amoklauf kam, erwischte es immer Nichtprivilegierte, Ausländer, Flüchtlinge oder Juden, also die, die schon genug abbekommen hatten und es am wenigsten verdienten.

Apropos wenig verdienen: Pünktlich zum 1. Mai titelte die SZ:

Großer Applaus, kleiner Lohn

Pflegekräfte und Verkäufer sind kaum in Gewerkschaften organisiert. Das macht es schwierig, höhere Einkommen für sie durchzusetzen

Wie ungeschickt, nie was organisiert zu haben. Haben wohl erwartet, dass sich andere um sie kümmern? Und nicht mitbekommen, dass sie in einem von Lobbyisten dominierten Gesellschaftssystem leben und arbeiten? Das kommt davon, wenn man sich nur mit sich selbst beschäftigt. Jetzt haben sogar die Bestensverdienenden und -vertretenen Mühe, ihre Boni und Spitzensaläre zu behalten. Der Staat verfügt schließlich auch nur über begrenzte Mittel. Doch zum Glück ist Geld nicht alles! Dafür gibt es Applaus en masse und gebührt allein ihnen, unseren Pflegekräften und Verkäufern.

War nun die Faktenlage zynisch oder Herr X., der sie so beschrieb und sich von Freunden seines Sarkasmus wegen immer wieder als Zyniker beschimpfen lassen musste? Für ihn klang der Unterton in der SZ-Subline nach SELBER SCHULD und nicht nach einer Fehlentwicklung des Systems. Und war dieser Vorwurf angesichts der Um- und Zustände und des Zeitpunkts nicht zynisch? Sarkastisch jedenfalls nicht. Die Welt hatte allerdings wichtigerem nachzugehen als solch nebensächlichen Unterschieden.

Zum Beispiel einem 75jährigen Jubiläum, das von einschlägigen öffentlich-rechtlichen Kanälen pflichtschuldig am Rande abgefeiert wurde: das Kriegsende. Tatsächlich hielt sich das Interesse in Grenzen, wie Herr X. festzustellen glaubte. Die endlosen Trümmer- und Leichenberge langweilten allmählich und die ganze Ära war schließlich und gründlich von einem Mitglied des Bundestages relativiert worden – als Vogelschiss. Hätte auch nur einer der anderen in diesem Hohen Hause einen Funken Anstand oder Achtung vor den Opfern im Leibe, er würde, wann immer Herr Gauland das Wort ergreift, aufstehen und den Saal verlassen. Indem er sitzen bleibt, segnet er diese Vergangenheitsverniedlichung ab, verharmlost damit eine der größten aller Ungeheuerlichkeiten der Menschheitsgeschichte und läßt künftige Gedenktage albern erscheinen. Aber das merkt so ein vollbeschäftigter, -verrohter und -verkommener Volksvertreter natürlich nicht. Das fiel wieder einmal nur Herrn X. auf. Seiner Meinung(sfreiheit) nach verdiente JEDER eine jener wunderbaren Watschn (die angeblich noch niemandem geschadet haben), der diesen SuperGau von einem Alternativpolitiker an ein Mikro läßt oder ihm zuhört. Und müsste anschließend, um nicht derart glimpflich davonzukommen, noch ein Teelöffelchen Vogelscheiße schlucken. Diese Sitzenbleiber, denen es jetzt nur noch darum ging, zur NORMALITÄT zurückzukehren, die ihnen ein Virus und dessen Für- bzw. Lautsprecher gestohlen hatten: Vom Autobahnstau über den Biergarten, die Bundesliga bis zu ihren Zwangskäufen.

Ganz schön scharf, die Frauen in der AfD, sagte der Elch etwas verspätet, *Zähne auf den Haaren, Pfeffer im Enddarm und Feuer im Geburtskanal.* Er spielte damit auf das Gerücht an, ein geheimgehaltener Zusatz zum Programm dieser Partei enthalte Übernahmen aus den Satzungen des Lebensborn e.V. Mit dem unzweideutigen Ziel, die deutsche Bevölkerung anzuhalten, ihrer „völkischen Verpflichtung" nachzukommen und deutlich mehr „erbgesunde" Kinder zu zeugen. Und das, zur Genugtuung von Sibylle Lewitscharoff, NICHT im Labor (wo, wie jetzt ALLE wissen, das BÖSE seine Heimstatt hat).
Wenn das Ei, wie es im Titel des ganz anderen Heimatfilms von Dagmar Wagner heißt, „eine geschissene Gottesgabe" ist, was, so stellte sich Herr X. anknüpfend an vorangegangene Überlegungen die Frage, könnte dann dieses Virus sein? Ein göttlicher Griff ins Klo, auf den geschissen ist? Der sich zwar nicht wegbeten (Papst und Patriarch taten es an Ostern vergebens), aber dennoch irgendwann

wieder bereinigen läßt. Dank emsiger Laborarbeit. Ja, Deibel noch eins!, hätte Herr X. Frau Lewitscharoff gerne fragen wollen, sind wir denn nicht vollends in der Hand des in der Neuzeit weißbekittelten Antichristen? Wären nicht auch Sie schon übern Jordan gegangen ohne dessen fortschrittlichen Gegenzauber?

Immer und immer wieder hatte sich der Allmächtige ins Zeug gelegt, um voller Inbrunft (eine Form von Autoerotik) Teile, wenn nicht die gesamte Menschheit auszurotten, wie das Alte Testament stolz verkündet. Unter dem Suchwort *Pest* (Virus und Corona erbrachten nichts) fand Herr X. 50 Einträge, die sich wie die Prahlereien eines Massenmörders anhören, der weiß, dass alles verjährt ist. Z.B.:

1.Chr 21,14: Da ließ der Herr eine Pest über Israel kommen, sodass siebzigtausend Menschen aus Israel fielen.

Hes 7,15: ...wer in der Stadt ist, den werden Pest und Hunger fressen.

Hab 3,5: Pest geht vor ihm her, und Seuche folgt, wo er hintritt.

Ps 78,50: Er ließ seinem Zorn freien Lauf /und bewahrte ihre Seele nicht vor dem Tode und gab ihr Leben der Pest preis.

Jer 29,17: ...so spricht der Herr Zebaoth: Siehe, ich will Schwert, Hunger und Pest unter sie schicken und will sie machen wie die schlechten Feigen, davor einem ekelt zu essen, und gab ihr Leben der Pest preis.

Hes 28,23: Und ich will Pest und Blutvergießen in ihre Gassen schicken, und in ihr sollen Erschlagene liegen, gefallen durch das Schwert, das von allen Seiten über sie kommt; und sie sollen erfahren, dass ich der Herr bin.

Jer 29,18: ...und will hinter ihnen her sein mit Schwert,

Hunger und Pest und will sie zum Bild des Entsetzens machen...

Hes 33,27: ...und die auf freiem Felde sind, will ich den Tieren zum Fraß geben, und die in den Festungen und Höhlen sind, sollen an der Pest sterben.

Hes 12,16: Aber ich will von ihnen einige wenige übrig lassen vor dem Schwert, dem Hunger und der Pest.

Wie Herr X. als Kind lernen musste, war die Pest ja nur eine von 10 Plagen, die sich der alte Zornbinkel hatte einfallen lassen, um die Menschheit zu terrorisieren. Nur aus diesem Grund schien er Adam geschaffen zu haben. Und dann auch noch, wie geschrieben stand: *nach seinem Bilde: nach dem Bilde Gottes schuf er ihn*. Wenn dem so war, und das hatten seine Erfinder nicht bedacht, dann musste der HERR seinerseits einen Lümmel haben. Doch wozu? Ein Gott pinkelt ebensowenig wie er würfelt. Und bei der Zeugung seines Sohnes kam das Teil auch nicht zum Einsatz, da die Empfängnis bekanntlich ohne Befleckung vonstatten ging. Einem notorisch lustfeindlichen Einzelgänger bereitet dieses geschlechtsspezifische Anhängsel nur Unannehmlichkeiten. Hatte der HERR vielleicht nur deshalb einen Penis, weil er vor den Heerscharen von Gottheiten, die ihn umgaben, nicht zurückstehen wollte? Um ja nicht für impotent gehalten zu werden? Weil das in patriarchalisch orientierten Sozialstrukturen für IHN das gesellschaftliche Aus bedeutet hätte? Schließlich war die Konkurrenz überaus rührig. Man denke nur an Zeus – der wusste seinen Schniedel weiß Gott einzusetzen, so zielstrebig wie phantasievoll. Als Wolke anzutanzen oder als Schwan, darauf muss einer erst mal kommen.
Herr X. wußte aus eigener Anschauung, dass ein funktionsfähiger Penis ein dauerhaftes Problem darstellt, weil

er sich ununterbrochen in Erinnerung bringt. Frau Lewitscharoff, die nicht nur Kinder, die dank künstlicher Befruchtung auf der Welt sind, widerwärtig findet (wobei er gern gewusst hätte, woran sie ihnen das ansieht), sondern auch die Onanie, hat leicht reden. Sie bekommt keine Morgenlatte und hält sie womöglich für eine Unterart des Latte Macchiato (übersetzt: BEFLECKTE Milch). Und der Tag, der sich anschließt, ist lang. Und dann kommt auch noch die Nacht. Dieses Aufstehmännchen rund um die Uhr zu ignorieren erfordert übermenschliche Willenskräfte. Das in alle Ewigkeit zu tun, musste auch für IHN die Hölle sein. Die Evangelisten hatten in ihrer Einfalt nicht den permanenten Samenstau bedacht (möglicherweise gibt es da einen Zusammenhang mit dem Big Bang?) und noch nie was von Kavaliersschmerzen gehört (und konnten es auch nicht in WIKIPEDIA nachlesen, siehe unten).

Wie und mit wem vertrieb ER sich die Zeit VOR der Erschaffung der Welt? Engel können es nicht gewesen sein, denn die MODERNE Theologie (für Herrn X. war das wie ein Igel ohne Stacheln) behauptet: *Der Engel kommt ins Sein mit seinem Auftrag, er vergeht mit der Erfüllung seines Auftrags, denn seine Existenz ist Botschaft.* Botschaften – welch beschönigende Umschreibung SEINER Befehle und Drohungen! – gab es noch keine zu übermitteln. Also: Niemand da und dann auch noch das selbstauferlegte Onanieverbot. Bewog IHN das, die Menschen zu erschaffen? Brauchte ER – nach einer Ewigkeit angefüllt mit Nichtstun – einfach jemanden, an dem er seinen Frust auslassen, den ER herumkommandieren, unterdrü-

Kavaliersschmerzen oder *Bräutigamsschmerzen*, auch *Blaue Hoden* (englisch *blue balls*) oder im Volksmund „Hodenkrampf" genannt, reichen von unangenehmen Spannungsgefühlen bis hin zu Schmerzen im Hodenbereich, die nach sexueller Erregung ohne folgende Ejakulation auftreten

174

cken, ausbeuten und bei Ungehorsam abstrafen oder umbringen konnte, wie es dann in den 2000 Jahren des sog. Christlichen Abendlandes seine unzähligen Stellvertreter taten? Oder brauchten nicht viel, viel dringender sie IHN? Weil sie sonst für ihre HERRschaft keine Rechtfertigung gehabt hätten? Weil sie ohne IHN keine Macht über andere hätten ausüben können?

Ein Beruf, den ich sehr empfehlen kann: Samenspender, meldete sich der Elch zu Wort, schränkte jedoch ein: *Man darf nur nicht an eine Sprechstundenhilfe mit kalten Händen geraten.*

Was Elche betraf, hatte sich die empfindsame Sibylle noch nicht geäußert, aber verglichen mit der *Vorstellung, „dass ein Mann in eine Kabine geschickt werde, um unter Umständen mithilfe von Pornographie an einer Zeugung beteiligt zu werden“,* kamen ihr *„die Kopulationsheime, welche die Nationalsozialisten einst eingerichtet haben,...* ...*fast wie harmlose Übungsspiele vor“.*

Was, so frug sich Herr X. verzweifelt, konnte diese Frau dagegen haben, dass andere im stillen Kämmerlein für ein kleines, entspannendes Vergnügen Hand an sich legen? Wieso glaubte sie, das ginge sie etwas an? Hatte sie es selbst nie versucht? Und wenn doch, war sie vielleicht nicht gekommen? Oder musste sie in ihrer Zeit als Trotzkistin (bevor sie Religionsglaubenschaften studierte) miterleben, dass Genossen, anstatt sich an sie heranzumachen, lieber an sich selbst herummachten?

Hätte es nur der HERR auch getan! Und vielleicht dabei die Lust entdeckt und es auch mal mit Frauen versucht. Er wäre abgelenkt gewesen und hätte möglicherweise nicht mehr die Zeit gehabt, sich zu einem Unmenschen wie er im Buche (speziell dem der Bücher) steht zu entwickeln.

Zu diesem blindwütigen, von Eifersucht zerfressenen Macho, der rachsüchtig bis zum Exzess nicht nur ganze Völker ausrottete (Herr X. sah in ihm den Erfinder des Genozids), sondern schließlich – jeder kennt die Geschichte – die komplette Menschheit absaufen läßt, abgesehen von Noah und dessen Familie. Denn (Genesis 7, Vers 5-7):

...der HERR sah, daß die Bosheit der Menschen groß war auf der Erde und alles Sinnen und Trachten ihres Herzens immerfort nur böse war, da gereute es ihn, die Menschen auf der Erde geschaffen zu haben, und er wurde in seinem Herzen tief betrübt. Darum sagte der HERR: »Ich will die Menschen, die ich geschaffen habe, vom ganzen Erdboden weg vertilgen,...

Einschließlich aller immerfort nur bösen Säuglinge und Kinder?! Diese Frühform von Kollateralschaden bleibt in den Predigten unerwähnt, aber das irritiert keinen Gläubigen und schon gar nicht die Geistlichkeit. Vielmehr preist sie DIESEN HERRN gebetsmühlenartig als Gott der BARMHERZIGKEIT, der VERGEBUNG und NÄCHSTENLIEBE. Und als Gott, den GERECHTEN. Folgerichtig endet der Satz mit:

...vertilgen, die Menschen wie das Vieh, das Gewürm wie die Vögel des Himmels; denn ich bereue es, sie geschaffen zu haben.«

Dem Einzelhandel steht das Wasser bis zum Hals?, fragte der Elch, an dem die Coronaberichterstattung nicht spurlos vorübergegangen war und fuhr fort: *Da rate ich zu Schwimmflügeln.* Falsch, wusste es Herr X. besser: Sie werden in ihrer Sprach- und Ideenarmut wieder einen Rettungsschirm aufspannen. Um sogleich mit einer Frage zu seinem Thema zurückzukehren: Alle dürfen einen barmherzigen Tod durch Ertrinken erleiden. ALLE? Nein, denn

neben Noah hatten offensichtlich auch die Wasserbewoh-
ner *„Gnade beim Herrn gefunden."* Wie das? Waren die
Fische etwa ohne Bosheit? Der menschenfressende weiße Hai? Die gemeine Krake? Die räuberischen Piranhas?
Oder hatten sie einfach das Glück, dass nicht einmal ein
allmächtiger Gott sie ersäufen kann?

Soviel zum Punkt Gerechtigkeit (Logik ist in Märchen ohnedies fehl am Platz), dachte sich Herr X. Sie ausgerechnet von einem Psychopathen zu erwarten, gegen den Hitler, Stalin und Mao zu Chorknaben verblassen, konnte er
sich allein mit Einfalt nicht erklären.

Aber natürlich irrte er, und das wie so viele Glaubenslose
gewaltig. Was ihm wie exzessive Grausamkeit vorkam, war
keine, wie er in der DEUTSCHEN BIBEL GESELLSCHAFT zu
diesem Thema lesen durfte:

*„Manche Geschichten des Alten Testaments erschrecken
uns, weil das Handeln der Menschen darin grausam ist
und – schlimmer noch – auch das Handeln Gottes grausam erscheint... ...gerade weil es realistisch ist, ist es so
gewinnbringend zu lesen. ...Gott wird geschildert als ein
Gott mit Gefühlen, als einer, der seine Menschen liebt und
deshalb über ihr Verhalten manchmal zornig wird. Er straft
die Schuldigen, aber er schenkt ihnen auch das Leben immer wieder neu."*

Das war Herrn X. neu, dass der HERR den Schuldigen das
Leben immer wieder neu geschenkt hatte. Es musste also
vor seiner eigenen schon massenhafte Auferstehungen
gegeben haben. War dieser DBG zu trauen oder log sie
einfach in der Tradition ihres Glaubens weiter?

„Über einigen erschreckenden Geschichten (allein zum
Punkt *Pest* gab es an die 50!), *die Gott als harten Herrscher und strafenden Richter zeigen, wird oft vergessen,*

in welchem Maß gerade das Alte Testament Gott als Lie-
benden darstellt... Er liebt sein Volk so sehr, dass er diese
Liebe nicht einmal aufgibt, als er wie ein betrogener Lieb-
haber dasteht... Nach jeder Strafe wird er es auch wieder
trösten.“

Wie schön, fand Herr X. So mancher Mann nimmt sich am HERRN ein Beispiel und vögelt seine Frau wieder, nach-dem er sie züchtigen musste. Außerdem ist so ein Geno-zid gar nicht so schlimm:

„In der Geschichte von der Sintflut beispielsweise wird
das Leben auf der Erde ausgelöscht, weil die Menschen
»durch und durch böse« sind. Aber es wird nicht gänzlich
vernichtet, und am Ende verspricht Gott, dass er die Erde
nie wieder so bestrafen wird.“

Worauf sich Herrn X. die Frage aufdrängte: Wäre der HERR mit diesem Versprechen bei den Nürnberger Prozessen durch- und davongekommen? Dabei fiel ihm Helmut Schmidt ein, der noch 2001 in einem SPIEGEL-Interview versicherte, von der Judenvernichtung nichts gewusst zu haben. Insgeheim hatte er wohl wie viele seiner Zeitge-nossen Goebbels für einen Juden gehalten und die Reichs-kristallnacht für eine etwas aus dem Ruder gelaufene Jahresfeier des Bundesverbands des Glaserhandwerks. Vielleicht verhielt es sich mit den Christen ähnlich und sie können es sich nicht vorstellen, dass bei der Sintflut je-mand zu Schaden kam. Und wenn doch, konnte es nur aus fehlgeleiteter Nächstenliebe geschehen sein.

Natürlich war Herrn X. wie jedem weitgehend rational denkenden Menschen klar, dass diese Katastrophe nie stattgefunden hatte. Wie beinahe jede Erzählung in der Bibel entstammte auch sie älteren Mythologien, wurde maß- und schamlos übertrieben und einem barbarischen

HERRN in die Schuhe geschoben. Diese unselige Schwarte für bare Münze zu nehmen oder sie für eine moralische Währung zu halten, war für Herrn X. die eigentliche Katastrophe. Weil sie weder Vernunft, Kritikvermögen noch Einsicht fördert, die einzigen Fähigkeiten, die uns über eine Kellerassel erheben, sondern allein auf Furcht und Abschreckung setzt. Und das von Anfang an. In Wikipedia fand er unter dem Stichwort „Genesis" folgendes:

„Heute gehen viele Christen davon aus, dass die Schöpfungsberichte keine naturwissenschaftlichen Theorien aufstellen wollten, sondern die Absicht hätten, theologische Aussagen über Gott, den Menschen und die Welt zu machen. Einen „Vergleich" von Aussagen der Schöpfungsgeschichte mit naturwissenschaftlichen Theorien halten sie für unseriös."

Leichter kann man sich's kaum machen: Über tausend Jahre lang hat die Amtskirche alle naturwissenschaftlichen Erkenntnisse mit der Bibel verglichen und – wenn sie dem Weltbild darin nicht entsprachen – deren Entdecker brutal bekämpft und nicht selten umgebracht. Und nachdem sie nur 400 Jahre brauchte, um Galilei zu rehabilitieren (1992) und einzugestehen, dass sich die Erde tatsächlich um die Sonne dreht, wäre JETZT ein Vergleich unseriös? Typisch, fand das Herr X., durch und durch katholisch. Ist etwas partout und ums Verrecken nicht mehr zu leugnen, egal, ob Urknall oder jahrzehntelanger Kindsmissbrauch, dann zuckt der bekennende Christ mit den Achseln, geht zur Tagesordnung über und glaubt unbeirrt weiter. Und niemals kommt ihm etwas komisch vor. Auch nicht der fatale Schöpfungsfehler am sechsten Tag, der später zwangsläufig zum Sündenfall führt:

Da machte Gott alle Arten der wilden Landtiere und alle Arten des Viehs und alles Getier, das auf dem Erdboden kriecht, jedes nach seiner Art. Und Gott sah, daß es gut war.

Doch ein paar Zeilen weiter stellt sich heraus, dass es gar nicht gut war, sondern eher grottenschlecht. Denn unter dem Getier befand sich schließlich die Schlange. Und die hatte Gott nicht nur mit jeder Menge Hinterlist ausgestattet, sondern ihr auch noch die Fähigkeit verliehen, die menschliche Sprache zu sprechen. Hatte er das vergessen? Obgleich ALLWISSEND, will er nicht geahnt haben, dass das Tier seinen Plan vom Paradies durchkreuzen würde? Nein, er muss sich dumm stellen, weil sonst die Vertreibung aus dem Paradies als von ihm vorausgeplant zu durchschauen wäre und die ihm eigene Hinterlist und Bosheit offen zutage träte. Gott „machte" die Schlange so wie beschrieben, der Sprache und der Verführung mächtig, um mit ihrer Hilfe Eva und Adam hereinzulegen. Er muss sie aus dem Paradies vertreiben und ihnen die Erbsünde anhängen, um die Menschen von sich abhängig zu machen. Er läßt sie schuldbeladen und sündig auf die Welt kommen, damit er sie schon als Säugling oder im Kindesalter umbringen kann – massenhaft und ohne Skrupel. Die Vertreibung aus dem Paradies war zwingend, um die Rückkehr dorthin als Anreiz bzw. Druckmittel zu bekommen.

Als Preis dafür, dass der Mensch über sich selbst nachdenken kann, wird ihm seine Endlichkeit bewusst. Zum Überlebenswillen, der jedem Lebewesen eingeschrieben ist, gesellt sich bei ihm die Furcht vor dem Tod und dem, was danach kommt. Diese Urangst des Homo sapiens schüren und beuten die meisten Religionen und ihre Propagandisten aus, allen voran die christlichen – das neben der Prostitution vermutlich erfolgreichste Geschäftsmodell aller Zeiten. Eine Hure schert sich nicht groß um den, der sie ignoriert und denkt sich: „Wer nicht will, der hat schon." Da kannte Herr X. seine Katholen besser. Sie wollen die Andersgläubigen und -denkenden nicht etwa dem Nichts überlassen, sondern sie dereinst in der Hölle schmoren sehen, die ihnen der Klerus seit jeher von Künstlern hat ausmalen lassen (niemals wurde mit Kunst mehr Rendite erzielt).

Ein Schaf behält die Angst vor dem Wolf, auch wenn der dort, wo es lebt, längst ausgerottet ist. Das LIEBE Jesulein, der GUTE Hirte, DROHT – ganz der Vater – denen, die ihm nicht nachfolgen, ständig: einmal mit „äußerster Finsternis", oft mit „nie erlöschendem Feuer" (es war auch nur ein Mensch voller Widersprüche), aber es wusste: „...dort werden sie heulen und mit den Zähnen knirschen."

Das will der Simpel von einem Gläubigen natürlich nicht. Und hat vor lauter Beten nicht mitbekommen, dass selbst die Amtskirchen von diesem Dummfug (einem Vorläufer der neuzeitlichen Verschwörungsmärchen) abgerückt sind und im Gegensatz zu ihrem Namensgeber mittlerweile die Hölle (wie den Himmel) nicht mehr als Ort sehen, sondern als Zustand, als „Ferne von Gott" und damit als „Erfahrung letzter Sinnlosigkeit". Damit konnte sich Herr X. abfinden, wenn ihm dafür die „Gemeinschaft mit (diesem Massenmörder von einem) Gott" und seinen Schafen erspart bliebe.

Aus! Aus!, fuhr der Elch dazwischen: Mir scheint du hast dich da wieder in etwas verbissen. Recht hatte das Tier, aber es war auch nie wie sein Herrchen von einem katholischen Pfarrer gezüchtigt worden (der seinen Schutzbefohlenen bevorzugt ins Gesicht schlug) und wusste nicht, wie sich die Liebe Gottes anfühlte.

Im Gegensatz zu den Fundamentalchristen wie dem HERRN und Frau Lewitscharoff zeigte sich Herr X. weniger dogmatisch, vielmehr stets um Ausgleich bemüht und deutlich kreativer auf der Suche nach Problemlösungen. Prompt war ihm eine Sexualpraktik eingefallen, die das verpönte Handansichlegen vermeiden und damit das *„weise"* und *„drastische biblische Onanieverbot"* (so Sibylle) befolgen würde, die Autofellatio (allerdings nicht am Steuer auszuüben!):

Zwar räumte er ein, dass dazu eine gewisse Beweglichkeit unerläßlich sei (kein Problem für den Allmächtigen) und dem hüftsteifen Christenmenschen etwas Übung abverlange, aber wo ein Wille walte, da zeige sich auch ein Weg. Yoga sei, weil unchristlich, dafür nicht zu empfehlen, wie er einem Beitrag von Michael Kotsch im BIBELBUND entnehmen konnte: *„...sich mit Yogaübungen zu entleeren und dann eventuell eine Vereinigung mit Hindugöttern einzugehen... sei ...eine erschreckende Vermischung*

des christlichen Glaubens für die evangelikale Jugend."
Bliebe immer noch Turnvater Jahn, mit dem sich sicher niemand vereinigt.

Zwar hielt Herr X. es für einen Schönheitsfehler, dass die Autofellatio den Frauen verwehrt bleibt (mit Ausnahme von Valerie m.d.g.K.), andererseits war von ihnen in diesem Zusammenhang ohnehin nicht die Rede, weder im Buch der Bücher, noch bei Lewitscharoff. Aber er fand es zu und zu bestechend, wie sehr diese Praktik im Einklang mit den Kreisläufen der Natur stand.

Dass die Bibel weder von Wissenschaftlern verfasst, noch von ihnen be- oder überarbeitet wurde, sondern von religiösen Spinnern und blutigen Laien, bewiesen Herrn X. die zahllosen Fehler und Irrtümer, die sich in ihr tummeln. Einer davon, der den Heiligen St. Onan betraf, könnte dabei aus der Welt geschafft und glänzend gelöst werden. Dieser war gar kein Onanist:

Aber da Onan wusste, dass die Kinder nicht sein Eigen sein sollten, ließ er's auf die Erde fallen und verderben, wenn er einging zu seines Bruders Frau, auf dass er seinem Bruder nicht Nachkommen schaffe. Dem Herrn missfiel aber, was er tat, und er ließ ihn auch sterben.

Vielmehr praktizierte er schon eine Form der Empfängnisverhütung, die ein gewisser Klaus Ogino erst Anfang des 20. Jhdts. beschrieb.

Weil Papst Pius XII. am 29. Oktober 1951 in einer Rede vor Mitgliedern des katholischen italienischen Hebammenverbandes diese Methode für tolerierbar erklärte, ließ der HERR der Gerechte (!) ihn auch sterben. Was für ein Gott, dachte sich Herr X,. der den Unterschied zwischen Masturbation und Coitus interruptus nicht kennt.

Habe ich dir schon von meiner Sexualkundelehrerin er-zählt?, fragte der Elch überflüssigerweise.

Ähnlich wie Menschen, die mit dem falschen Geschlecht geboren werden und das später korrigieren lassen, fühlte sich Herr Ogino in nur einem Körper zu stark eingeengt und erfand sich noch einen zweiten dazu, den er kurzerhand KNAUS nannte und mit dem zusammen er sich in der Wissenschaft einen Namen machte.

Aus Versehen, das gab Herr X. zu, steckte natürlich auch das eine oder andere Korn Wahrheit in der Bibel, das war bei dem Umfang der Schwarte einfach nicht zu vermeiden. Z.B. in der Umschreibung: *...wenn er einging zu seines Bruders Frau.* So mancher Mann geht nur deshalb auf Frauen ein, um im Anschluss daran auch im biblischen Sinne in sie einzugehen. Das meiste jedoch kam ihm hirnrissig vor. Etwa die Beschreibung des Universums. Wenn sie stimmte, sähe der Eiffelturm so aus:

Erst machte der HERR Licht, klar, weil er ja sonst nichts gesehen hätte.

Dann sprach Gott: »Es entstehe ein festes Gewölbe inmitten der Wasser und bilde eine Scheidewand zwischen den beiderseitigen Wassern!« Und es geschah so. So machte Gott das feste Gewölbe und schied dadurch die Wasser unterhalb des Gewölbes von den Wassern oberhalb des

Gewölbes. Und Gott nannte das feste Gewölbe »Himmel«.
Und es wurde Abend und wurde Morgen: zweiter Tag.

Das, fand Herr X., klang überzeugend, hatte aber leider mit unserem Sonnensystem, unserer Heimatgalaxie oder dem Weltall weniger als nichts zu tun. Käme irgendein Kerl dahergelaufen, gäbe sich als Gustave Eiffel († 27.12.1923) und als Erbauer des gleichnamigen Turms aus, würde jedermann stutzig werden und ihm auf den Zahn fühlen. Beschriebe dieser Mensch dann das Bauwerk als einen Halbrundvollniet (siehe Abb.), hielte man ihn für einen Irren bzw. Hochstapler, aber weder für einen Architekten, noch für anbetungswürdig. Zwar sind rund 2,5 Millionen dieser Niete im Eiffelturm verbaut, aber doch noch einiges Wesentliche mehr.

Auf die Frage, wie es sein konnte, dass etwas derart atemberaubendes, alle Dimensionen unserer Vorstellungskraft weit hinter sich lassendes Phänomen wie unser expandierendes Universum, ohne das die Erde undenkbar und an dem gemessen sie kleiner als ein Atom auf ihr ist, in der Bibel lediglich als „festes Gewölbe" beschrieben wird, gab es nur eine Antwort: Dieser Gott kannte nicht, was er erschaffen haben soll/will, er hatte keinen Schimmer davon. Ebenso wie seine Erfinder/Erzähler.

Für den Gipfel des unfreiwilligen Zynismus hielt es Herr X., wenn Menschen, den feierlichen Ernst der Selbstüberschätzung im Gesicht, auf dieses verlogen-muffige Machwerk schworen: So WAHR mir Gott helfe.

Wusstest du, fragte ihn der Elch, *dass Elche intelligenter sind als Delfine?* Um dann ohne sein Augenzwinkern fortzufahren: *Und Menschen selten klüger als Gänse?*

Für die, die sich für die Krone dieser Schöpfung halten, traf das nach Meinung von Herrn X. mit Sicherheit zu. Und dass der Mediziner auch nur ein Mensch ist, wenngleich er von den Gänsen und Gantern unter den Hominiden als Halbgott in Weiß angehimmelt wird. Unter allen dreien, Menschen, Gänsen und Ärzten, grassiert neben dem Virus seit jeher die Eifersucht. Dass den Virologen seit Monaten die ungeteilte Aufmerksamkeit gehört, fuchste die Dermatologen derart, dass sie jetzt ihrerseits warnten – und zwar vor EXZESSIVEM Händewaschen. *Handekzeme* seien die Folge: *Die juckenden Rötungen und Risse können Infektionen und Allergien nach sich ziehen und bis zur Arbeitsunfähigkeit führen.* Man könne davon ausgehen, dass *jeder Zehnte* damit rechnen müsse, wenn er mit der Unsitte fortfahre. Herr X. war beeindruckt: bei einem Anstieg der Arbeitslosigkeit um weitere 10 Prozent wird der Kanzlerin die Düse gehen, und das auf Vollast. Ob sie dann wieder auf ihr patziges *„Wir schaffen das!"* zurückgreift, wird sich zeigen. Auch, ob das ausreicht. Oder ob dann, wie ein Karnickel aus dem Hut, einer der früheren Heilsbringer auftaucht, etwa das von ihr schon mal als Roland Kotz bezeichnete Weißbrot. Oder der nimmermüde und allzeit verlogene Münte. Oder ob endlich die Stunde des Bierdeckels anbrechen würde, auf dem man aber leider doch keine Steuererklärung machen kann, weil dadurch mindestens jeder sechste Arbeitsplatz wegfiele (der des Steuerberaters).

Immer wieder muss in einer Gesellschaft neu geregelt werden, wem und wie sich was gehört, außer beim Kapital, das gehört immer den Superreichen. Herr X. besann sich rück, soweit ihn sein lückenhaftes Gedächtnis trog: Das gehört sich nicht. Das gehört mir. Das gehört dir. Wem gehört das? Das gehört so. Das gehört dazu. Das gehört dahin. Du gehörst zu uns. Die gehören nicht hierher. Sowas gehört verboten. Die gehören eingesperrt. Sonntags gehört Vati mir. Mein Bauch gehört mir.

Dass neuerdings sogar der Po/Hintern/Arsch der jeweiligen Trägerin gehört, will manchem Mann nicht in den Kopf. Weil dort kein Platz mehr ist. Wenn er z.B. mal französischer Staatschef war wie Valéry Giscard d'Estaing. Dem über Jahrzehnte hinweg die bezauberndsten Hinterteile zugewunken und ihn zu einem liebevollen Tätscheln eingeladen haben. Hunderte von Frauen fühlten sich danach geehrt und bestätigt und bewahrten sich die Erinnerung an den sanften, ermunternden Druck für die dunklen Tage des Alters. Das war ja nicht die Pranke irgendeines notgeilen Bauarbeiters, sondern die feingliedrige, manikürte Hand eines Mannes, der in der Haute Vallée du Lot ein Schloss aus dem 15. Jahrhundert bewohnt und dessen Ahnenreihe bis auf Richard Löwenherz zurückgeht.

Und dann, mit 92, gewährt der Mann einer WDR-Reporterin mit einem absolut nichtssagenden Namen großzügig ein Interview und läßt sich sogar zu einem Gruppenfoto mit dem Team überreden. Die Frau, von der Google bis dato nicht mal das Alter wusste, schildert die Szene folgendermaßen:

„...wir haben das Foto aus technischen Gründen noch mal wiederholt, und sowohl beim ersten Mal, als seine Mitarbeiterin, die mit im Raum war, das Foto gemacht hat, als auch beim zweiten Mal hat er sozusagen seinen Arm um mich gelegt, auf meine Taille, und seine Hand ist dann auf meine Gesäßhälfte gerutscht".

Herr X. tippte auf Altersschwäche. *„Ich habe jedes Mal versucht, seine Hand wegzudrücken"*, was ihr jedoch nicht gelang. Der Mann, obwohl *sozusagen* kaum noch ein Haar auf dem Kopf und nur noch von Altersflecken zusammengehalten, schien rüstiger zu sein, als er aussah und durchlebte seinen x-ten und vielleicht letzten Frühling. Und anstatt *sozusagen* aus Respekt vor dem Alter abzuwarten, bis dieser begnadete Schürzenjäger in den ewigen Jagdgründen weiterjagen darf, dachte sie über ein Jahr lang über den Vorfall nach. Und überlegte hin und her. Und als ihr dämmerte, dass sie bis dahin noch nie ein Interview gemacht hatte, das beachtet worden war, fiel ihr ein, wie leicht sich das im Rahmen von MeToo ändern ließ. Und wie sich aus und auf den Trümmern einer großen Karriere eine neue errichten läßt. Sie hatte den Joker gezogen und seitdem dessen Grinsen im Gesicht:

Aber möglicherweise, das räumte Herr X. ein, lag er falsch. Wäre nicht das erste Mal gewesen. Also versuchte er, sich an die Stelle der Reporterin zu versetzen und nachzufühlen, wie der neben ihm stehende Greis *sozusagen seinen Arm* um ihn legte. Um alsogleich unauffällig, dennoch zielstrebig und nicht ganz ohne Gier seine Hand von der Taille auf das Gesäß, genauer gesagt dessen eine Hälfte rutschen zu lassen, wo sie verharrte. Nein, das war alles andere als angenehm, von einer Knochenhand befingert zu werden, also eher doch „*maximal unangenehm*". Er versuchte, *seine Hand wegzudrücken* konnte sich aber dem Mann nicht entziehen. Lag es an der Ausstrahlung dieses Gentilhomme? An seiner Souveränität (die bereits zutage trat, als er 1975, im Jahr seines Amtsantritts die Marseillaise langsamer spielen ließ, damit sie staatstragender und nicht so kriegerisch klang, was Mitterand später sofort rückgängig machte)? Als Herr X. jedoch aus den Augenwinkeln zu sehen glaubte, dass dem Greis ein Speichelfaden aus dem Mund hing, zischte er ihm von der Seite für alle hörbar: *Alte Sau!* zu, woraufhin Valéry seine Hand fallen ließ und so tat, als sei jemand anderer gemeint. Peinlich genug, diese Zudringlichkeit am eigenen Leib erleben zu müssen. Aber sie, abgestanden und verjährt wie sie war, in alle Welt hinauszuposaunen, um eine ausgebrannte, kaum noch schwelende Diskussion erneut anzufachen und sich dafür bemitleiden zu lassen, das wäre Herrn X. noch peinlicher gewesen.

Doch bevor er sich anderen Dingen widmen konnte, schob sich ihm die Sentenz *audiatur et altera pars* vor sein inneres Auge und ließ ihn in die Rolle des Schwerenöters schlüpfen, der keine Ahnung hatte, wovon die Rede war, als ihm seine Büroleiterin kurz vor Tisch von der schriftlichen Beschwerde eines deutschen Fernsehsenders erzählte, derzufolge er jemanden belästigt haben sollte. Nach intensivem und mühsamem Nachdenken gelang es ihm, sich an dieses Interview zu erinnern, wenn auch nur bruchstückhaft. Von dem Gesicht der Reporterin war ihm lediglich ein etwas zu breites Grinsen geblieben, mit dem sie ihre Unsicherheit und Gehemmtheit zu überspielen versuchte. Das erlebte er oft bei diesen jungen Dingern, wenn sie einem Mann von seinem Format gegenüberstanden. Sie hatte ihm leid getan, weshalb er sich vornahm, die Situation zu entkrampfen und ihr zu zeigen, dass man sich auf Augenhöhe begegne und er sie als ebenbürtigen Gesprächspartner respektiere. Deshalb hatte er ihr wohl, als man sich für ein Foto aufstellte, freundschaftlich den Arm um die Taille gelegt. Dann fiel ihm ein, dass sie sich dabei etwas versteift hatte, was ihn überraschte, weil das bei Französinnen nicht passierte. Vielleicht zog er sie daraufhin, um ihr die Scheu zu nehmen und sie spüren zu lassen, dass seine Geste ein Gunstbeweis und er bereit war, die gesellschaftliche Distanz zwischen ihnen zu ignorieren, mit der Hand aufmunternd, aber in jedem Fall sanft zu sich heran, um ihre Steifheit zu aufzulösen, wie man das auch beim Tanzen macht. Mehr war da nicht. Bis auf den Scheinwerfer, den irgend Trampel von Beleuchter umgeworfen hatte. Und dann entsann er sich mehrerer Bemerkungen seines Freundes Helmut Schmidt, zu dessen hundertstem Geburtstag dieses Gespräch angesetzt war, in denen er sich über die Zickigkeit jener Frauengeneration ausgelassen hatte, die altersmäßig seinen Enkeln entsprachen. Arrogänse hatte er sie genannt, so aufgedonnert wie verklemmt. Er hätte gern wie früher zwischen zwei Glimmstängeln die eine oder andere durchgezogen, aber das sei mit diesen hysterischen Ziegen nicht zu machen gewesen, mittlerweile rauche er nur noch, rund neunzig am Tag...

Tolle Figur, endlose Beine, ein wohlgeformter Hintern. Und dabei immer zugänglich. Weißt du, von wem ich rede?, fragte der Elch. *Doch nicht von...*, warf Herr X. provozierend ein. *Stimmt genau: von meiner Sexualkundelehrerin.*

Die Phantasie dieses Elchs stellte die aller alten Herren weit in den Schatten. Ihr gegenüber sah die Wirklichkeit aus wie Gert Scobel am Abend zuvor:

Mitgenommen wie noch nie. Das Thema, dem sich der Quotenintellektuelle der Öffentlich-Rechtlichen, Deutschlands letzter Universalgelehrter und Frauenversteher in der ihm eigenen Gründlichkeit widmete, hatte es in sich und war in dieser sperrangelweiten Offenheit im Fernseh so noch nie ausgebreitet worden: *Vulva: Lust und Tabu,* mit der Klitoris als Schwer- und Höhepunkt. Umgeben von drei aufgeregt schnatternden, aufklärungsgeilen Expertinnen, die beim Namen nannten, was viele nur als Mumu und nicht aus eigener Anschauung, sondern nur vom Hörensagen kennen, hatte der Gert diverse Modelle davon in die Kamera zu halten, vor Aufregung (sicher nicht aus Unkenntnis) zweimal falsch herum, was ihm die Damen aber nicht durchgehen ließen. Weiters „hantierte" er mit einem fünfGLIEDrigen, 11 cm großen Gebilde, behauptete, es handele sich um die Klitoris in ihrer Gänze und es empfehle sich, sie zum besseren Verständnis auszudrucken, sofern man über einen 3D-Drucker verfüge. Selbst Casanova hätte sie als solche nicht erkannt, bestenfalls der eine oder andere Anatom. Während die Damen im Verlaufe der Sendung immer entspannter und mithin dominanter wurden, merkte man Scobel den Druck an, der auf ihm als einzigem Hahn im Korb lastete. Gewöhnlich unumstritten, glich er an diesem Abend mehr einem gerupften Kapaun, der sich nur dank seiner Routine über die Runde rettete. Herr X. wollte ihm daraus keinen Vorwurf drehen, zu viel Neuland unterhalb der Gürtellinie wurde hier betreten, ein Tabu nach dem anderen gefleddert, von *Vulva-Keksen* und *Klitoris-Törtchen* war die Rede, von der *Königin des Kommens* und der *Kanzlerin aller Orgasmen* (echt wahr!). Sigmund Freud bekam für seinen vaginalen Orgasmus ein paar hinter die Ohren, der G-Punkt, jener weiße Fleck im weiblichen Genitale wurde zur G-Zone erweitert und die Zuseherinnen aufgefordert, sich selbst mit einem Körperspiegel auszuforschen und – eine *„Horrorvorstellung"* für Frau Lewitscharoff – fleißig zu befingern. Welchen Schwanzträger hätte das nicht überfordert? Scobel hatte mit Sicherheit seine Hausaufgaben gemacht, vermutlich vor der Sendung von jeder der Damen ein Spezialbriefing in einem Separee bekommen. Nun sah er aus, als fürchte er die vorschnell verabredeten Nachbesprechungen. Herr X. beneidete ihn diesmal nicht.

Du solltest Nachhilfeunterricht nehmen, schlug der Elch ihm vor, *bei meiner Sexualkundelehrerin.*

Dieses Hornvieh denkt auch nur an das Eine, stellte sein Mensch fest, zum Glück interessiert er sich nicht auch noch für den Sport, der lange vor den Engländern bereits von den Brüllaffen erfunden worden war. Ein knappes Drittel der hiesigen Bevölkerung fiebert der Wiederaufnahme des Spielbetriebs der Fußballbundesligen entgegen, kann ihn sich aber vor leeren Rängen nicht vorstellen. Peter Großmann auch nicht, deshalb fragt er seit Wochen im MOMA jeden, den er ins Studio locken kann: *Wie ist das emotional für Sie?* („*So wie wenn die Alte mich nach 3 Monaten wieder ran läßt, aber nur mit Gummi und von hinten.*") Immer eine sendefähige Antwort parat, hat sein Lieblingsgast, Professor Ingo *„Ich hab da mal ' ne Grafik mitgebracht"* Froböse.

Als leider/endlich das Leder wieder rollte, Deutschland gab den von der restlichen Fußballwelt beneideten Schrittmacher, erwies sich der Katalog an Schutzmaßnahmen als geBALLter virologischer Schwachsinn: Körperkontakte der heftigsten Art zwischen erhitzten Köpfen, verschwitzten Leibern, säbelnden Beinen, mit Stoßen,

Zerren und Grabschen einschließlich Traubenbildung im Strafraum waren während der REINEN Spielzeit erlaubt, vorher, nachher und dazwischen galten Abstandsregeln und Hygienevorschriften. Herr X. stellte sich vor, wie das Hi-Virus, wäre man ihm so begegnet, gejubelt hätte:

Beim Vor- und Nachspiel
Präserpflicht,
zum Glück beim Penetrieren
NICHT!

(Font: Felix Farjas)

Demnächst, so erfuhr Herr X. aus speziell unterrichteten Kreisen, würde Bill Gates die Weltherrschaft übernehmen und war begeistert. Sogar hellauf. Denn das hieße: statt 171 nationaler Streitkräfte (was für ein verharmlosender Name für potentielle Mörderheere) nur noch eine. Was das Kohle sparen würde! Kein Wettrüsten mehr! Die Gefahr, dass durchgeknallte Politiker ihre Armeen von der Leine ließen, beseitigt! Und: Diese eine Weltwehrmacht könnte gezielt gegen den Hauptschädling der Natur eingesetzt werden: den Landwirt. Der Globus würde aufatmen.

Im stillen Kämmerlein war Herr X. längst der Demokratie leid. 1. unterstand sie keiner klar umrissenen Definition, jede wilde Horde konnte sich so bezeichnen. 2. wurde sie ständig von offen auftretenden Feinden ausgehöhlt und unterwandert. 3. erwies sie sich als extrem wankelmütig und instabil. Weil – aller schlechten Dinge sind vier – sich der gemeine Wähler, wie es sein Beiwort dezent andeutet, als übler Drecksack und Depp entpuppt. Wie sonst ließen sich TrumpOrbanErdoganPutinNetanjahu erklären, um nur eine Handvoll demokratisch legitimierter Undemokraten zu nennen? Deshalb fand Herr X. 1 Weltregierung unbesehen besser als 100 Demokratien, die sich gegenseitig das Leben schwer und schwerer machen. Leider würde es dazu nicht kommen. Bill Gates hatte es ja nicht mal geschafft, mit Windows alle an den Haken zu bekommen, wie sollte das jetzt mit einem Impfstoff gelingen? Hing er denn nicht selbst am Haken von Melinda? Und wie bekäme sie den Trottel an Melanias Seite in den Griff? Und dann die ganzen Chinesen? Freiwillig implantieren die sich den Chip nicht. Und überhaupt: Solange die Wirrologen nicht mit 1 Zunge reden, wird nichts daraus. Da nützt auch der Beistand von Furienkardinal Gerhard Ludwig Müller (PARDON!) wenig. Ihm möge den Virus, dessen Ansteckungsgefahr er bezweifelt, ein Succubus anheften, der, ein mutierter, wollüstiger Engel, nicht umsonst fledermausähnliche Flügel hat. Katholische Knallköpfe glauben an sowas. Doch das, was unsere Verschwörungstheologen alles für möglich halten, klingt kaum vernünftiger.

So zuverlässig wie das Fehlen von Insektenresten auf den Windschutzscheiben glaubte Herr X. beobachtet zu haben, dass die einst schweigende Mehrheit in dem Maße verrohte und verdummte, in dem sie das Maul aufriss. Per Quoten-TV und Talkshows ließ sich das gezielter und effektiver bewerkstelligen als mit Verschwörungsmärchen. So effektiv, dass jeder Hirni, sogar ein Philipp Amthor groß herauskommt. Muss nur dessen Visage oft genug in der Glotze und der BILDZEITUNG auftauchen. *Grüne wollen UNSER Fleisch teurer machen* titelte das Vereinsblatt der Halbalphabeten und Dreckfresser anläßlich der Zustände in den Schlachtbetrieben. Da fiel selbst dem Elch nichts mehr ein.

Seit die Vermummung bzw. Fastvollverschleierung in Deutschland Pflicht war, verfolgte Herr X. die Debatte, die darüber entbrannte, ob Masken sinnvoll oder nutzlos sind, eher desinteressiert. Denn wie so oft entbehrten die dabei vehement vorgetragenen Meinungen jedweder Untersuchungen, die bisher für unnötig erachtet wurden. Bis, ja bis ausgerechnet wieder die Chinesen auf die ungewöhnliche Idee kamen, Versuchsreihen dazu durchzuführen. Die, das musste Herr X. zugeben, der Öffentlichkeit hierzulande nicht zuzumuten gewesen wären. Denn, um die arg dezimierte Bevölkerung Chinas zu schonen, griff der Coronavirus-Experte Kwok-Yung Yuen an der Universität Hongkong zu GOLDHAMSTERN:

Langer Untersuchungen (die Zahl der Opfer blieb aus gutem Grund unerwähnt) kurzes Ergebnis: Hilft. Viermal weniger Erkrankungen beim Maskentragen.

Da wird Herr Drosten einwenden, dass der gewöhnliche Deutsche kein Goldhamster ist, womit er schon wieder Recht hat, aber nur zum Teil. Es muss, fand Herr X., zumindest eine Seelenverwandschaft bestehen, wie die Klopapierhamsteraffäre bewies. Außerdem hatte er einen Tipp für die hiesigen Wissenschaftler: Wie wär's mit einer

Überprüfung des Infektionsschutzes durch Abstandshaltung? Hilft es faktisch, wenn man den Virus weiträumig umgeht? Oder hasst er gewalttätige Umgangsformen und geht ihnen seinerseits aus dem Weg, wie man das im Profifußball annimmt und wie es Kitas und Schulen zu bestätigen scheinen?

Pünktlich zum Himmelfahrtstag und im Vorgriff auf die kommende Sonntagsfrage („*Wnn Bndstgswhl wr*") meldete sich der Elch zu Wort: *Jetzt hilft der SPD nur noch eins: die Auferstehung von Willy Brandt.* Herr X. bewunderte seinen Mitbewohner für dessen Durchblick, fragte sich aber, ob er wohl die jüngste Entwicklung mitbekommen hatte. Die SPD, seit 50 Jahren auf dem beschwerlichen Weg, eine Partei der Mitte zu werden und sich die dort vertretenen Meinungen zu eigen zu machen, wie etwa, dass alleinerziehende Mütter an ihrer Lage selbst schuld sind und nicht auch noch dafür belohnt werden dürfen, diese SPD also, die sich seit 1/2 Jahrhundert kontinuierlich von Herrn X. entfernt hatte, will jetzt alles wieder gut machen. Genauer gesagt, der Olaf will es. Beispielhaft an einer dieser Mütter, weil kaum noch Geld da ist (wg. Virus). Genauer gesagt an einer der verdientesten unter diesen Müttern. Genauerer gesagt an Andrea Nahles, deren Auftritte im Bundestag unvergessen, weil legendär sind. Etwa als Pippi Langstrumpf. Wo sie ihr „*Ich mach mir die Welt, widde widde wie sie mir gefällt*" vortrug und damit auf das Vorschulniveau des Hohen Hauses hinwies (unter Kohl haben sie wenigstens noch „Hasafgabbn" gemacht). Oder als sie Schröders machodumpfes „*Basta!*" in ein aufmunternd gekreischtes „*Bätschi!*" umwandelte. Oder als sie gar zur Gewalt gegen den politischen Gegner aufrief: „*Ab morgen kriegen sie in die Fresse!*" und damit die Talfahrt ihrer Partei weiter beschleunigen konnte. Und dass sie trotz allem jeden Tag betet, obwohl sie wissen müsste, dass der liebe Gott Ehrenvorsitzender der CSU ist. Dadafür soll Andrea jetzt Präsidentin werden. Der Bundesanstalt für Post und Telekommunikation. Ein Posten mit einem Jahressalär von 150.000 Euro, für den sie, so Olaf, bestens qualifiziert sei, schließlich habe sie eine langjährige Erfahrung im Telefonieren. An Frau Nahles könnten sich andere alleinerziehende Mütter (wie gesagt, selber schuld!) ein Beispiel nehmen und sehen, wie weit man es bringen kann, wenn man sich reinhängt im Leben. Uneigennützig, das widerspräche dem Naturell des Politikers gänzlich, agierte Olaf, der Resteverwerter der Sozen nicht. Vielmehr hoffte er, damit als zweiter nach Willy den begehrtesten Titel innerhalb der Partei zu ergattern: den des Großmeisters der Symbolpolitik.

Herr X. sann kurz darüber nach, wie es der SPD gelingen könnte, prozentual wieder mit der AfD (steht jetzt definitiv für: Altnazis für Deutschland) gleichzuziehen und hatte gleich d i e   Idee, die er jedoch für sich behalten wollte:

redniK enegozreniella rüf etnerhürF eniE

Ebenso für die im Reagenzglas gezeugten, jener schon mehrfach erwähnten und ausgerechnet mit dem Georg-Büchner-Preis ausgezeichneten, stinkkatholischen Autorin zum Trotz.

Der Mensch lügt, wenn er den Mund aufmacht, vermeldete der Elch, und fügte an: *Der Politiker schon vorher.*

Witzig, das Tier, dachte sich Herr X. und nahm den Gedanken auf, um ihn zu präzisieren. Nur dumme oder unerfahrene Politiker lügen. Der gewiefte setzt sich nicht der Gefahr aus, überführt zu werden, weil das einen Karriereknick zur Folge haben kann. Außer in Bayern, wo Lügner und Meineidige traditionell und unverhohlen Hochachtung genießen („A Hundling is' er scho.").

Einer, der vor zwei Jahren wie Phönix aus dem Bierzeltpissoir zum Nachfolger des frühvergreisten Seehofer Horst aufgestiegen war, schwang sich nun im Sog der Seuche zum neuen Heilsbringer auf: der Söder Markus. Herr X. fasste es nicht, musste aber zugeben, dass das nicht von ungefähr kam. Der Franke konnte mittlerweile schneller sprechen, als der Wähler denken und sagte Sätze wie man sie von Politikern der Nachkriegszeit nicht kannte. Sätze, die, wenn sie hängen blieben, mitrissen. Voller Zuversicht, Entschlusskraft und Perspektiven. Die Mitte spürte, dass Großes bevorstand, gar ein Paradigmenwechsel, wenngleich sie sich darunter nichts vorstellen konnte. Herr X. fühlte sich (und wagte kaum, den Gedanken zu Ende zu denken) an den Führer erinnert. Insbesondere bei Aussagen wie: *„Wir müssen genau überlegen, welche Maßnahmen sind sinnvoll."* Das hatte es lange nicht mehr gegeben, dass genau überlegt wurde. Noch dazu, ob Maßnahmen sinnvoll sind. Seit Jahrzehnten wurden sie getroffen, weil Lobbyisten sie als *richtig* empfohlen hatten. Von *sinnvoll* war nie die Rede.

Blind vergöttert wurde Söder, seit sich herausstellte, dass ihm nicht nur österreichischer Tatendrang eignete, sondern auch ein überbordender Ideenreichtum und eine Fülle an Visionen, wie man sie bei einem Politiker für undenkbar gehalten hatte, die jedoch bei folgender Forderung offen zutage traten:

„Wir brauchen jetzt Impulse, Steuersenkungen und Konjunkturmaßnahmen."

Welche Wortgewalt! Welcher Gestaltungswille! Was für eine politische Offenbarung! Das war dem Wähler nicht nur in sein kaltes Herz geschaut, vielmehr auch aus tiefstem Geldbeutel gesprochen. Mit einem Bündel von Begriffen, klar umrissen, punktgenau formuliert und jedermann verständlich. Das war konkret, ließ auf eine prosperierende Zukunft (nach Corona) hoffen und sprach den teigigen Phrasen und blutarmen Erklärungen von Frau Merkel Hohn. Während sie wichtigtuerisch dem Stehpult entgegenwatschelte, hatte er sich längst dahinter aufgebaut. Während sie sich anhörte wie gequetschte Kröte, untermalt von einer blesshuhnartigen Körpersprache, klang sein Alt charismatisch und wurde getragen von imperialer Haltung und Größe. Was für ein ungleicher Zweikampf! Hier die unbeholfene Kaltmamsell, da ein neuer, strahlender Augustus. Hier das siechgraue Heute, dort ein glückverheißendes Morgen.

Herr X. fragte sich nicht, wann sich die Bevölkerung endlich mal fragen würde, wie sie zu dieser Kanzlerin gekommen war. Er wusste, eine Bevölkerung blickt nie nach hinten, will nichts von begangenen Fehlern wissen, kann deshalb nicht aus ihnen lernen, sondern macht sie einfach wieder. Mit einem Wort: sie ist ein Depp. Genau das schätzt der Politiker so an ihr. Darum redet er zwar von Bildungspolitik, lässt aber tunlichst die Finger davon und sie LINKS liegen, wo sie zum Glück nichts anrichten kann und alles so bleibt wie es immer war.

Eins musste Herr X. zugeben: Die professionellen Verbreiter von Nachrichten (von Menschen, die nicht zwischen den Zeilen lesen können auch Lügenpresse genannt), waren zumindest begrenzt lernfähig. Sprachen sie zu Beginn der Krise stets von Corona-Toten, hießen die mittlerweile „in Verbindung mit Covid-19 gestorben". Das umfasste praktisch alle. Die, die **mit** dem Virus, die **an** ihm und die, die verstorben waren, **während** es wütete. Wunderbarerweise schien auch hier zu gelten: Es kann nur einen geben. Die Influenzaviren, vor 2020 noch ganz oben auf der Hitliste der Schrecken der Menschheit, waren ausgelutscht, abgemeldet, weg vom Fenster. Und forderten, beleidigt, weil sich kein Schwein mehr für sie interessierte, auch keine Opfer mehr (laut Gesundheitsgroßmaul Spahn waren es vor Jahresfrist noch locker 20.000). Oder hat Johns (wie viele sind das eigentlich?) Hopkins vergessen, sie zu zählen? Herrn X. kam das alles (s)panisch vor. Ihn hätte beispielsweise auch die Zahl derer interessiert, die „in Verbindung mit Covid-19 gezeugt" worden waren. Und auch warum? Aus Langeweile? Trotz unüberwindlicher gegenseitiger Abneigung? Unter Gewaltanwendung? Dem Einfluss von Alkohol? Um dem Partner eins auszuwischen? Weil die Gelegenheit günstig war? Während man in Gedanken im Büro weilte? Weil in der ungewohnten Stille das Ticken der biologischen Uhr unüberhörbar wurde? Wenn der Tag sich zog, stürzten die Fragen nur so über Herrn X. herein. Und wollten nicht aufhören: Bei welcher Frau weilt derzeit Frank Castorf? Wird auch er noch mal griffig? Zum Glück unterbrach ihn der Elch mit einer für ihn typischen Einlassung: *Geschlechtsverkehr in Quarantäne?* Und fand prompt die Antwort: *Endet nicht selten mit Migräne.*

Unter letzterer – allerdings hervorgerufen von einer eingebremsten Volkswirtschaft – schien auch der CDU-Mann Joachim Pfeiffer, der Leiter der Arbeitsgruppe *Ausbeutung und Ressourcenplünderung* zu leiden, der in seiner Qual und aus Sorge um das Wohlbefinden der Aktionäre eine Absenkung des Mindestlohns forderte. Und was passierte wieder nicht? Dass landesweit alle Bezieher eines solchen auf der Stelle hinschmissen, um den Laden (die Läden und alle Bodentransporte) zum Erliegen zu bringen, was die einzig nachvollziehbare Verhaltensweise gewesen wäre, angesichts des Fakts, dass Tags zuvor die LUFTHANSA und ihre derzeit flügellahmen HELDEN der Lüfte 9 Mrd. ins weit aufgerissene Maul geworfen bekamen. Dafür eilte die CDU-Frau mit der Dauermigräne im Gesicht, KRMP-KRRNBR, vors nächste Mikro, winkte gnädig ab und verschob die Angelegenheit auf später: *„Darüber reden wir beim Konjunkturpaket."*

Damit war auch die Geduld von Herrn X. erschöpft. Er forderte die Halbierung des Mindestlohns, unbezahlte Überstunden und 10 Peitschenhiebe bei Arbeitsantritt, um die Muttivation und die Freude an der Tätigkeit hoch zu halten.

Was sagst du, wenn du einem Affen einen gehörigen Schrecken einjagen willst?, wollte der Elch wissen. Um dann genüsslich grinsend fortzufahren:

Dass er vom Menschen abstammt.

Herr X. konnte das nachvollziehen, war er doch selbst fortlaufend entsetzt über einerseits die Skrupellosigkeit und andererseits die Arroganz, die seiner Spezies eigneten. Hatte sich doch eben der nach Einstein bekannteste deutsche Wissenschaftler (Wer sonst als jener Wirrkopf mit D?) mit einem Statement großkotzig aus dem Fenster gelehnt und damit einen empfindlichen Teil der Bevölkerung brüskiert:

„In meinem Alltag kommt die BILDZEITUNG nicht vor."

Darf ein Mann der Wissenschaft das? Ein das bundesdeutsche Presswesen prägendes Organ (an dem sich u.a. auch *SPON* orientiert) derart ignorieren? Die Augen vor der

Realität verschließen, nur weil sie zutiefst beschämend ist? Kam hier nicht wieder jene Weltfremdheit und -abgewandtheit zum Vorschein, an der die Zunft seit Jahrhunderten litt? Der rückgratlose Rückzug in das Elfenbeinturmlabor? Anstatt sich der pöbelnden Journaille und den von ihr abhängigen Politikern entgegenzustemmen?

Die Feigheit der Weißkittel vor dem Feind (der Natur/dem Leben) – ihr gab Herr X. die Schuld am Zustand der Welt.

Und war nun auch restlos bedient von diesen kleinmütigen Großkopferten. Seine Forderung: Streichung sämtlicher Fördermittel! Schließung aller nicht rentabel arbeitenden Labore! Statt Freiheit der Lehre Folter für die Forschenden! Ooops! Da war er zu weit gegangen, den letzten Punkt wollte er modifizieren, weil ihm bewusst wurde, dass er sich hatte mitreißen lassen und mit Wutbürgern bzw. den Ausscheidern von Hate Speech in einen Topf geworfen werden konnte. Bei letzteren, das hatten Konfliktforscher (gut an den kaputten Brillen zu erkennen) herausbekommen, handelte es sich vorwiegend um ältere, weiße Männer wie Herr X. einer war. Im Gegensatz zu ihm fürchten sie um Privilegien wie den Primat des Penis und das Vorrecht auf Vergewaltigung, die sie von emanzipierten Frauen und jungen und potenteren Migranten bedroht sehen. Er hingegen ließ sich von der Pflicht, Machogehabe und Imponierverhalten an den Tag zu legen, gern befreien. Also: Statt Folter Hartz IV für Wissenschaftler, die unliebsame Wahrheiten verschweigen!

Virologe Christian Drosten

🅱 "Ohne uns Wissenschaftler hätten wir 100.000 Tote mehr"

Unliebsame, Prof. Drosten!, dachte sich Herr X., Prahlhänse gibt's hierzulande überreichlich. Und zweifelte die Existenz einer Studie an, die diese Aussage belegte, die er in *SPON* gefunden hatte. Um sie paar Klicks weiter im *TAGESSPIEGEL* heruntergespielt zu sehen: *„...ich glaube, dann hätten wir in Deutschland jetzt 50.000 bis 100.000 Tote mehr."* Vom Wissenschaftler zum Glaubensprediger in wenigen Wochen. Herr X. wollte es sich leicht und am Christian ausmachen, wie prompt man sich, einmal den Promi-Kick verspürt, prostituiert.

Seit vielen Wochen nicht mehr zu beobachten, tauchten sie am frühen Samstagmorgen vor Pfingsten plötzlich wieder auf: diese typischen Wolkenformationen, mittlerweile als Chemtrails bekannt. Herr X. tippte auf psychoaktive Substanzen, abgelassen, um rationales Denken auszuschalten, die ohnehin daniederliegende Kritikfähigkeit der Bevölkerung weiter abzusenken und gleichzeitig das Angstlevel hochzuhalten. Alles mit dem Ziel, die Massen in die Arme einer reaktionären Politik zu treiben und, wenn möglich, wieder in die Kirchen. Was die Betreiber offensichtlich nicht bedacht hatten, war, dass sie sich selbst dem Einfluss der Chemikalien aussetzten und deshalb für einen Teil der Menschen längst so unglaubwürdig geworden waren, dass der sich eigene Erklärungen zusammenbastelte. Nur so konnte sich Herr X. das Ausufern und Überhandnehmen des Verschwörungsgelabers erklären. Das hatte mit Theorien so viel zu tun wie Flatulenzen mit Sentenzen. Nicht mal sein Elch würde derartigen Unfug glauben. Doch vorsichtshalber behielt er seine Mund/Nasen-Maske in den nächsten Stunden auch *indoor* auf.

Wenig Verständnis brachte er indessen für die Afroamerikaner in Minneapolis auf. Natürlich hielt er ihren Aufstand wegen der Killer Cops für gerechtfertigt, das Abfackeln des Polizeireviers für angebracht und die Plünderungen für legitim. In Kauf nahm er auch, dass dabei Journalisten, die im Weg standen und Beweismaterial sammelten, unsanft behandelt wurden. Unannehmbar waren jedoch die Vernachlässigung der Maskenpflicht und die Nichteinhaltung des Mindestabstands. Bei aller Liebe zum Aufruhr, in Pandemiezeiten durften die Hygieneregeln nicht auch noch zum Teufel gehen. Es ging schon genug drunter und drüber und keiner kannte sich mehr aus.

Etwa mit den GRÖSSENORDNUNGEN. Herr X. erfuhr soeben, dass sich der Peter und die Angela unter Aufsicht der SPD vereint (bildlich gesprochen natürlich) und *„in der wohl heftigsten Rezession der Nachkriegszeit"* einen *„einen Stabilitätsanker im Sturm"* geboren hatten (Mutti kriegt einfach alles hin!). Für das *Licht am Ende des Tunnels* stünde ein *Konjunkturpaket* in Höhe von 130 Milliarden Euro bereit. War das jetzt hoch oder eher nicht? Tage vorher hatte er anlässlich der Verkünd(ig)ung des Grundsatzurteils zum Dieselskandal gelesen, dass allein VW dafür bisher rund 35 Mrd. berappen musste, aber das laut Aussage eines Bankers (Frank Schwope in der *SZ*) *„recht gut wegstecken"* konnte. Also wie unsereins Knöllchen.

Dahingegen sollen dann 130 Mrd. für einen florierenden Industriestaat als Unterstützung für ALLE ein *Kraftpaket* (Altmeier) sein? Oder wie eine lebendige, aber nur zum Zuschauen eingelaufene Opposition einhellig sagt: *„Unfassbar teuer", „unausgegoren", „Strohfeuer" und „wildes Sammelsurium" (SPON). Wie jetzt?*, frog sich Herr X., 35 sind von einem einzelnen Unternehmen locker aufzubringen, 130 von einem ganzen Land und für die komplette Zukunft nur schwer? Konnte das sein? Doch wohl nur deshalb, weil beide nicht in die eigenen Taschen greifen, sondern sich wie immer aus der der Bevölkerung bedienen dürfen/müssen (von der nur 17% auf Anhieb wissen, wieviele Nullen und nur 23%, wieviele Millionen eine Milliarde hat, obwohl schon 36% von ihr in Pisa waren):

Die Autobauer können (1A Lobbyarbeit!) ihre Strafen mit der Gewerbesteuer verrechnen: *Weil VW nicht mehr zahlt, werden wir alle stärker belastet. Kinderbetreuung, Hunde und Wohnen werden in VW-Städten durchweg teurer (STERN)*. Weshalb die Kois von Herrn Winterkorn im Winter vermutlich erfrieren müssen, weil die Beheizung ihres Teichs für die Gemeinde unbezahlbar wird.

Die Politik vermutet (Genaues weiß keiner), dass sie das, was sie dem Bürger heute schenkt, morgen wieder abknöpfen muss. Mit Zins und Zinseszins. Doch HALT!, überkam es Herrn X. wie eine Erleuchtung (Pfingsten war gerade vorbei), da es ja heute Negativzinsen gibt, trägt sich der Schuldenberg umso schneller ab, je höher man ihn anwachsen lässt. Oder wie oder was? Blickt da noch eine Sau durch? Aus gutem Grund läuft sie unter PROTO- oder PSEUDOWISSENSCHAFT, die Ökonomie. Der eine sagt so, der andere so und die Politik hält sich an den/das, der/was ihr grad in den Kram passt.

Mit Blick auf die Rasseunruhen in den USA, so las Herr X. in der SZ, klagte die Presse, dass sie nicht überall so schön eingebettet werde und willkommen sei wie in der Politik. Belegt wurde das mit einem Foto, das ein selbstgemaltes Plakat zeigte, das auf dem Rücken eines Demonstranten hing und auf dem stand: *„UNABHÄNGIGE PRESSE keine PROPAGANDA"* und *„IMPFZWANG? NEIN, DANKE!"* Die Unterschrift dazu lautete:

Der Wunsch nach einer Presse, die kritisch und objektiv berichtet, ist nach wie vor da. Wenn Gewalt ausgeübt wird, erschwert das die Bedingungen sehr. FOTO: IMAGO IMAGES

Während der erste Satz Verwunderung darüber ausdrückt, dass nach all den Bemühungen eines Nico Fried dieser Wunsch nach wie vor existiert, darf der Leser im zweiten an einer Erkenntnis teilhaben, die seinen Erfahrungshorizont fundamental erweitert und sich womöglich auch auf andere Gesellschaftsbereiche übertragen lässt. Zum Beispiel auf die Ehe, die Kindeserziehung, die Heilkunde oder den Boxsport. *Wenn* dort *Gewalt ausgeübt wird, erschwert* das *die Bedingungen* nicht auch *sehr*?

„Das ist eine neue Entwicklung, die wir erforschen müssen", erfuhr Herr X. in dem Interview mit Prof. Andreas Zack, äh,... Zick, einem interdisziplinären (!) Gewaltforscher, der sich Sorgen macht: *„...wir können mit unseren Daten nicht zur Polizei gehen. Als Wissenschaftler sind wir dem Datenschutz verpflichtet..."* Und: *„Die Behörden müssten meines Erachtens „intelligenter" gemacht werden"*. Ein Unterfangen, gegen das das Ausmisten des Augiasstalls Herrn X. wie ein Kinderspiel vorkam.

Prof. Zick schien froh darüber zu sein, dass derlei nicht in sein Aufgabengebiet fiel. Er sah ja auch nicht gerade aus wie Herakles.

Ceterum censeo, carthaginem esse delendam, prahlte der Elch und behauptete dreist: *Einer meiner Vorfahren hat unter Scipio Aemilianus als Kampfelch gedient.*

Dass Kampfelefanten in den Punischen Kriegen zum Einsatz gekommen waren, wusste Herr X., obwohl er sein Abitur auf dem Lande gemacht hatte, von Elchen war dabei nie die Rede gewesen. Allerdings hielt er, seit er Deschners KRIMINALGESCHICHTE DES CHRISTENTUMS gelesen hatte, die offizielle Geschichtsschreibung, die durchweg von oder im Sinne der herrschenden Eliten verfasst und entsprechend geschönt wird, ohnehin für unglaubwürdig, da kam es auf ein paar Klitterungen durch sein Haustier auch nicht mehr an.

Allerdings war ihm bei *esse delendam* dieser aufgeweckte Blauschopf eingefallen, der vor Jahresfrist der CDU und nun auch der Presse die Leviten gelesen und sie derart vorgeführt hatte, dass die scharenweise wenn schon nicht nach Hause, so doch wenigstens in sich hätten gehen müssen. Stattdessen verifizierten sie mit dümmlich/polemischen Reaktionen die Vorwürfe, die wohlbegründet und -belegt im RAUM standen und überraschenderweise aus einer Ecke kamen, aus der man es am wenigsten erwartet hatte, dem Internet. KRMP-KRRNBR konterte damals mit ihrem berüchtigten Humor: *„Ich habe mich gefragt, warum wir nicht eigentlich auch noch verantwortlich sind für die sieben Plagen, die es damals in Ägypten gab"* und forderte Regeln

für „*Meinungsmache*" im Internet. Ihr eineiiger Zwillings-
bruder, der Schauspieler Victor K., meldete sich empört
zu Wort: „*Ich schäme mich für meine Schwester, die als
gelernte Katholikin wissen müsste, dass es nicht sieben,
sondern zehn Plagen waren. Seit sie sich zur „Miss Homo-
phobia" hat wählen lassen, ist sie eine Schande für die
ganze Familie.*"
Jetzt hatte sich der junge YouTube-Ritter Rezo das Presswesen vorgeknöpft und sich an seiner Stelle Gedanken
gemacht, warum es in Teilen der Gesellschaft einen derart
schlechten Ruf GENOSS (wie etwa bei Herrn X.). Und dabei so manchem Zeitungsvogt mangelnde Wahrheitsliebe
und fahrlässigen Umgang mit Fakten nachgewiesen, indem er 1700 Artikel, die ihn betrafen, auf Falschbehaup-
tungen durchforstete und grafisch auswertete (Auszug):

01. FAZ	67 %
02. BERLINER ZEITUNG	55 %
03. DIE WELT	54 %
04. BILD ZEITUNG	53 %
05. STERN	46 %
06. FRANKFURTER RUNDSCHAU	45 %
07. FOCUS	43 %
08. SÜDDEUTSCHE ZEITUNG	40 %
09. ZEIT	35 %
10. ABENDZEITUNG	35 %
...	
18. TAGESZEITUNG	11 %
19 SPIEGEL	9 %
20. TAGESSCHAU	7 %

Eine von Redaktionen gern gescheute Heidenarbeit und
Wasser auf die Mühlen des Herrn X., der sich zusätzlich
nass machte, als er mitansehen durfte, wie der Jungspund

den alten Bock und Chef-Kasper der FAZ aus dem Sattel hob, was dieser kaum mitbekam, so eingefahren und ausgerichtet, wie der Mann im Kopfe ist. Der einst ernsthaft befürchtete: *„Es sollte nicht so weit kommen, dass Mut dazu gehört zu sagen: »Ich bin heterosexuell, und das ist auch gut so.«".* Und der schon mal eine *„missverständliche Formulierung"* als Ausrede nimmt ohne von seinem Anspruch als Qualitätsjournalisten abzurücken.

Rezo hingegen hatte seinem Medium und seiner Generation alle Ehre gemacht und sich die Hochachtung von Herrn X. erworben, der sich nur am irreführenden Titel der Beiträge stieß: *„Die Zerstörung der CDU/Presse".* Der versprach ihm – leider – zuviel und rückte ihren Verfasser in die Nähe von Don Quijote. Anstelle einer Zerstörung, die einen Neuaufbau zur Folge hätte, lag hier lediglich die ausführliche, längst fällige Beschreibung zweier erbärmlicher Ist-Zustände vor. Und die werden von denen, die sie herbeigeführt haben, einfach schönge- und zerredet und ausgesessen. Was zum Kerngeschäft der etablierten Politik und der eingebetteten Presse gehört. Um dort mehr als Absichtserklärungen und Scheinreformen auszulösen, wäre ein Stellungskrieg nötig, demgegenüber der Kampf gegen Windmühlen einem Osterspaziergang gliche.

Immerhin hatte der Blauschopf etwas als Missstand ausgemacht und gegeißelt, was die Mehrheit im Lande als gottgegeben und unverbesserbar hinnahm.

„Wieso sind wir so unfähig? So total unfähig?"

Diese Frage hatte vor dem 3. Februarwochenende 2020 in München vor versammelter Presse im Raum gestanden und die Anwesenden irritiert, aber nur kurz. Da sie niemand beantworten konnte oder wollte, war man rasch zur Tagesordnung einer Veranstaltung übergegangen, die seit 1963 Jahr für Jahr zur Auslastung des Hotels Bayerischer Hof stattfindet und deretwegen der Verkehr in der Innenstadt trotz eines hohen Polizeiaufgebots und der logistischen Unterstützung durch die Bundeswehr regelmäßig zusammenbricht. Allerdings richtete sich der Vorwurf nicht darauf, sondern an die Teilnehmer der *Münchner Sicherheitskonferenz*, deren Vorsitzender, Wolfgang Ischinger sich zu der Frage hatte hinreißen lassen. Und der außerdem gestand, er sei *„zutiefst aufgewühlt über das Versagen, so weit das Auge reicht"*. Und zugab: *„... dann wird mir schlecht"*. Dass daran nicht die Verpflegung schuld war, stand für Herrn X. fest, es konnte nur an den Eingeladenen liegen. Als er erfuhr, wer das war, nämlich *rund 40 Staats- und Regierungschefs sowie etwa 100 Minister*, hielt er die Frage nach der Unfähigkeit für eine rhetorische. Und Herrn Ischinger für einen Scherzkeks, der, nachdem er erst seit 12 Jahren den Laden leitete, schon beobachtet haben wollte, dass es sich in der Regel um eine *„völlig leere Worthülse"* handele, wenn Politiker sagten, man müsse mehr *„Verantwortung übernehmen"*.

Frank-Walter strafte ihn nicht Lügen, sondern gab in seiner Eröffnungsrede 18 Mal voller Selbstergriffenheit VERANTWORTUNG von sich. Herr X. hatte juxeshalber den Text kopiert und die Suchfunktion drüberlaufen lassen, um sich den Haufen zu vergegenwärtigen, den der Buprä feierlich gesetzt hatte. Hochgerechnet auf sein gesamtes politisches Wirken könnte man allein mit Steinmeiers Hinterlassenschaft eine Kläranlage betreiben.

Dass ein inflationärer Gebrauch Begriffe entwertet und sie zur Phrase verkommen läßt, gehört zur den Erkenntnissen, denen sich Prediger aller Couleur ungern aussetzen. Die Verfallszeit der bundespräsidialen Rede schätzte Herr X. auf 3 Minuten bei den Zuhörern und auf 2 Tage in den Medien. Hängen blieb davon nichts. Ein wohlgesetzter, staatsmännisch vorgetragener Pfurz hätte einen sachdienlicheren Eindruck hinterlassen und die Veranstaltung treffend charakterisiert.

Dabei fiel ihm – wieder einmal – ein Gedicht ein, das in seiner Hängeregistratur abhing, in einer Mappe, deren Reiter mit *Unverantwortliche Reimereien* beschriftet war und so ging:

Die Phrasenlaus

Was soll das sein? Wo kommt das her?
Wer hat es aufgetrieben?
Bei Gott, ich wünschte mir, es wär'
unentdeckt geblieben!
(Oder drüben!)

Sowas von hässlich! Ich bin platt!
Immerhin - das kommt mir nun:
Dieses Ekeltier, es hat
mit uns'rer Kanzlerin zu tun.
(Mann, lass das doch auf sich beruh'n!)

Nistet es in Merkels Schritt?
Beeinflusst es ihr Seelenleben?
Hat sie's auf Reisen immer mit?
Half es ihr beim Machtanstreben?
(Das ist sowas von daneben!)

Vererbte es ihr Helmut Kohl?
Wird sie deshalb immer breiter?
Fühlt sie sich dennoch dabei wohl?
Loyalisiert es Mitarbeiter?
(Mach nur so weiter!)

Könnt' sein, es ist die Phrasenlaus.
Sie frisst Skrupel und Bedenken
und scheidet sie als Phrasen aus,
die unsern Staat durchtränken.
(Man nennt es „lenken".)

Die Kanzlerin ist nur der Wirt
für dieses dreiste Tier.
Doch bleibt sie davon unbeirrt,
kann schließlich nichts dafür.
(Glaubt ihr!)

Was Merkel auch zum Besten gibt,
die Laus hat's ausgeschissen.
Vom Volk wird sie dafür geliebt,
die Presse druckt's beflissen.
(Und wider bess'res Wissen.)

Man höre sich Frank-Walter an –
seit langem infiziert.
Den Scholz, den Scheuer, auch den Spahn,
die labern wie geschmiert.
(Und völlig ungeniert.)

Dagegen hilft kein Gott, kein Kraut,
die Wissenschaft ist machtlos.

Seit Kohl ist dieses Land versaut,
schluckt alle Phrasen achtlos.
(Die Laus - sie lacht bloß.)

Willst du der Susi an die Titten, musst du sie *nur ganz lieb drum bitten,* ließ der Elch verlauten, um überflüssigerweise anzudeuten, dass ihm das Dichten nicht fremd war. Herr X. kannte leider keine Susi, um die Probe aufs Exempel zu machen. Auch verstimmte ihn, dass der Nonsense-Zweizeiler der Aussage der *Phrasenlaus,* indem er sich ihr hinzugesellte, den Ernst stahl, der ihr trotz aller sprachlichen Freizügigkeit innewohnte. Das erinnerte Herrn X. an eine Eigenart, die er am Gros seiner Landsleute – gebildeten wie eingebildeten – beobachtet haben wollte: Je schlichter ihr Humor, desto ernster nehmen sie seriös vorgetragenen Dünnschiss. Und umso eifriger akzeptieren sie dessen Ausscheider. Auch das ein Erbe Kohls. Was er einführte, wurde unter Merkel üblich: jede Pfeife konnte bei ihnen erster Geiger werden. Zuletzt Anja Karliczek. Aus einer Bankkauf- und Hotelfachfrau wird über Nacht eine Wissenschaftsministerin. Weil Caligula sein Rennpferd zum Konsul machen wollte, hielt man ihn für geisteskrank. Leider ist Frau Karliczek kein Pferd, sondern tief religiös. Deshalb wacht sie darüber, dass sich Bildung und technologischer Fortschritt ihrem christlichen Weltbild unterordnen. Frei nach der Maxime: Wer glaubt, muss sich nicht mit Wissen belasten. Bei ihr hätte Galileo heute noch Hausarrest und kein Netz (Zitat K.: „...nicht an jeder Milchkanne notwendig").
Die Beschäftigung mit den Unappetitlichkeiten der Realpolitik schlug Herrn X. stets aufs Gemüt, doch jetzt rea-

gierte er sogar physisch darauf, fühlte sich angeschlagen, beklommen, bekam schwer Luft. Er wäre diesem Thema gern ausgewichen, wusste aber nicht wie. Man kann nicht an einem Misthaufen vorbeigehen und wegriechen, dachte er bei sich. Es sei denn, man wohnt daneben oder hat eine Geruchsstörung. Anstatt an etwas anderes zu denken, fiel ihm ein, wie man 1994 Klaus Töpfer als Umweltminister, der sein Amt noch ernst nahm und deshalb dem Koalitionspartner FDP ein Dorn im Auge war, kurzerhand abgesägt hatte. Auf der Suche nach jemandem, der auf die Umwelt PFIFF und zu allem Ja und Amen sagen würde, war man auf Kohls Mädle gekommen. Merkel legte sich, kaum im Amt, für die Autoindustrie ins Zeug und lehnte ein Tempolimit wie im übrigen Europa ab, indem sie dreist log, das führe zu noch mehr Staus (als Physikerin wusste sie, dass das Gegenteil der Fall ist). Das Umweltministerium verkam in den vier Jahren unter ihrer Führung zur Attrappe und war nur noch als Manövriermasse beim Gefeilsche um Posten von Bedeutung. Das blieb es, 25 Jahre lang, bis heute, Natur und Umwelt sehen entsprechend aus, Merkels Weichenstellung und ihrer eingebrannten Weltsicht geschuldet. Und dennoch: Wenn, am So., BuTaWa wäre, bliebe sie, neuesten Umfragen zufolge, neue/ alte/sicheinsgrinsende Buka. Für Herrn X. ein Mysterium bzw. MISTerium.

Was, so frog er sich, macht der vernunftbegabte Mensch, wenn er sich etwas nicht erklären kann? Er geht es wissenschaftlich an! Genauer gesagt ihn, den Deutschen Wähler, im Folgenden DW genannt. Um herauszufinden, wie er tickt, im Kopf, muss man zwingend auf den DA zurückkommen (Anm. d. Hrsg.: steht für deutscher Autofahrer) und die Axiome der Mengenlehre in Anwendung bringen. Die Riesenschnittmenge von DW und DA, die in etwa diesem Stand einer Sofi entspricht:

bildet der FB (was im Weiteren für den freien Bürger steht), der sich bekanntlich seine freie Fahrt (fF) nur vom Tod nehmen läßt, nicht jedoch von Nebel, Glatteis oder Starkregen. Und auf gar keinen Fall von diesem Habeck. Das ergibt die Gleichung:

$$\Delta FB \underset{v > \infty}{} \sum_{h = 0}^{DA-1} s(fF) \cdot \pi DW = trW$$

In ihr offenbart sich die innere Logik des DW, die näherungsweise diesem Gedankengang folgt:

Hitler ... Autobahn ... gebaut ... Mutti ... erlaubt ... dass Vollgas ... Mutti bringt ... Deutschland gut ... durch Krise ... ich ... weiter ... Vollgas ... Mutti gut ... muss ... Mutti wählen

Und das tut er bis an sein oder ihr Lebensende und darüber hinaus. Undankbar ist er nicht, der DW, das konnte Herr X. ihm nicht vorwerfen. Andererseits sprach das Ergebnis nicht für ihn, stellte es ihn doch mit einer anderen Wählerschaft gleich, die seit drei Jahren globales Kopfschütteln auslöst (Anm. d. Hrsg.: man beachte das tr vor dem W).

Was dem einen die Karre, sagte der Elch, *ist dem andern die Knarre*. Und brachte damit die Sache auf den Punkt.

Herr X. fühlte sich etwas angeschlagen und hatte Kopfweh bekommen, was er auf die Rechnerei zurückführte. Mathematik schien nichts für Ungeübte zu sein. Aber konnte sie auch Schluckbeschwerden auslösen? Es war spät geworden, er wollte ohnedies in die Federn und nur noch rasch seinen virtuellen Schreibtisch aufräumen, wobei ihm die Miniaturansicht eines Fotos ins Auge fiel, das er vor ein paar Monaten gemacht und vergessen hatte. Er konnte nicht anders, als es doppelzuklicken. Kaum groß geworden, überfielen ihn wieder die Eingebungen von damals, schossen ihm erneut die Überlegungen dazu durch den malträtierten Kopf, übermannten ihn Zorn und Zynismus. Es ging um: Weltkulturerbe-Stätten. Davon gab's 43 in Deutschland, aber nicht eine in München. Die Stadt hatte sich schon öfter beworben: Königsplatz, Ludwigstraße, Schloss Nymphenburg, Oktoberfest, Olympiastadion – alles olle Kamellen und zu Recht abgeschmettert. Die Kriterien für die Aufnahme in die Liste und der Unterschutzstellung in allen Ehren, das Konzept des außergewöhnlichen universellen Wertes außer Frage gestellt – es mangelte nach Meinung von Herrn X. an Mut und Durchblick der Pappenheimer, die hierzulande die Vorschläge machen. Für ihn kein Wunder, wie sonst gehörten sie zum Personal einer Kultusministerkonferenz. Von ihr zu erwarten, was überfällig wäre, nämlich Zeichen zu setzen, die unsere Seh- und Denkweisen aufbrechen und unseren Bewusstseinshorizont öffnen, hieße, mit einem Pflasterstein ein Gespräch führen zu wollen. Längst müsste eine Weltkulturerbestätte mehr sein, als nur ein Meisterwerk menschlicher Schöpfungskraft. Mehr als nur einen Wertebezug zur architektonisch-technologischen Entwicklung haben. Mehr als nur

Zeugnis geben von einer untergehenden Tradition oder Kultur. Und weit über die Aussage einer Wechselwirkung zwischen Mensch und Umwelt hinausgehen, „...insbesondere, wenn diese unter dem Druck unaufhaltsamen Wandels vom Untergang bedroht wird". (Zusammenfassung und Zitat aus dem Kriterienkatalog der UNESCO). Nein, fand Herr. X., es müsste zwingend auch ein Fanal für die Zukunft sein, eine Warnung, die den Menschen der Moderne als den ausweist, der er geworden ist, ein homo stupidus, ein Schwachkopf ohne wenn und aber. Und hatte das ideale Objekt dafür gefunden: die 2017 (!) aufgestellten, gigantischen Schilderbrücken der A 95, auf der Zufahrt in die „nördlichste Stadt Italiens" (so gen. wg. der knapp 500 ital. Restaurants). Vorher ein schmuckes, gemüterhellendes Stück Autobahn (wo gibt's das noch!), das eine historische Sichtachse von der Frauenkirche zum Schloss Fürstenried und zurück bot – von Kurfürst Max Emmanuel 1715 in Auftrag gegeben und von seinem Hofbaumeister

Joseph Effner, einem Bayern, umgesetzt. Jetzt verwüstet und zerhackt von einer Brachialbeschilderung im Frühindustrie-Look, die an dieser Stelle Null Sinn macht. Denn: von 100 Autofahrern, die dort unterwegs sind, wissen 99,7 genau, wo sie sich befinden und wohin sie wollen. Und nicht nur sie, sondern auch ihr Navy, ihr Handy, ihr Fahrzeug und der Verfassungsschutz. Der Rest steht entweder derart unter Drogen, dass er sowieso nichts mehr entziffern kann oder er liegt in einem Krankenwagen und hat andere Probleme (was manchmal daher rührt, dass die A 95 vor Garmisch von diversen Fremdenverkehrsbüros als eines der letzten Raserparadiese angepriesen wird: 40 km Vollstoff am Stück und kaum LKWs).

12 Kilometer vor München ist Schluss damit, die Geschwindigkeit auf 80 km/h beschränkt, umso weniger eine Wegweisung auf den letzten 3000 Metern mittels derart überdimensionierter Brutalbrücken zu begründen. Stattdessen stehen sie für eine unausrottbare Denkungsart aus Größenwahn und Rücksichtslosigkeit und erinnern mit ihrer martialisch dumpfen Ästhetik daran, dass in dieser lieblichen Stadt schon einmal für ein 1000jähriges Reich geplant wurde – ein wahrhaft würdiger, zukunftweisender Kandidat für ein Weltkulturerbe!

Weil sich seine Kopfschmerzen wieder in Erinnerung brachten, nahm Herr X. zwei Thomapyrin und ging zu Bett.

Er erwachte am Grund einer Schlucht, umgeben von Finsternis und dröhnender Stille. Herumtastend stieß er vor und hinter sich auf kalten Fels. Während er noch überlegte, welche der beiden Richtungen er einschlagen sollte, hörte er über sich ein Poltern, riss schützend die Arme hoch und fühlte wenige Meter neben sich etwas dumpf aufschlagen. Panik schnürte ihm die Luft ab, Adrenalin mobilisierte seine Sinne. Ein Felsbrocken war es nicht, der hätte härter geklungen. Er näherte sich vorsichtig der Stelle und erahnte mehr als er erkannte ein kugelförmiges Gebilde, das ihm dort den Weg versperrte. Etwas größer als er selbst, war es, wie er schließlich zu seinem Entsetzen feststellte, übersät von sich ringelnden, unterarmlangen Tentakeln mit Köpfen. Zurückprallend hatte er sich noch nicht ganz umgewandt, als er hoch oben ein gewaltiges Wummern wahrnahm. Er rannte los – mitten in eine Lawine gigantischer Coronaviren hinein und verlor das Bewußtsein.

Als er unbestimmte Zeit später vorsichtig die Augen öffnete und direkt über sich den mundschutzbewehrten Krauskopf des Gesundheitsministers sagen hörte: „*Wir müssen zielgenauer eingreifen, damit daraus nichts Größeres werden kann*", kippte er erneut aus den Latschen.

Ein vertrautes Gebrabbel ließ ihn schweißgebadet irgendwann wieder zu sich kommen. Er hatte wohl vergessen, seinen Mac auszuschalten und konnte grade noch verstehen, wie der Elch forderte:

...Schluss mit dem Gewimmer.

Um mit dem Resümee fortzufahren, das der grimme Georg Kreisler bei einem seiner letzten Auftritte gezogen hatte:

Es ist alles wie immer.

Nur dümmer.

In Verbindung mit Corona (womit sonst?) gab es in der SZ den 4. Juni 2020 zweimal:

HTEN AUS POLITIK, KUL'

MÜNCHEN, DONNERSTAG, 4. JUNI 2020

HTEN AUS POLITIK, KUL'

MÜNCHEN, FREITAG, 4. JUNI 2020